화이트 타운

화이트 타운

문경민
장편소설

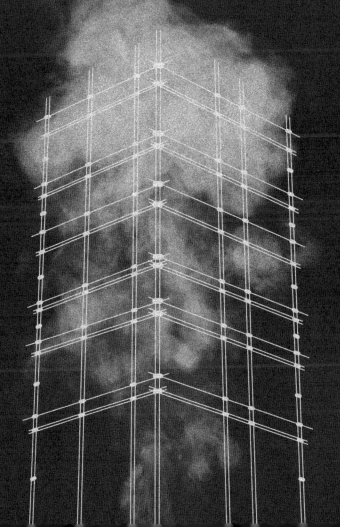

은행나무

차례

프롤로그   7

1부   ＊   015

2부   ＊   097

3부   ＊   203

에필로그   331

작가의 말   340

프롤로그

　내 복수는 죽는 걸로 시작되는 거야.

　중선은 회계장부를 정리하다 말고 희붐한 새벽빛이 비치는 창문을 쳐다보았다. 책상 위에는 금전 거래를 기록한 장부와 정관계 인사들과의 거래 내역을 정리한 검은 장부가 펼쳐져 있었다. 중선은 조금 전 마음에 떠올랐던 문장을 소리 내어 반복했다. 눌렸던 마음에 독기가 서렸고 비로소 힘이 났다. 다시 펜을 잡았다. 지주회 회원들에게 입금할 내역을 정리하고 임대아파트와 상가의 수익도 정리했다. 작업은 순조로웠다. 창현의 개인 회계사나 다름없는 중선이 34년째 하고 있는 일이었다.

　창현의 재산은 상당했다. 30여 년간 차곡차곡 쌓인 현금 자산만 수십억 원이었다. 토지와 아파트, 상가 등의 부동산 자산 규모는 600억 원이 넘었다. 출처를 밝힐 수 없는 현금은 주식, 저축은행, 가짜 기부금, 상가나 주택 거래 등을 통해 깨끗한 돈으로 세탁되었다. 거미줄처럼 얽힌 재무 관계를 낱낱이 파악하는 것은 일반적인 세무 감사로는 불가능했다. 진짜 거래 내역을 정리한 수기 장부 없이는 세무 감사팀이 달라붙어도 실체 파악조차 못할 터였다.

창현의 재산이 늘어난다고 해서 중선이 좋을 일은 아니었다. 지금 살고 있는 아파트도 이름만 중선 앞으로 되어 있을 뿐 창현의 것이나 다름없었다. 아파트만이 아니었다. 중선의 모든 것이 창현의 재산이었다. 중선 자신조차도 창현의 것이었다. 창현은 국세청 공무원이었던 중선을 자신의 재산관리인으로 부렸다. 중선이 예순셋의 나이에 이르기까지.

중선은 안경을 벗어 키보드 옆에 내려놓았다. 작년 여름 백내장 수술을 한 뒤로 모니터를 오래 쳐다볼 수가 없었다. 허리를 펴자 중선의 큰 몸에 눌린 가죽 의자가 삐걱거리는 소리를 냈다. 중선은 둥근 벽시계를 쳐다보았다. 오전 7시 10분. 자영과 약속한 시간에 맞춰 집을 나서려면 오늘 일은 이쯤에서 접어야 했다.

반투명 유리 창문으로 들어온 빛이 얼굴에 닿았다. 봄의 아침 햇살이었다. 빛이 닿은 얼굴에 온기가 올라오는 것 같았다. 중선은 장부를 덮고 일어나 캐비닛을 열었다. 그 안에는 34년간의 돈거래를 기록한 수기 장부들이 가지런히 정리되어 있었다. 중선은 금전 거래 장부를 집어넣고 캐비닛 옆에 있는 초록색 금고에 검은 장부를 세워두었다. 그 아래 칸에는 백색 상자도 있었다.

중선은 방을 나서자마자 욕실에 가서 샤워를 했다. 무거운 기분 따위 말끔히 씻어버리고 싶었다. 오늘 같은 날에 독기 따윈 어울리지 않았다. 자영과 준호와 함께 남이섬으로 소풍을 가는 날이었으므로.

중선은 유리 용기에 담긴 반찬들을 냉장고에서 꺼내 식탁에 올려놓고 어제 자영과 함께 끓인 아욱국을 데웠다. 밥솥에서 주먹만큼 밥을 퍼서 공기에 담았다. 숟가락과 젓가락을 식탁에 놓고 보니 어쩐지 아쉬웠다. 중선은 용기째 놓았던 김치와 콩자반과 두부조림을 작은 접시에 먹을 만큼 옮겨 담았다. 올리고당으로 버무린 콩자반이 반질거렸다. 중선은 젓가락으로 콩자반을 하나 집어 입안에 넣었다. 어금니에 부서지는 콩의 식감과 향이 만족스러웠다. 정갈한 식탁이었다. 와인 한잔 곁들이고 싶다는 생각에 목구멍이 간질간질했다.

자영과의 약속대로 집에서 와인을 치워버렸으나 완전히 술을 끊는 건 역시나 어려웠다. 중선은 아욱국을 떠서 입안에 넣고 와인 향을 즐기듯이 숨을 들이마셨다. 구수하고 쌉싸름한 향에 턱밑 침샘이 찌르르했다.

알코올중독 치료도 소용없었던 음주 습관을 고치기로 마음먹은 것은 자영 때문이었다. 중선의 와인 냉장고를 쳐다보던 자영은 "이런 식으로 술이랑 살면 죽을지도 몰라요" 하고 말했다. 당장 술을 끊어달라고 했다. 술은 줄이는 게 아니라 끊어야 하는 거라고, 힘들어도 그렇게 해야만 하는 거라고, 술 한 잔쯤은 건강에 좋다는 소리는 다 개나 물어가야 할 소리라고 했다. 중선은 그 자리에서 말했다.

"그러면 당장 그렇게 할까?"

중선은 자영이 보는 앞에서 모든 와인을 꺼내어 싱크대에 일렬로 정렬해두고 차례차례 병째 쏟아부었다. 정신이 아찔해질 만큼 강렬한 향이 올라왔다. 진보라색 와인이 수챗구멍으로 바삐 내려갔다. 자영은 자기 머리칼을 두 손으로 움켜쥐고 "아아, 아깝다! 아아, 아깝다!" 하고 앓는 소리를 했다. 그런 자영의 반응이 재미있어서 중선은 신이 났다. 내친김에 둘이 함께 와인 냉장고도 치워버렸다.

중선은 식사를 마치고 안방으로 들어가 화장대 앞에 앉았다. 오랜만에 하는 화장이라 립스틱을 집어 드는 게 어색했다. 화장품 냄새에 기분이 반쯤 떴다. 중선은 어제 미리 꺼내둔 선글라스를 끼고 화장한 얼굴이 어색하지 않은지 살폈다. 외출복을 갖춰 입고 진분홍색 바람막이 점퍼를 덧입었다. 모자를 쓰고 스카프를 맨 뒤 거울 앞에 섰다. 얼굴을 비스듬히 돌려보기도 하고 골반과 허리를 돌려 옆모습을 비춰보기도 했다. 가방까지 메면 어떤 모습일까 싶었다. 초인종이 울렸고 가슴이 두근, 뛰었다. 거실 인터폰에서 자영의 목소리가 들렸다.

"회장님, 뭐 해요? 얼른 안 나오고! 일찍 출발해야 한다니까요?"

중선은 선글라스를 안경집에 담아 가방에 넣었다. 거실로 나와 인터폰 화면에 뜬 자영과 준호의 얼굴을 확인했다.

"응응, 지금 나갈게. 빨리 갈게."

들뜬 음색이어서 순간 부끄러웠다. 중선은 냉장고를 열고 물병과 바람떡, 과일을 담아둔 플라스틱 용기를 가방에 담았다. 현관문으로 바삐 걸어가다가 몸을 돌려 다시 냉장고로 갔다. 아래 칸에 담아둔 달콤한 맛 두유 세 팩을 가방에 넣고 다시 잰걸음으로 걸었다. 빠르게 교차하는 중선의 슬리퍼 아래에서 착착착착 하는 소리가 났다. 문밖에서 자영의 목소리가 들렸다.

"뭐 해요! 빨리 나오지 않고!"

"응, 지금 나가. 지금."

중선은 어제 샀던 운동화를 꺼내 발을 넣었다. 처음 신는 운동화인데도 발 옆과 뒤꿈치가 폭신했다. 발품을 팔아 몇 군데를 돌아다닌 보람이 있었다. 중선은 발목을 기울여 운동화 옆면을 보았다. 분홍색과 보라색 문양의 갑피가 너무 요란한 건 아닌가 살짝 걱정이었다. 중선은 속으로 중얼거렸다. 이제는 어쩔 수 없어. 중선은 타닥타닥 제자리걸음을 한 뒤 문을 열었다.

자영이 눈을 동그랗게 뜨고 말했다.

"뭐야, 우리 회장님. 준비 태세가 최곤데요? 어머, 이 스카프 좀 봐. 완전 봄이에요!"

자영은 중선의 몸 윤곽을 따라 양손으로 허공을 훑었다.

"오, 스타일 완전 짱이야. 곽중선 여사님 아직 살아 있어!"

준호가 양손 엄지를 치켜세우며 말했다.

"할머니 짱! 할머니 짱!"

자영이 준호에게 말했다.

"야, 할머니는 무슨. 요즘 예순이면 그냥 아줌마야."

"준호 내버려 둬. 할머니 해도 돼. 머리도 하얀데."

"염색을 해요. 염색을. 요즘 염색약 좋은 거 많대요."

"염색 짱. 염색 짱."

"너는 짱 소리 좀 그만해. 회장님, 애가 요즘 이상한 말버릇이 들어가지고 말끝마다 짱짱거려요. 스물다섯 살인데 말도 제대로 못 하고. 내가 평생 누나 노릇 하느라 허리가 휜다니까요."

"예쁘잖니."

"예뻐? 얘가?"

"짱."

엘리베이터 문이 열렸다. 세 사람은 엘리베이터에 올라탔고

1층으로 내려와 현관을 향해 걸음을 옮겼다. 네모진 현관에서 들어오는 빛에 중선은 눈이 부셨다. 서늘한 1층 복도를 지나는데 꼭 터널을 통과하는 것 같았다.

바깥은 빛으로 환했다. 아스팔트 바닥과 아파트 외벽까지 햇살로 눈이 부셨다. 아파트 산책로와 화단은 꽃과 새로 난 이파리들이 차지했다. 보도블록 사이에서도 싹이 돋았다. 벚꽃과 목련꽃이 지고 난 뒤에 밀려드는 본격적인 봄의 시작이었다. 중선은 얼굴에 닿은 빛을 만끽하며 숨을 들이쉬었다. 햇빛은 모두에게 공평했다. 넘치는 은총이었으므로 차지하기 위해 용을 쓸 필요도 없었다. 정한 이치대로 대가 없이 내리는 것들이었다.

자영과 준호가 햇살 아래에서 중선을 향해 손짓하고 있었다. 불쑥, 두 사람에게 미안한 마음이 올라왔다.

이렇게 자영과 준호에게 기대도 되는 것일까.

자영과 준호가 임창현의 시선에 걸리면 어떤 짓을 당할지 모른다. 임창현은 방해가 된다고 판단한 사람을 철저히 망가뜨렸다. 그래도 지금은 간절했다. 정말로 남이섬에 가고 싶었다. 지금이 아니면 영영 누리지 못할 것 같았다. 중선은 눈을 감았다. 만약 자영과 준호에게 위험이 닥칠 것 같다면.

죽어버리면 된다.

눈물이 돌았다. 중선은 한껏 웃는 얼굴로 자영과 준호를 향해 손을 흔들었다. 자영과 준호도 손을 마주 흔들었다. 중선은 현관 밖으로 걸어나갔다. 자영에게 힘이 되어주고 싶었고 준호를 돌보고 싶었다. 둘을 생각하면 말라버렸던 마음의 씨앗들이 촉촉해졌다. 살아난 마음을 돌보고 싹을 틔워 나무를 키워내고 싶었다. 자신의 그늘에 자영과 준호를 두고 싶었다. 셋이서 함께 1년을 살 수 있다면 지금까지 살아왔던 시간을 모두 날려버려도 상관없었다.

1부

1. 장걸

　지하철 9호선 709 공구 현장은 암반이 대부분이었고 폭약을 사용해야만 터널을 뚫을 수 있었다. 장걸은 폭약 상자를 들고 리프트카에서 내렸다. 낙석을 밀고 가는 불도저의 육중한 엔진 소리가 익숙하고 편안했다. 지하 터널 벽에 바른 시멘트 냄새와 15톤이 넘는 기계의 매연이 분진 마스크 안쪽까지 스며들었다. 시끄러운 중장비 소음과 숨을 잠시 멈추게 만드는 배기가스, 갓 떨어져나간 바위의 비릿한 냄새, 자신의 손에 들린 폭약을 곁눈질하는 인부들의 눈빛 같은 것들이 장걸은 마음에 들었다. 적당한 긴장감 덕분에 눈에 생기가 돌았고 잡다한 생각으로 우울감에 사로잡힐 일도 없었다. 소음 속에서 하는 일이었으니 말을 많이 할 필요도 없었다.

　장걸은 지하 터널 800미터를 지나 막장에 도착했다. 암반

아래는 신발 바닥이 잠길 정도로 물이 고여 있었다. 장걸은 막장 앞에 서서 폭약으로 부수어낼 암반을 올려다보았다. 조명등에 비친 암반은 맵핑과 드릴 작업이 끝난 상태였다. 갈라진 틈이 많아 낙석 사고가 날 위험이 있었다. 장걸은 찌푸린 얼굴로 작업 구역을 찬찬히 살폈다. 현장소장이 무전기로 발파를 재촉했다. 장걸은 알았다고 대답한 뒤 점검을 마무리해갔으나 이내 다시 무전이 왔다. 발파를 빨리해야 다음 작업을 하지 않겠느냐고 말하는 소장의 목소리에는 조급한 기색이 섞여 있었다.

지하철 9호선 709 공구를 맡은 원청업체는 다른 업체들보다 공사 기간을 바짝 조였다. 공사는 기간이 생명이라는 게 이쪽 바닥의 불문율이었다. 현장은 근로자들이 화장실 갈 시간도 없이 바쁘게 돌아갔다. 5시쯤에는 끝나야 하는 일이었으나 밤 10시를 넘기는 날이 많았다. 발주처가 계획한 709 공구의 공사 기간은 2년이었다. 애초부터 휴일이나 날씨를 생각해서 넉넉히 잡아준 기간이 아니었다. 비가 오든 천재지변이 있든 현장에서는 어떻게든 공사 기간을 줄여야 했다. 공사 기간을 줄이는 것은 협력업체도 바라고 원청업체도 바라는 일이었다. 근로자들 인건비와 각종 관리비가 한 달에 몇억씩 나가는 판이었으니 공사 기간을 줄이면 그만큼 이윤을 볼 수 있었다.

그러거나 말거나.

장걸은 무전기를 조끼 주머니에 꽂았다. 암반에 뚫린 1.5미터 깊이의 구멍들까지 살핀 뒤 인부들에게 장약을 지시했다. 장약 작업이 끝나면 각각의 뇌관들을 하나로 연결해야 했고 그것은 화약 주임인 장걸의 몫이었다.

작업을 마친 장걸은 지상으로 올라가는 리프트카에 탔다. 장걸이 오르자 리프트카가 출렁거렸다. 같이 탄 인부들의 안전모 위로 장걸의 턱이 쑥 올라왔다. 장걸은 위를 올려다보다가 눈을 감았다. 현장에서 유일하게 자연광이 들어오는 네모진 입구였다. 위로 올라갈수록 공기가 바뀌었고 지상에 이르자 조금 전과는 성질이 다른 소음이 들렸다. 장걸은 발파 스위치를 복공판 위에 내려놓고 사무소로 들어가 막장 내부를 비추는 CCTV를 확인했다. 현장소장은 팔짱을 끼고 장걸이 오가는 것을 쳐다보았다. 재촉하는 것도 지친다는 얼굴이었으나 장걸은 개의치 않았다. 막장에 아무도 없다는 것을 확인한 뒤 장걸은 발파 스위치를 놓아둔 곳으로 돌아와 무전기를 들었다. 발파를 하겠다고 모두에게 알렸다. 포클레인도 덤프트럭도 작동을 멈추었고 모든 사람들이 장걸 쪽을 쳐다보았다. 바람에 흔들린 붉고 노란 이파리가 서로를 비비는 소리, 산 너머 도로를 지나는 자동차들의 경적 소리가 들렸다.

장걸은 발파 장치 옆에 한쪽 무릎을 꿇고 앉았다. 무전기에 입을 가까이 대고 숫자를 거꾸로 셌다. 발파 5초 전, 4초 전,

3초 전, 2초 전, 1초. 발파. 장걸은 빨간 버튼을 눌렀다. 아래로부터 둔중하고도 경쾌한 파열음이 연이어 들려왔다. 복공판이 우르르 소리를 내며 떨었다. 발파는 성공적인 것 같았다. 염려했던 이상 징후도 없었다. 장걸은 발파 장치에 연결된 선을 분리했다. 장비를 챙기고 남은 화약량을 확인한 뒤 경찰서에 화약 사용 신고를 하면 오늘 일과는 끝이었다. 경찰의 전화를 받은 것은 그때였다.

곽장걸 씨 맞나요?라고 묻기에 그렇다고 대답했다. 곽중선씨가 어머니 맞나요?라고 묻기에 그럴 거라고 대답했다. 경찰은 잠시 머뭇거리다가 말을 이었다.

어머니가 자살하셨다고.

*

빈소는 어머니가 살았던 아파트 근처의 병원 장례식장이었다. 임종 나이는 예순둘이었다. 어머니의 죽음이 핸드폰으로 훑은 뉴스처럼 머릿속 어딘가를 떠다녔다. 다른 일에 집중하면 이내 잊히고 마는, 안타깝기는 해도 자신과는 거리가 있는 소식이라고 장걸은 생각했다. 장례대행업체에서 온 상차림 도우미들이 하품을 하다가 장걸의 눈치를 살폈다. 점검 나온 장례 지도사는 휑한 접객실을 보고 조심스러운 얼굴을 했다.

장걸은 빈소 벽에 등과 뒷머리를 댔다. 오후 6시부터 조문을 받았으나 찾아오는 사람은 없었다. 어머니는 혼자 살다가 혼자 생을 마감했다. 찾아오는 사람이 없는 게 당연했다. 아들인 자신에게도 남처럼 거리를 두었던 어머니였다. 국세청 세무공무원으로 30여 년을 살았으나 이렇다 할 인간관계를 맺지 않았다. 부고를 보낼 곳을 몰라 장걸은 아무 데도 연락하지 않았다. 가족이라고는 두 사람이 전부인 집안이었다. 어머니는 마지막에 이르러서야 장걸을 찾았다. 경찰로부터 건네받은 어머니의 유서는 보라색 포스트잇에 적힌 짧은 문구가 전부였다. 주황색 네임펜으로 적은 말은 '아들에게 미안하다고 전해주세요'였다. 그 문장 아래에는 장걸의 핸드폰 번호가 적혀 있었다. 어머니와 장걸이 유일하게 공유한 것이었다.

장걸은 영정 속 어머니의 얼굴을 쳐다보았다. 부은 것 같은 평퍼짐한 얼굴에 맹금류의 부리처럼 뾰족하게 빠진 콧날은 부엉이를 연상시켰다. 사나운 얼굴이 아니어서 어머니 같지 않았다. 웃고 있어서 평온해 보이기까지 했다. 기억 속 어머니는 저런 얼굴이었던 때가 없었다. 적어도 함께 살았던 고등학교 2학년 때까지는 그랬다.

문득 궁금했다.

아파트 14층 베란다에서 몸을 던졌을 때, 어머니는 어떤 얼굴이었을까.

경찰은 타살이나 침입 흔적이 없어 보인다며 자살로 추정된다는 말을 덧붙였다. 왜 자살한 거냐고 묻자 경찰은 장걸을 쳐다보았다. 경찰이 부검을 원하느냐고 물었고, 자살이라면 그럴 필요가 없다고 장걸은 대답했다.

장걸은 영정에서 시선을 뗐다. 자살한 이유가 무엇이든 혼자인 사람으로 내버려두고 싶었다. 장례대행업체 담당자는 어머니가 스스로 죽음을 준비했다고 했다. 혼자서 장례업체와 계약했고 장례 절차 협의도 마쳤다. 집 근처 병원의 장례식장을 잡은 것도, 오동나무 관과 빈소를 고른 것도, 매장이 아닌 화장을 선택한 것도 어머니였다. 영정에 올릴 사진까지 장례업체에 미리 보냈다는 사실을 알았을 때 장걸은 웃었다. 더는 어머니를 생각하고 싶지 않았다. 빨리 끝내버리고 싶었다. 핸드폰 다이어리 앱에 기록한 작업 일정을 확인하며 장걸은 시간이 흐르기를 기다렸다.

접객실 쪽에서 신발 벗는 소리가 들렸다. 처음으로 온 조문객이었다. 장걸은 일어서서 입구 쪽을 바라보았다. 검은 재킷에 헐렁한 바지를 입은 마른 체격의 여자가 구두를 벗고 있었다. 여자 옆에는 유치원생으로 보이는 여자아이가 멀뚱한 눈길로 휑한 장례식장을 두리번거렸다. 여자는 아이의 손을 잡고 빈소로 발걸음을 옮겼다.

서글서글한 인상의 여자였다. 마흔이 넘는 나이로 보였다.

어깨에 닿는 머리칼에 각진 턱, 금테 안경. 까탈스런 행정관료 같은 분위기였는데 어딘가에서 본 듯한 얼굴이었다. 여자는 아이를 향해 작은 목소리로 "여기 서 있어. 잠깐만" 하고 말했다. 장걸은 일어서서 자세를 갖추었다. 여자는 장걸을 향해 눈인사를 하고 국화꽃을 영정 아래 올려둔 뒤 이마에 두 손을 대고 차례차례 몸을 접었다. 장걸은 여자의 얼굴에서 비치는 슬픈 기운을 감지했다. 예의상 온 조문이 아니라는 의미였다.

절을 마친 여자가 장걸에게 고개를 숙여 조의를 표했다. 장걸도 마주 인사를 했다. 여자는 장걸을 올려다보며 말했다.

"아드님이시죠?"

낮고 풍부한 음색의 목소리였다. 장걸은 고개를 주억거렸다. 여자는 재킷 안주머니에서 명함을 찾아 건넸다.

국회의원 강정혜.

의외의 명함이었다. 그제야 장걸은 여자를 뉴스에서 본 적이 있다는 걸 알아차렸다. 정치에 별 관심 없는 장걸의 눈에 익을 정도면 제법 잘나가는 정치인일 터였다.

"어머님과는 두 번 같이 일했습니다. 제게 도움을 주시기도 했고요."

"아, 예."

딱히 할 말이 없어서 곤란했다. 강정혜는 아이를 향해 손을 뻗었다. 아이는 강정혜를 향해 도도도 달려왔다. 강정혜는 아이를 가뿐히 안아 올렸다.

"얘는 우리 딸 윤지."

윤지라는 아이가 장걸을 위아래로 훑어보고는 눈을 깜박거렸다. 강정혜가 "왜?"하고 묻자 윤지는 입가에 손 가리개를 하고 엄마의 귀에 속닥거렸다. 강정혜는 피식 웃으며 말했다.

"무서워 보이는데 무서운 사람은 아닌 거 같아. 엄마가 사람보는 눈은 좀 있잖니."

윤지가 말했다.

"마동석 아저씨 같아."

강정혜는 난처한 얼굴로 웃으며 윤지를 내려놓았다.

"칭찬이에요. 얘가 마동석이라는 배우를 좋아해요."

"아, 네."

장걸은 두 모녀에게서 눈길을 돌렸다. 다른 조문객이라도 들어왔으면 했으나 어머니의 빈소로 들어오는 이는 없었다. 강정혜가 장걸에게 또 말을 걸었다.

"저녁 같이 먹을까요?"

"네?"

"얘기를 좀 했으면 해서요."

얘기라니 무슨 얘기. 내키지는 않았으나 어쨌든 손님이었다. 장걸은 강정혜를 텅 빈 접객실로 이끌었다. 강정혜와 윤지를 앞에 두고 탁자 맞은편에 앉았다. 상차림 도우미들이 쟁반에 음식을 내오면서 마주 앉은 세 사람을 흘끗거렸다. 쪽머리를 한 상차림 도우미가 장걸 앞에 육개장과 밥그릇을 두면서 "상주도 식사를 좀 하셔야죠. 종일 암것도 안 드시구" 하고 말했다.

윤지가 재킷을 벗는 엄마를 쳐다보며 물었다.

"난 뭘 먹어?"

"아무거나 먹어."

강정혜는 나무젓가락을 장걸에게 건넸다.

"드셔요."

강정혜가 안 받고 뭐 하냐는 듯 젓가락을 가볍게 흔들었다. 장걸은 말없이 젓가락을 받아 둘로 갈랐다. 강정혜는 육개장에 밥을 말았다. 장걸도 육개장에 밥을 말았다. 윤지는 플라스틱 접시에 담긴 주전부리를 야금야금 골라 먹었다.

강정혜가 목을 가다듬으며 말했다.

"무슨 말씀부터 드려야 할지 모르겠네요."

예의를 차리려고 건네는 말이었다. 장걸은 육개장을 퍼먹으며 대꾸했다.

"말씀하시죠."

강정혜는 윤지에게 떡이 담긴 접시를 건네주고는 "윤지야, 저쪽 가서 놀고 있어"라고 말했다. 그러자 "해도 돼?" 하는 물음이 따라붙었다. 강정혜는 눈을 한 번 부릅떴다가 핸드백에서 순순히 태블릿PC를 꺼내주었다. 윤지는 떡 접시는 내버려 두고 태블릿만 낚아챘다. 윤지가 접객실 구석으로 가는 것을 확인한 뒤 강정혜는 입을 열었다.

"어머님과는 몇 번 뵌 게 전부였지만 좋은 분이라고 느꼈어요."

육개장의 맵고 짠 국물에서 쓴맛이 나는 것 같았다. 어머니의 어디에서 좋은 구석을 찾았을까. 장례를 치르면서 뒤틀렸던 심사가 꼬인 채 꺾어지는 것 같았다.

강정혜가 말했다.

"실례인 줄은 알지만…… 특별한 말씀은 없으셨죠?"

"없었습니다만."

"유서 같은 것도요?"

"네."

"남겨두신 물건도 없었나요?"

"네. 전혀."

"……어머님은 어떤 분이셨죠?"

"글쎄요."

강정혜는 고개를 옆으로 기울여 장걸을 쳐다보았다. 장걸은 강정혜의 시선을 무시했다. 무슨 이유로 처음 보는 사람에게 이런 질문을 던지는지 알 수가 없었다. 강정혜가 말했다.

"하긴, 모든 자식이 어머니와 친한 건 아니니까요. 그렇죠?"

장걸은 육개장 그릇을 옆으로 치우고 숟가락을 내려놓았다. 물을 마시고 휴지로 입가를 닦았다. 장걸은 양 팔꿈치를 탁자 위에 올린 뒤 마주 잡은 두 손을 턱에 댔다.

"누구십니까?"

강정혜는 슬며시 턱 끝을 올리며 말했다.

"아까 명함 드렸는데요."

"피곤하세요?"

"그런 편이죠."

"안 가십니까?"

"잘 시간이 아니라서요."

강정혜는 옅게 웃으며 장걸 쪽으로 턱짓을 했다.

"팔뚝이 제 종아리보다 굵네요?"

그때였다. 복도 쪽이 시끄럽다 싶더니 빈소 앞에 사람들이 모여들었다. 장걸은 옷에 단추를 채우고 일어섰다. 열 명이 넘는 조문객들이 무리 지어 들어오면서 부산스레 굴었다. 일부러 목소리를 높이고 별것 아닌 일에 크게 웃는 것 같았다.

강정혜가 말했다.

"괜찮으시다면 전화번호 좀 주시죠."

"네?"

강정혜는 자기 핸드폰 꺼냈다.

"아까 제 연락처 드렸잖아요. 저도 받아야죠. 싫으십니까?"

싫다고 말할 일은 아니었다. 하려던 말이 무엇인지 궁금하기도 했다. 장걸은 헛기침을 하고는 강정혜의 핸드폰에 자기 번호를 눌렀다. 강정혜는 접시에 담긴 귤과 매실주스를 핸드백에 담고 빈소 구석을 향해 "윤지야, 가자" 하고 말했다.

"와주셔서 감사합니다" 장걸이 인사치레를 하자 강정혜가 재킷에 팔을 꿰며 말했다.

"어머님 죽음에 혹시 이상한 점 없었어요?"

장걸의 눈썹 사이가 좁아졌다. 강정혜는 윤지에게서 건네받은 태블릿PC를 가방에 넣으며 말을 이었다.

"아까 드린 명함 버리지 말고요. 아무 때나 전화해요. 새벽에도 상관없으니까."

장걸은 접객실을 나가려는 강정혜 앞을 가로막았다.

"뭡니까? 지금."

강정혜는 윤지의 어깨에 손을 올리고 "자자, 집에 가자. 잘 시간이 금방인데" 하고 말했다. 두 사람은 종종걸음으로 장걸을 지나쳐 신발장으로 걸어갔다. 장걸을 길에 박힌 바위 취급하는 것 같았다. 장걸은 강정혜를 붙들려고 했으나 유난스런 조문객들 때문에 빈소로 가봐야 했다. 빈소가 왁자지껄했다. 일부러 떠드는 것 같아서 정신이 사나웠다. 장걸은 걸음을 옮기면서 출입구 쪽을 돌아보았다. 윤지가 장걸을 향해 손을 팔랑거리다 엄마 손에 이끌려 사라졌다.

조문객은 열 명쯤 되는 남자와 여자 셋이었다. 남자들은 쉰 살가량 되어 보였다. 눈여겨보지 않더라도 우두머리가 누구인지 한눈에 알 수 있었다. 조문객 무리 중에서 가장 나이가 많아 보이는 남자였다. 보통 키에 마른 체구. 사납고 모진 얼굴 덕분에 어디에 있어도 도드라질 남자였다. 옆에 선 짧은 머리칼의 남자도 섬뜩한 기운을 풍겼다. 턱선이 깎은 것처럼 가팔랐고 눈은 자국만 낸 것처럼 작았는데 인상이 꼭 뱀 같았다. 장걸과 사내의 시선이 스쳤다. 무심히 지나간 눈길이었는데도 장걸의 힘을 가늠하는 기색이 느껴졌다.

　우두머리 남자가 뱀 같은 남자에게 말했다.

　"김 실장, 가서 자리 잡고 있어."

　김 실장이라는 남자가 접객실을 향해 걸어갔다. 장걸은 우두머리 남자를 주시했다. 남자도 장걸을 쳐다보기는 했으나 인사를 건네지는 않았다. 조문객 무리가 자리를 정렬하고 절을 할 때도, 우두머리 남자는 뒤에서 서성일 뿐 절은 하지 않았다. 우두머리 남자의 기분이 복잡하다는 것을 알아차렸는지 시끄럽던 조문객들도 빈소를 나올 때는 목소리를 낮추었다.

　우두머리 남자는 양손을 바지 주머니에 찌른 채 앞으로 다가가더니 핸드폰을 꺼내 영정에 들이댔다. 찰칵 찰칵 찰칵. 경쾌한 셔터음이 연이어 울렸다. 장걸의 미간이 움찔거리며 좁아졌다. 맥박이 상승하는 것 같았고 얼굴에 핏기가 오르는 듯했다.

남자는 장걸 쪽으로 몸을 돌리고는 피식 웃었다. 그리고 처음 만난 사람처럼 말했다.

"곽중선이 아드님이시군."

남자가 능치는 투로 말하며 손을 내밀었다.

"인사는 해야지? 나는 임창현이야."

장걸은 대꾸 없이 남자를 내려다보았다. 임창현이라는 남자는 장걸의 시선을 맞받아치며 여유롭게 웃었다.

2. 창현

샤워를 마친 창현은 젖은 머리칼을 수건으로 말리며 거실로 나왔다. 아파트 베란다 창으로 보이는 아침 풍경이 싱그러웠다. 다산아파트 502동 꼭대기 17층을 자기 집으로 정한 것은 이 베란다 창밖 풍경 때문이었다. 깨끗한 하늘과 11월의 가을 산이 눈에 들어왔다. 충분한 잠을 누리고 난 몸이 서서히 깨어났고 식욕이 솟았다.

창현은 콧노래를 흥얼거리며 냄비에 계란 두 개와 물을 넣고 인덕션을 켰다. 냉동해둔 원두를 꺼내 분쇄기에 갈고 사이폰 상부 플라스크에 융 필터를 고정했다. 사이폰으로 커피를 추출해 마시는 건 창현이 최근에 시작한 취미였다. 창현은 커피 향을 음미하며 파프리카를 썰었다. 파프리카를 하얀 접시에 담고 요거트에 블루베리를 여섯 알 넣었다. 2분 뒤면 인덕선이 꺼질 터였다. 창현은 계란 노른자가 찐득한 정도로 익은 걸 좋아했다.

창현은 베란다 앞 앤티크 탁자에 아침 식사를 차렸다. 창밖 아래 풍경은 느긋했다. 차도, 오토바이도, 사람도 모두 느릿느릿 움직였다. 모두 웃는 얼굴로 거리를 오갈 것 같았다. 핸드폰에서 알림음이 울렸다. 날씨 정보였다. 쾌청한 늦가을 하늘을 즐기라는 메시지였다. 창현은 요거트를 떠서 입안에 넣고 핸드폰 사진첩을 열었다.

어제 찍은 중선의 영정이 떴다. 창현보다 한 살 많았지만 열 살은 더 나이 들어 보이는 얼굴이었다. 창현은 눈가를 찌푸리고 중선을 노려보았다. 상쾌했던 기분이 순식간에 찌그러졌다.

'대체 왜 죽은 거야? 술 때문인가?'

중선은 예순셋의 나이로 생을 마감했다. 중선을 처음 봤을 때 창현은 열일곱 살이었다. 40년 넘게 알아온 사람의 죽음이었다.

'코가 왜 이래?'

창현은 사진을 확대해서 코를 자세히 내려다보았다. 콧날이 약간 왼쪽으로 휜 것 같았다. 어쩌다 콧날이 휘어버렸을까 생각하다가 창현은 피식 웃고 말았다. 중선의 콧날이 휜 채 굳어버린 건 창현 자신 때문이었다. 주먹으로 때렸을까, 각목으로 때렸을까. 어쩌면 도자기나 재떨이 따위로 코뼈를 부러뜨렸을

지도 몰랐다. 언제였는지도 기억나지 않았다.

중선은 과거의 창현과 현재의 창현을 잇는 다리 같은 사람이었다. 중선을 보면 과거의 자신이 기억났다.

양평 촌구석 거지로 살다가 임식호의 눈에 들어 양자로 들어갔던 어린 시절.

임식호가 죽은 뒤 서울로 올라와 조직폭력배로 살았던 과거.

조폭짓거리를 뒤로 물리고 지주건설 대표로 살아온 30여 년 세월.

그 세월을 통과하면서 창현은 성공했다. 직원이 스물두 명뿐인 회사이기는 해도 대표 자리는 자신의 것이었다. 자신을 주인으로 섬기는 서른 명 지주회 남자들의 우두머리였다.

창현은 국세청에서 일하던 중선을 끌고 와 자신의 개인 회계사로 써먹었다. 중선은 낮에는 국세청 직원, 밤에는 창현의 직원으로 살았다. 중선에게서 보고받은 창현의 재산은 600억 원이 넘었다. 10여 개가 넘는 사업체와 서른 채가 넘는 다산아파트, 임대 상가와 갭 투자를 위해 묻어둔 의정부와 동탄의 아파트가 모두 창현의 소유나 다름없었다. 평생을 걸쳐 일군 창현의 땅이었다. 다른 부동산은 지주회 회원들의 이름으로 차명 관리했지만 임식호의 땅이었던 산과 임야, 그의 고택만큼은 창현의 이름을 박아두었다. 그 사실을 떠올리면 가슴이 뻐근할 정도로 좋았다. 임식호가 선산으로 쓰려고 매입했던 이

룡산 중턱에 지주회 사람들이 살아갈 타운하우스를 짓는 계획
은 화룡점정이었다. 몇 년만 더 지나면 평생의 꿈이 이뤄질 터
였다.

완전한 승리를 앞둔 이 시점에 중선이 죽어버렸다.

중선이 죽어버린 건 계획에 없던 일이었다. 난처한 상황이
기는 해도 해결하면 될 일이었다. 다만 복잡하고 은밀한 창현
의 재산 관리를 맡기려면 사람을 고르는 데 골치가 아플 터였
다. 월급도 줘야 하니 그동안 없었던 지출도 해야 했다.

창현은 영정 속 중선을 다시 쳐다보았다. 지금껏 한 번도 본
적 없는 환한 표정이었다. 그건 중선이 웃는 얼굴로 카메라 렌
즈를 쳐다보았다는 말이었다. 창현은 입꼬리를 비틀어 올리며
중얼거렸다.

"망할 년. 대체 뭐가 좋아서."

창현은 호로록 커피를 들이켰다. 창밖을 바라보며 쩝, 소리
가 나도록 입맛을 다셨다. 다산아파트의 정갈한 풍경을 내려
다보며 창현은 자신의 계획을 점검했다.

특수학교 문제를 해결하고 다산아파트 재건축을 도모한다.

재건축조합장이 되어서 아파트 가치를 최대한 올린다.

지주회 형제들의 아파트를 담보로 대출을 받은 뒤 그 자금
으로 이룡산 타운하우스 공사를 시작한다.

공사가 끝나면 담보 잡힌 아파트를 팔아치워 대출금을 갚
는다.

타운하우스로 지주회 형제들을 이주시킨다. 분양가는 시세
보다 조금 낮게.

새로운 사업을 시작한다.

창현은 만족스러운 숨을 내쉬며 생각했다. 새로운 사업이라
면 뭐가 좋을까.

창현은 지주회 이경식 부장이 말했던 출장뷔페 사업을 떠올
렸다. 자금 세탁용으로 운영하던 허울뿐인 사업이었는데 이경
식 부장이 콘서트 도시락 사업 쪽으로 활로를 열면서 쏠쏠한
자금원으로 성장했다. 본격적으로 시작한 도시락 사업의 매출
은 연 6억 원을 뛰어넘었다. 예상 밖의 일이었다. 이경식 부장
은 말했다.

"유명 콘서트 같은 경우는 말입니다. 몇만 명 관중이 몰립니
다. 경호원들이랑 콘서트 운영진들이 바빠서 식당 갈 시간이
없대요. 이때 필요한 게 바로 도시락이라는 거죠."

도시락 몇 개 팔아서 무슨 돈이 되겠느냐고 이경식 부장에
게 통박을 주었으나 콘서트 기간 내내 끼니마다 천 개가 넘는
도시락을 팔아치울 수 있다는 말에 생각을 고쳐먹었다.

도시락 사업 진출을 결정하며 느꼈던 긴장감은 지금까지 돈

을 벌어들이며 느꼈던 희열과 달랐다. 내친김에 출장뷔페 사업에도 본격적으로 뛰어들었다. 천 명이 모이는 대기업 체육대회를 유치했을 때는 모든 것이 천 명분이었다. 이경식 부장은 우스꽝스럽게 거들먹거리는 몸짓으로 말했다. "대표님, 앞으로는 저희를 출장뷔페라고 하지 마시고 케이터링이라고 해주세요. 도시락 사업은 어디까지나 덤입니다." 그렇게 말하는 이경식 부장의 얼굴을 보는데 속에서 울컥거리는 기운이 올라왔었다. 음지에서 키울 일이 아니라는 생각에 최소한의 금액으로 세금도 냈다. 사업하는 재미에 아파트 관리를 뒷전으로 미루기까지 했다.

케이터링이라는 이상한 이름이 붙었어도 꿀릴 게 없는 사업이었다. 음지에서도 빛을 발했던 능력과 인맥은 새로 시작할 사업에서도 유용할 터였다. 자신의 재산을 완전히 세탁해서 누구도 의심할 수 없는 온전한 가업을 이루고 싶었다. 사업의 굴곡을 경험하고 싶었다. 실패도 해보고 싶었고 낙심도 해보고 싶었다. 직원을 고용하고 공장을 세우고 세금도 내고 잘될 만한 곳을 골라 매장도 몇 개씩 내는 상상을 했다. 어떤 사업이든 확장이 가능한 사업을 하면 좋을 것 같았다. 사업이 탄력을 받으면 독지가 흉내 좀 내고 국회에 진출하는 것도 생각해볼 만했다.

창현은 앤티크 탁자에 놓인 커피잔을 들었다. 뿌듯한 감정을 더 즐기고 싶었으나 핸드폰이 진동하면서 전화가 왔다. 김 실장이었다. 창현은 핸드폰을 들고 통화 버튼을 눌렀다.

"응. 김 실장. 좋은 아침."

네. 대표님. 김 실장의 목소리는 언제나처럼 무덤덤했다. 창현이 물었다.

"장부는? 회수했지?"

김 실장이 대답했다.

"말씀하신 대로 어제 곽중선의 집을 털었습니다만."

창현의 한쪽 눈썹이 올라갔다.

"없습니다. 캐비닛이 전부 비었습니다. 컴퓨터도 없어졌고요."

창현은 커피잔을 내려놓았다. 출렁거리며 쏟아진 커피가 탁자 위에 흥건했다.

"없어? 장부가 없어? 하나도?"

"네. 집 안 전체를 샅샅이 뒤졌는데 없었습니다."

"금고는? 중선이 방에 금고."

"거기도 비었습니다."

가슴 한복판을 칼로 그은 것 같았다. 아찔한 통증이 정수리에서 등줄기로 빠져나갔다. 창현이 물었다.

"확실해?"

"네."

창현은 전화를 끊었다. 캐비닛의 장부들이 없으면 창현의 자산을 운용할 수 없었다. 금고에 있던 백색 상자와 검은 장부 두 권은 다른 사람 손에 넘어가서는 안 되는 것들이었다.

백색 상자에 들어 있던 것은 이면 계약서, 녹취자료, 각서 같은 것들이었다. 지주회 형제들의 이름으로 구입한 부동산의 원래 주인이 창현이라는 것을 못 박은 증거였다. 자그마치 30여 년간의 기록이었다. 지주회를 하나로 묶는 실질적인 연결 고리였다. 창현이 소유한 서른 명 형제들을 마음대로 쥐고 흔들 수 있는 목줄이었다.

금고가 비었다는 것은 검은 장부도 사라졌다는 말이었다. 창현은 정관계 인사들과 거래한 내역을 검은 장부에 꾸준히 정리해왔다. 요구한 내용, 거래한 일시, 사람, 액수, 장소 등을 기록한 장부였다. 위험 부담이 따르더라도 혹시 모를 사태를 대비해 자세히 정리해두라고 중선에게 지시했었다. 일종의 보험이었다. 위급할 때 꺼내 흔들 수 있는 '조커'였다. 창현의 집에 두면 위험할 것 같아 중선의 집 금고에 두었다. 중선이 창현의 재산관리인이라는 걸 아는 사람은 없었으니까.

창현은 이마에 배어난 땀을 닦았다. 벌어진 사태가 현실이 아니었으면 했다. 정말 사라진 거라면 수습이 어려울 정도의 큰일이었다. 마지막으로 장부를 확인한 건 한 달 전 중선의 집에 찾아갔을 때였다. 그때는 분명 모든 장부가 빠짐없이 캐비닛에 들어 있었다. 검은 장부 두 권과 백색 상자도 도어록이 달린 금고 안에 있었다.

문득 영정 속 중선의 웃는 얼굴이 떠올랐고 속이 뒤틀렸다. 창현은 아랫입술을 지그시 물고 두 주먹을 그러쥐었다. 사태를 직접 확인하기 전까지는 당황하지 않을 작정이었다. 이제껏 살아오면서 위태로운 순간들을 수도 없이 넘겨왔다. 노련함이라면 누구에게도 뒤지지 않을 자신이 있었다.

당장 움직여야 했다. 창현은 안방 옷장을 열고 아파트 경비원 유니폼을 꺼냈다. 전신거울 앞에 서서 유니폼을 입은 뒤 '다산아파트 경비'라는 노란 글자가 수놓인 모자를 눌러썼다. 그는 모자챙의 각도를 조절한 뒤 관리사무소장에게 전화를 걸었다.

"관리사무소 CCTV 확인 좀 합시다. 한 달 치 CCTV 기록 있죠? 그거 일단 외장 하드디스크에 옮겨두세요."

관리사무소장은 당황한 듯했다. 무슨 이유 때문에 찾으시는지 여쭤봐도 되겠느냐는 관리사무소장의 말에 창현은 벌컥 짜증을 내고 말았다.

"그냥 하라는 대로 하세요."

창현은 구두를 신고 현관문을 나섰다.

3. 장걸

　어머니의 장례를 마치고 하루를 더 쉬기로 했다. 장걸은 주민센터에 가서 사망신고를 하고 법무사에 들러 상속 절차를 의논했다. 그러고는 검정 지프를 몰아 어머니의 집으로 갔다. 백미러에 비친 눈에 핏발이 서 있었다. 어머니의 죽음을 들은 뒤로 잠을 제대로 자지 못했다. 뚫던 터널이 출구도 보지 못한 채 무너져버린 것 같았다. 치밀어오르는 울분을 삭이느라 담배만 태웠다. 술까지 마시면 감정 조절이 되지 않을 것 같았다. 뜨내기로 살아온 탓에 불러낼 친구도 없었다. 혼자인 게 편했지만 지금 같은 기분을 혼자 감당하는 건 아무래도 벅찬 감이 있었다.

　장걸은 내비게이션의 안내 음성에 따라 운전대를 돌리면서 혼잣말을 했다.

"좋잖아. 돈도 생기고."

어머니는 장걸이 고등학교 2학년 때 집을 나온 뒤 다산아파트로 이사했고 그곳에서 17년을 살았다. 다산아파트 503동 1407호와 5천만 원이 조금 넘는 현금을 유산으로 남겼다. 혼자서 50평이 넘는 아파트에 살았다는 게 이상했으나 장걸에게는 좋은 일이었다. 장걸로서는 처음으로 가지게 될 규모 있는 재산이었다. 화장터에서 장걸은 중얼거렸다. 돈은 돈이니까. 아파트를 현금으로 바꾼다면 얼마가 될지 알 수 없었으나 장걸이 일해서 마련할 수 있는 돈은 아닐 터였다. 처음으로 집을 소유하게 된 것이기도 했으니 뜨내기 생활을 접고 자리를 잡는 것도 생각해볼 수 있었다.

프리랜서 화약 관리사는 거처가 일정치 않았다. 공사 현장을 따라 떠돌아다니며 살아야 하는 직업이었다. 방파제 발파 작업을 하기 위해 바닷가 모텔을 거처로 잡아 몇 주를 살기도 했다. 자금 사정이 열악한 협력업체 소속으로 일할 때는 컨테이너나 회사에서 마련한 임시 숙소에서 지내야 할 때도 있었다. 일당으로 수십만 원을 받는 일이었지만 1년 벌이는 고만고만했다. 일 처리가 분명하고 시간을 정확히 지킨다는 입소문을 타면서 일이 제법 들어왔으나 서른다섯에 화약 주임을 한다고 하면 일단 한 번 더 쳐다보는 게 이쪽 일이었다.

장걸은 신호등 앞에 차를 멈추고 주변을 살폈다. 퇴근 시간

대였는데도 거리를 오가는 사람이 드물었다. 도심 외곽의 오래된 시가지였다. 왕복 6차선 도로 양옆에 난 인도는 너무 넓어서 인도 한가운데에 가로수를 한 줄 더 심어도 될 것 같았다. 조립식으로 지은 1층짜리 해장국 식당에는 터무니없이 큰 간판이 걸려 있어서 식당이 간판을 이고 있는 것 같았다. 장걸은 운전대를 손가락으로 두드리며 어머니가 이런 데서 살았군, 하고 생각했다. 일부러 가볍게, 그런 말들을 여러 번 주워섬겼다.

문득 강정혜의 말이 떠올랐다.

어머님 죽음에 혹시 이상한 점 없었어요?

이상한 점이 있을 수도 있다는 말이었다. 인터넷으로 찾아본 강정혜는 상당히 잘나가는 재선 국회의원이었다. 나이는 마흔둘. 젊은 층의 표심을 얻기 위한 여당의 선거 전략으로 비례 의원이 됐다가 지역구 의원으로 발돋움한 사람이었다. 눈에 띄는 의정 활동과 언론 활동, 시원시원한 말솜씨와 호감 가는 외모로 인기가 제법이었다. 경찰대를 중퇴한 뒤 대학에서 심리학을 공부했는데 대학원에서는 도시계획학으로 석사 학위를 받았다. 서른두 살에 사법 시험에 합격해서 변호사가 됐고 그 뒤로는 흔히 말하는 인권 변호사의 길을 걸었다. 시간 강사였던 남편이 5년 전 교통사고로 사망했다는 기록도 있었다.

강정혜의 이력은 장걸과는 달라도 너무 달랐다. 장걸은 고등학교를 중퇴하고 검정고시로 고졸 자격을 얻었다. 군대를 다녀온 다음에는 건설 현장에서 경험과 기술을 쌓았다. 뭔가를 터트려버리는 게 좋아서 화약 관리사가 됐고 돈벌이에 도움이 되는 굴삭기 운전 기능사 자격도 취득했다. 장걸은 강정혜를 생각하며 눈가를 찌푸렸다. 허튼 말을 할 사람은 아닌 것 같았다. 교통사고로 남편을 잃은 일이라도 없었다면 인생 너무 불공평하구나, 싶을 정도로 훨훨 날아다니며 살아온 사람이었다.

장걸은 차창 틀에 팔꿈치를 올리고 전방을 응시했다. 신호가 바뀌었다. 장걸은 기어를 바꾸고 가속페달을 밟아 다산아파트로 향하는 도로로 접어들었다. 목적지에 도착했다는 내비게이션 안내 음성이 울렸다.

장걸의 지프는 다산아파트 정문에서 막혔다. 대형 백화점이나 병원에 놓을 법한 차량 출입 통제 부스가 있었다. 차 번호판을 자동으로 인식하는 주차 관제 시스템이었다. 일흔 남짓 되어 보이는 경비원이 부스에서 몸을 내밀고 어떻게 오셨느냐고 물었다. 묻는 목소리가 까탈스러웠다. 장걸은 대답했다.

"503동 1407호 가는데요."

"1407호? 거긴 왜요?"

장걸은 인상을 썼다.

"가족입니다만."

경비원의 안색이 변했다. 잠시만 기다리라고 하고는 부스 창을 소리가 나도록 닫았다. 장걸의 차 뒤로 다른 차가 접근하자 장걸은 경적을 울려 경비원을 다시 불렀다. 그는 무엇이 급한지 전화를 하면서 장걸에게 손짓을 했다. 차를 저쪽에 대고 기다리라는 것 같았다.

장걸은 정문 근처 빈터에 차를 대고 경비실과 아파트 주변을 둘러보았다. 바스러진 플라타너스 이파리 조각들이 바람에 쓸렸다. 「특수학교 건립을 반대한다」, 「폐교 부지에 종합문화센터를 건설하라」, 「오랜 세월 천대받은 낙후지역 주민들은 눈물짓는다」 같은 문구들이 적힌 플래카드가 가로수와 가로수 사이에 늘어진 채 흔들렸다. 장걸은 2차선 도로를 사이에 두고 다산아파트 정문 맞은편에 자리한 초등학교를 바라보았다. 한눈에 봐도 폐교된 학교였다. 울타리에 웃자란 채 말라버린 풀이 스산했다. 도로 건너 가로수 사이에도 특수학교 건립을 반대한다는 플래카드들이 늘어져 있었다. 장걸은 검정 가죽점퍼에 팔을 꿰고 차에서 내렸다. 날도 흐려서 보이는 풍경 모두가 스산했다.

오랜 시간 방치된 거리였다. 부서진 보도블록이 많았고 페인트가 벗겨진 가드레일은 너저분했다. 타일을 바른 2층짜리 아파트 상가 건물은 만족할 만한 수익을 올리기 어려워 보였다. 오가는 사람도 적어서 개라도 끌고 다니는 행인이 있으면 시선을 두고 쳐다보게 됐다. 낙후된 지역이라는 주민들의 원성은 나름 타당해 보였다. 장걸은 아파트 앞 부동산 전화번호를 핸드폰에 저장했다. 바지 주머니에 손을 꽂고 정문 근처를 어슬렁거리는데 문득 어머니가 오가며 보았을 풍경이라는 데 생각이 미쳤다.

주차관리 부스의 문이 열렸다. 쥐색 유니폼을 입은 경비원이 구부정한 자세로 장걸에게 다가와 허리를 숙였다. 경비원은 차량 번호를 등록하느라 늦었다며 죄송합니다, 송구합니다, 하는 말들을 연발했다. 장걸은 어머니의 집이 있는 503동 앞에 차를 대고 내렸다. 차에서 내린 장걸은 주위를 둘러보며 눈을 껌벅거렸다. 아파트 단지 안으로 몇십 미터 들어왔을 뿐인데 풍광이 달랐다. 아파트 담장을 경계로 다른 나라에 들어선 것 같았다. 다산아파트는 나무가 무성했고 보도블록도 정갈했다. 산책로 난간도 멋스러웠다. 재활용 쓰레기장에는 용도를 알 수 없는 기계장치가 들어서 있었고 우레탄이 깔린 아파트 놀이터에는 숲 분위기를 내는 원목 놀이기구들이 널찍한 간격을 두고 놓여 있었다. 샛노란색 앞치마 차림의 어린이집 교사들과 원복을 입은 아이들이 깍깍거리며 술래잡기 같은 놀이를 하고 있었는데 외모를 기준으로 가려 뽑은 것처럼 아이

들이고 교사들이고 마냥 예뻤다. 느티나무와 은행나무, 소나
무가 적당한 간격을 두고 심겨 있었다. 몇십 번의 겨울을 보내
면서 자기 터를 단단히 다진 향나무와 느티나무들이 햇볕 적
당한 곳까지 잎과 가지를 낸 공간이었다.

30여 년 전에 지어진 아파트였다. 오래되기는 했어도 살뜰
히 관리한 티가 났다. 어떤 면에서는 신축 아파트보다 나았다.
동과 동 사이가 좁은 편이었는데도 답답하기보다는 정돈된 느
낌이었다. 장걸은 503동을 올려다보았다. 14층은 그야말로 까
마득했다. 저 높이에서 몸을 던졌을 어머니를 생각했다. 끔찍
스런 느낌에 눈길이 아래로 떨어졌다. 장걸은 어머니가 내려
다보았을 풍경과, 걸었을 산책로와, 드나들며 인사를 나누었
을 사람들을 바라보았다.

장걸은 503동 앞을 서성였다. 경비실 너머로 엘리베이터가
보였다. 어머니의 손길과 시선이 닿았을 자리였다. 얼마 전까
지 어머니의 발자국이 찍혔을 복도였다. 특유의 묵직한 걸음
걸이로 현관 앞 계단을 내려오는 어머니의 환영이 비치는 것
같았다. 자신의 목을 조를 때 내비쳤던 어머니의 광기 어린 눈
빛이 떠올랐다. 부엌칼을 들고 장걸의 방으로 들어오면서 너
는 아니었어, 나에게 너는 아니었어, 하고 중얼거리던 어머니
의 모습이 어른거렸다. 약한 전류에 감전된 것처럼 손끝이 저
렸다.

지치는 기분이었다. 지난 며칠 내내 장걸을 괴롭혔던 과거였다. 이제는 그만하고 싶었다. 장걸은 몸을 돌렸다. 지프에 올라타고 문을 닫았다. 지금까지 살아왔던 대로 살면 그만이었다. 어머니는 어머니대로, 장걸은 장걸대로, 그렇게 살면 그만이었다. 장걸은 아까 봐두었던 부동산에 전화를 걸었다. 한 남자가 전화를 받았다. 아파트 가격이 어떻게 되느냐는 말에 그는 자기 것을 자랑하는 것처럼 시세를 읊었다.

"재건축만 되면 15억은 충분히 받고도 남죠."

장걸은 눈을 깜박였다. 재건축이 확실하냐고 묻자 공인중개사는 그건 제가 모르죠, 하고 말을 돌렸다. 그러면서도 몇 년만 기다리면 15억은 충분히 될 거라고, 이 근처에 지하철이 뚫린다는 소문도 있고 호재가 한두 개가 아니라고 말했다. 공인중개사가 떠보듯이 물었다.

"사시게요?"

가격만 알아보는 거라고 대꾸하고 전화를 끊었다. 운전대에 손을 얹고 차창 밖을 쳐다보는데 저절로 웃음이 흘렀다. 15억 원이라는 돈을 벌려면 얼마간의 노동이 필요한가 생각했다. 장걸의 사정에서 한 달에 저축할 수 있는 돈은 100만 원 가량이었다. 100만 원을 1년 저축해봐야 1200만 원이었다. 10년을 모으면 1억 2000만 원. 장걸은 핸드폰을 꺼내어 계산기 어플을 실행시켰다. 15억 원을 계산기에 입력하다가 0의 개수를 잘못 찍어 몇 번 셈을 반복해야 했다. 매달 100만 원 저축으로 15억 원을 모으려면 1500개월이 필요했다. 1500개월은 얼른 감이 오지 않아 12로 나누었다.

125년. 1500개월은 125년이었다. 틀림없는 계산 결과에 도달한 장걸은 핸드폰에 찍힌 15억 원이라는 숫자를 다시 내려다보았다. 우와, 이거, 하는 탄성이 절로 나왔다. 125년을 한 방에 뛰어오른 것 같았다. 이런 식으로 어머니에게 고맙다는 마음을 느끼게 되는 건가, 장걸은 생각했다.

'재건축을 할 거란 말이지.'

장걸은 손으로 까칠한 턱을 쓰다듬었다. 설핏 웃음이 돌았다. 서울 변두리 아파트 가격이 이 정도였나. 장례를 마치고 여기에 오기까지 어머니의 집값이 얼마일지 생각해보기는 했으나 막상 예상 금액을 알고 나자 마음이 그때와 또 달랐다. 장걸은 차에서 내렸다. 너절한 기분이 되어버렸어도 나쁘지는 않았다. 호재가 생기고 시간이 더 흐르면 혹시 20억? 다산아파트 사정이 어떤지 알아보고 난 뒤 매각을 결정해도 늦지 않을 터였다.

장걸은 차에서 내렸다. 허리춤에 양손을 올리고 어머니의 집을 올려다보았다. 돈 얘기에 바로 태도를 바꾼 자신이 우스웠지만 돈은 돈이었다. 지금까지는 인생 계획을 세운다는 것이 불가능했다. 미래를 상상하다가도 집값에 이르면 매번 다

음으로 넘어가지 못했다. 사업을 벌이기 위해 대출을 받으려
해도 은행은 토지나 건물 같은 담보를 요구했다. 장걸에게는
가질 기회조차 없었던 것들이었다. 그러나 이제는 달랐다. 손
안에 15억 원이 있는 거나 마찬가지였다. 숫자들이 눈앞에서
우아하게 넘실거렸다. 서른다섯 나이에 인생의 운이 트이는가
싶었다. 집을 팔아치운 뒤 포클레인이나 덤프트럭을 사는 것
도 괜찮을 것 같았다. 돈이 모이면 협력업체를 하나 꾸려 제대
로 사장 노릇을 한번 해볼 수도 있었다.

　501동에서 한 남자가 잰걸음으로 걸어나오는 게 보였다. 이
십대 중반으로 보이는 남자였는데 핸드폰을 목에 걸고 있었
다. 위아래 회색 운동복 차림이었다. 팔을 인형처럼 아래로 쭉
뻗어내리고 있었는데 빳빳하게 펼친 손끝은 비스듬히 위로 향
한 모습이었다. 펭귄 흉내를 내는 전위예술가 같은 걸음걸이
였다. 이따금 하늘을 향해 양 손바닥을 올리고 무어라 중얼거
리며 타닥타닥 뛰기도 했다. 어색한 뜀박질이었다. 이십대 남
자가 보일 몸짓도 아니었다.남자가 입으로 내는 소리는 보통
사람과는 발성 자체가 달랐다. 새가 지저귀는 듯한 소리였고
입 밖으로 낸 소리도 말이 아니었다. 남자는 장걸 옆을 지나 아
파트 정문까지 뛰어갔다가 다시 돌아오기를 두 번 반복했다.
말도 아니고 비명도 아닌 소리를 띄엄띄엄 내질렀다. 장걸만
남자를 쳐다보고 있던 게 아니었다. 놀이터에서 놀던 아이들

과 어린이집 선생님들도 남자를 흘끗거렸다. 501동 현관에서 나온 통통한 몸집의 아주머니가 남자의 뒤를 따라가고 있었다.

"준호야!"

뛰던 남자가 우뚝 섰다. 장걸은 아파트 입구를 쳐다보았다. 남자를 부른 건 단발머리를 한 젊은 여자였다. 여자는 준호를 향해 탁탁탁탁 소리를 내며 뛰어오고 있었다. 청바지에 쇼퍼백을 어깨에 건 모습이었고 퇴근하는 분위기였다. 준호가 "누나! 누나! 누나!" 하고 소리치며 경쾌한 스텝으로 달려갔다. 준호는 누나에게 달려가 몸을 던졌다. 여자는 준호를 받아 안고 뒤로 휘청거렸다. 준호가 숨을 헐떡이며 누나에게 말을 걸었다. 연거푸 같은 질문을 던지는 것 같았는데 무슨 말인지는 알아들을 수가 없었다. 여자는 준호의 두 손을 잡고 쪼그리고 앉아 눈을 맞췄다. 낮은 소리로 무어라 말하며 준호를 진정시켰다. 준호는 고개를 끄덕이며 차츰 안정을 찾았다.

장걸은 여자를 쳐다보았다. 어디에서 본 듯한 얼굴이었다. 여자는 일어서면서 쇼퍼백을 어깨에 고쳐 멨다. 이마에 배어난 땀을 닦으며 긴 한숨을 내쉬었다. 준호를 따라온 아주머니가 여자에게 말했다.

"준호가 오늘은 힘들어하네요. 자꾸 회장님만 찾고. 머리카락 뽑아 먹는 거 막다가 저도 좀 당했어요."

아주머니는 소매를 걷어 손톱 자국이 난 팔을 여자에게 보여주었다. 여자는 고개를 숙이며 죄송하다고 했다. 아주머니가 준호에게 손을 흔들어 인사를 건넸지만 준호는 몸을 돌리고 손가락으로 손바닥을 연거푸 두드릴 뿐이었다. 여자는 준호를 한 번 쳐다보고는 아주머니에게 공손히 고개를 숙였다.

아주머니는 걸음을 옮기려다 말고 여자에게 말을 건넸다.

"저기, 미안한 말인데, 내가 준호 활동 지원을 언제까지 할지는 모르겠어요. 우리 딸이 곧 출산이거든요. 엄마는 왜 자기를 안 봐주냐고 하도 성화여서요. 내가 자영 씨 사정 알긴 아는데, 이게 참 난처해요. 내가 최대한 다른 사람 알아볼게요. 오해는 말아요. 지난번에 밤새 준호 맡았다고 감정 상해서 그러는 건 아니니까."

여자는 고개를 주억거렸고 아주머니는 아파트 정문 쪽으로 걸어갔다. 아주머니의 뒷모습을 쳐다보는 여자의 얼굴에는 표정이 없었다. 준호와 여자가 함께 있는 모습이 낯익었다. 어머니 장례식에서의 한 장면이 떠올랐다. 장례식장에서 본 여자였다. 울 만큼 운 얼굴로 빈소에 들어왔고 어머니의 영정 앞에서 엎드려 한참을 흐느껴 울었다. 준호는 그 옆에 서서 이해할 수 없다는 표정으로 알아들을 수 없는 소리를 웅얼거렸다.

그 사람들이군. 장걸은 생각했다. 몸을 돌리려는데 여자와 눈이 마주치고 말았다. 장걸이 머뭇거리다가 가벼운 인사를 건넸다. 장걸을 알아본 여자도 고개를 숙였다. 그때, 준호가 장걸에게 다가왔다. 너무 스스럼없는 접근이어서 장걸은 자기도 모르게 몸을 뒤로 뺐다. 여자가 준호의 팔을 가볍게 잡고 "아냐. 이러면 안 돼" 하고 속삭였지만 준호는 개의치 않았다.

준호가 장걸을 두고 여자에게 물었다.

"누구야?"

여자가 말했다.

"곽 회장님 아들."

"할머니 아들? 이름이 뭔데?"

여자가 난처한 기색으로 준호를 말렸으나 준호는 장걸을 향해 한껏 반가운 기색을 내비치며 여자의 팔을 끌었다.

준호가 장걸에게 말했다.

"안녕하세요. 최준호입니다. 여기는 제 누나 최자영입니다. 곽 회장님은 우리 할머니예요."

할머니라니. 이건 또 무슨 소리일까. 어머니가 이 아파트에서 친하게 지냈던 사람들인 모양이었다. 느닷없이 벌어진 상견례에 설핏 웃음이 났다. 당황스럽기보다는 신선했다.

"저는 곽장걸입니다."

준호가 말했다.

"곽 회장님이랑 닮았어요."

자영이 끼어들었다.

"안녕하세요. 준호 누나예요. 곽 회장님 장례식장에서 잠깐 뵀었고요."

회장이라는 말이 걸렸다. 조문 온 사람들도 어머니를 곽중선 회장이라고 불렀다. 장걸이 아는 어머니는 한 모임을 대표하는 자리에 설 사람이 아니었다. 이들이 어머니와 친한 사이였다는 말도 걸렸다. 어머니가 누군가와 관계를 맺고 곰살맞은 대화를 나누며 살았단 말인가. 그게 가능한 사람이었단 말인가.

자영이 준호의 팔을 가볍게 끌며 "준호야, 가자" 하고 말했지만 준호는 누나에게 타이르듯이 "누나, 잠깐만 기다려봐"라고 말하고는 장걸을 향해 고개를 돌렸다.

"우리는 할머니랑 엄청 친했어요. 같이 놀러도 가고 밥도 먹었어요."

"같이 놀러도 갔어? 어머니가?"

장걸은 자영에게 물어보았다.

"어머니와는 어떻게 알고 지낸 사이였죠?"

자영은 잠시 주저하다가 입을 열었다.

"동지였어요."

동지라니. 장걸은 쓴웃음을 참았다.

"이 아파트 입주자대표회 회장이셨어요. 다산아파트 17기 입주자대표회의. 저도 동대표였고요. 이런저런 일을 같이했는데 마음이 잘 맞았어요. 제 편도 많이 들어주셨고요."

장걸은 고개를 주억거렸다. 자신이 모르는 어머니의 삶을 알게 될수록 기분이 묘하게 뒤틀렸다. 자영이 말했다.

"비번은 아세요?"

장걸은 무슨 말인가 싶어 자영의 얼굴만 바라보았다. 자영이 다시 말했다.

"곽 회장님 댁 현관문 비번요."

장걸은 핸드폰을 꺼내 들었다.

"알려주시면 감사하겠습니다."

자영은 여섯 자릿수 번호를 불렀다. 장걸은 128703, 128703 속으로 숫자를 되뇌며 더듬더듬 손가락을 놀려 현관문 비밀번호를 저장했다. 굵은 손가락 때문에 자꾸만 엉뚱한 숫자가 화면에 떴다.

장걸은 "고맙습니다" 하고 인사했다. 자영은 고개를 까닥거리고는 준호의 손을 잡아끌었다. 준호도 더는 고집을 부리지 않았다. 누나와 팔짱을 끼고 걸어가던 준호는 장걸을 돌아보고는 활짝 웃어주었다. 장걸은 자기도 모르게 입꼬리를 올리며 웃어버렸다. 준호의 얼굴에 핀 웃음이 느닷없고 투명했기 때문이었다. 준호가 손도 흔들어주었기에 비슷한 정도로 손인사를 했다. 준호의 반응을 알아차린 자영이 장걸을 돌아보았다. 장걸은 헛기침을 하고는 몸을 돌렸다. 그때였다.

갑자기 사방에서 군대 행진곡풍의 연주곡이 흘러나왔다. 다들 하던 일을 멈추고 주의를 기울이게 될 만큼 웅장한 곡이었다. 음악이 줄어들고 아파트 전체에 여자 목소리가 울렸다.

"관리사무소에서 알려드립니다. 오늘 20시에 아파트 정문에서 특수학교 건립 반대 집회가 있습니다. 다시 말씀드립니다. 오늘 20시에 특수학교 반대 집회가 있습니다. 입주민 여러분들께서는 민주시민의 적법한 권리 행사에 필히 참여해주시기 바랍니다."

그 말 뒤로 남자의 카랑카랑한 목소리가 붙었다. 남자는 다산아파트 주민의 의무와 권리를 강조했다. 낙후된 주변 상권과 인프라에 대한 불만을 이야기했다. 방송은 집회 참여를 독려하는 여자 목소리로 마무리됐고 다시 아까의 연주곡이 울렸다. 많이 들어본 곡이 분명한데 어떤 곡인지 생각이 나지 않았다. 분명한 것은 아파트와는 어울리지 않는 노래라는 것이었다.

4. 자영

아파트 단지에 울려 퍼진 노래는 〈The Star Spangled Banner〉였다. 별이 빛나는 깃발. 자영은 준호의 손을 잡고 501동 아파트 엘리베이터를 향해 빠른 걸음으로 걸었다. 연주곡이었으나 미국 국가로 쓰이는 곡이었다. 엘리베이터 안에서 준호가 미국 국가를 콧노래로 따라불렀다. 자영이 입술에 검지를 댔지만 준호는 못 본 척했다. 자영은 엘리베이터 안에서도 울리는 그 노래를 가만히 견뎠다.

아파트 안내 방송을 할 때마다 짤막하게 등장하는 〈The Star Spangled Banner〉는 다산아파트가 임창현의 손아귀에 있다는 상징이었다. 곡명 그대로 깃발 같은 거였다. 미국 국가를 아파트 안내 방송 음악으로 쓰는 건 누가 봐도 어색했다. 동대표자 회의에서 문제를 제기한 게 여러 번이었으나 안건으로 상정되지도 못했다. 임창현의 지시를 받은 지주회 소속 동대표들은 자영의 문제 제기를 일축했다. 미국 싫어요? 빨갱인가? 그냥 노랜데 속이 꼬이셨나보네. 가사도 없는데 음악만 좋으면 됐지. 딩동 소리보다는 낫잖아요? 이죽거리는 말들은 다수결로 결정하자는 말로 이어졌고 결과는 늘 임창현의 뜻대로였다.

자영은 집으로 돌아와 미리 준비해둔 서명 용지와 플래카드를 챙겼다. 플래카드에는 다산아파트 앞 특수학교 건립을 찬성한다는 내용의 문구가 인쇄되어 있었다. 교육청은 다산아파트 앞의 폐교 부지에 특수학교를 세우는 계획을 발표했고, 임창현은 반기를 들었다. 아파트 단지 앞에 혐오 시설이 들어오면 아파트 가격이 떨어진다는 게 반대 주장의 핵심이었다. 자영의 핸드폰에서 채팅방 알림음이 울렸다. 다산아파트에 사는 장애 학생 학부모들의 채팅방에 민준 엄마의 메시지가 떴다.

「죄송해요…… 오늘 못 가요……」

서럽게 우는 귀여운 이모티콘과 함께 온 문자였다. 못 온다는 민준 엄마를 이해할 수 있었다. 임창현의 지시를 받은 동대표자회의는 특수학교 건립 반대 거리 행진을 결정했다. 세대별로 한 명은 꼭 나와달라고 연락을 돌렸고 현관 앞 게시판에도 오늘 집회를 홍보하는 전단을 붙였다. 508동 동대표는 불참하는 집에 불이익이 갈 수밖에 없다며 으름장 섞인 게시물을 엘리베이터에 붙였다. 506동 동대표는 집마다 돌아다니며 집회 참석 여부를 확인했다. 아파트 경비원들이 집회 참여를 독려하는 피켓을 들고 출근길과 퇴근길을 지켰다.

열다섯 명뿐인 장애 학생 학부모 채팅방에 맞불 집회를 하자는 글을 올린 것은 자영이었다. 명분은 우리 쪽이 우세하다고, 가만히 있어서는 안 된다고 했다. 쪽수에서 밀리더라도 정신까지 눌린 건 아니라는 걸 보여줄 필요가 있다고 했다. 맞불 집회에 함께하겠다고 반응한 사람은 열한 명이었으나 시간이 지날수록 빠지는 사람이 늘어갔다. 이제 남은 사람은 경연이 엄마, 자윤이 엄마, 인영이 이모, 한길이 아빠, 인혜 엄마 다섯 사람뿐이었다.

맞불 집회 준비는 자영이 도맡았다. 시간제 강사로 뛰면서 생활비를 버는 처지였는데, 2학기에는 기간제 수학 교사 자리를 찾지 못했기 때문에 여유가 있었다. 자영은 확성기를 식탁 위에 올려두었다. 다섯 학부모가 다섯 시에 자영의 집으로 오기로 했다. 짐을 챙겨 맞불 집회 장소로 신고한 다산초등학교 후문으로 가져가기로 했다. 이제 사람들을 기다리기만 하면 됐다. 자영은 핸드폰을 들고 채팅창에 메시지를 적었다.

「괜찮습니다. 오늘만 날인가요? 갈 길이 머니까요. 같이 할 기회는 더 많아요. 즐겁게 해봐요. 당차게! 꿀릴 거 없이! 언제든 환영이옵니다!」

웃는 이모티콘까지 올리자 채팅방 다른 학부모들이 저마다 한두 마디씩 보탰다. 이해한다. 힘내자. 이왕 하는 거 화끈하게 하자. 서운해할까봐 걱정하지 않아도 된다 같은 말들이었다.

자영은 냉장고를 열고 물병을 꺼내 입에 대고 마셨다. 냉장고 문에 붙여놓은 사진에 시선이 머물렀다. 지난봄, 곽중선 회장님과 준호, 자영이 함께 머리를 맞대고 찍은 사진이었다. 진분홍색 하트 더듬이가 대롱거리는 머리띠를 한 세 사람은 그날 남이섬 햇살보다 더 환한 얼굴이었다. 사진 속 곽중선 회장님을 볼 때마다 속이 울렁거렸다. 미안하고 그립고 죄스러운 감정이 한꺼번에 몰아쳤다. 보기 힘들어서 떼고 싶었으나 준호가 절대 떼지 못하게 했다.

"아아! 아아! 아아!"

확성기를 통해 울린 준호의 목소리가 13평 집 안에 울렸다. 방 둘에 주방과 거실이 구분되지 않은 집이었다. 자영은 한숨을 내쉬고는 준호에게 "준호야, 그만" 하고 말했다. 확성기 소리가 뚝 끊어졌다. 자영의 핸드폰이 진동했다. 509동 류현승 학생의 아버지가 보낸 문자 메시지였다.

「처지가 처지인지라 그 자리에 서지 못하게 됐습니다. 죄송합니다. 저희 매장에서 판촉 행사 때 쓰던 간이 천막을 후문 앞에 설치해두었습니다.」

못 오는 사정은 이해하고도 남았다. 아파트 상가에서 프랜

차이즈 빵집을 하는 그의 처지에서는 어찌 보면 당연한 불참이었다. 그동안 참여 여부를 고민한 것 자체가 고마운 일이었다. 간이 천막을 보내주는 것만으로도 위로가 됐다.

자영은 답장을 보냈다.

「감사합니다. 우리는 꼭 이길 거예요.」

자영은 자신이 적은 결연한 문장을 내려다보고는 피식 웃었다. 이 시점에 필요한 말임은 분명했지만 확신은 없었다. 자영은 곽 회장님과 나눴던 대화를 떠올렸다. 솔직히 임창현과 맞서 싸워서 이길 자신은 없어요. 자영이 푸념을 했을 때, 곽 회장님은 씁쓸하게 웃으며 말했다. 이기고 싶어서 싸우나? 싸우고 싶어서 싸우는 거 아냐? 하고 싶은 거 하니까 얼마나 좋아. 싸울 수 있어서 나는 그게 부럽다.

자영은 이마 아래로 내려온 머리칼을 뒤로 넘겼다. 주춤거릴 수는 없었다. 시작한 싸움이니 싸워야 했다. 자영은 핸드폰 주소록에서 강정혜 의원님이라고 적힌 이름을 찾아 문자를 보냈다.

「맞불 집회는 예정대로 하려고 합니다. 혹시 올 수 있으세요?」

답장은 바로 오지 않았다. 강정혜 의원은 특수학교 건립 문제에 관심을 두고 끝까지 지켜보겠다고 했다. 그 말을 다 믿지는 않았다. 최소한의 채무감이라도 주고 싶었다. 임창현과 싸우려면 지푸라기가 아니라 떨어지는 낙엽이라도 붙들어야 했

다. 안방에서 또다시 확성기 사이렌 소리가 울렸다. 정신이 종
종걸음치며 달아날 만큼 요란한 소리였다.

"준호야! 좀!"

확성기 소리가 끊어졌고 준호의 목소리가 울렸다.

"시끄러웠어? 시끄러웠어? 시끄러웠어?"

작은 방에서 걸어나온 준호는 자영의 어깨를 주물렀다. 자
영은 몸을 비틀며 말했다.

"됐어. 가서 너 할 거 해."

준호가 반색을 하며 말했다.

"태블릿PC 해도 돼? 유튜브 봐도 돼?"

자영이 말했다.

"웬만하면 게임하면 좋겠는데."

"게임은 싫은데? 유튜브가 좋은데?"

"만날 같은 것만 쳐다보고 있으니까 그러지."

"게임은 싫은데? 유튜브가 좋은데?"

자영은 한숨을 내쉬며 고개를 끄덕였다. 안방 미닫이문 닫
히는 소리가 들렸고 곧이어 K-pop이 흘러나왔다. 자영은 뻑
뻑한 눈을 손등으로 비비며 핸드폰을 확인했다. 그사이 강정
혜 의원에게서 메시지가 들어와 있었다.

「회의 끝나고 연락드릴게요. 갈 수 있으면 가보겠습니다.」

이도 저도 아닌 말이었다. 자영은 도움을 청할 만한 사람들

을 떠올렸다. 도움을 얻을 수 있다면 도깨비라도 상관없었다. 자영은 자신과 친하게 지냈던 동대표들과 전임 동대표들에게 전화를 걸었다. 맞불 집회를 거들어주겠다는 사람은 없었다. 대부분 곤란한 목소리로 엉뚱한 핑계를 댔지만 512동 대표는 솔직하게 자기 입장을 설명했다.

"자영 씨 입장은 알겠지만 우리도 좀 그래요. 나도 임창현이 싫어. 하지만 집값이라는 게 그렇잖아요. 다들 집 한 채 가지고 어떻게든 버텨보려는 사람들이고, 우리 집도 마찬가지야. 특수학교를 꼭 우리 아파트 앞에 둬야겠어요? 더 좋은 다른 데도 있을 거 아냐. 안 그렇겠어? 대한민국이 얼마나 넓은데 왜 꼭 여기여야 하느냐고. 그리고 여기 임대 살다가 겨우 터 잡은 사람들 많아요. 너무 서운하게 생각하지 않았으면 좋겠어."

이해할 수 있는 말이었다. 준호가 아니었다면 자영도 입장이 달랐을 수 있었다. 겪어보지 않으면 모르는 거니까 어쩔 수 없기도 했다. 512동 대표에게 장애인의 권리와 모두가 함께 사는 아름다운 세상을 설명할 수도 없는 노릇이었다.

자영은 장애인 단체에 전화를 할까 하다가 그만두었다. 몇 되지 않는 사람들이 사무실을 지키는 그쪽 사정도 빤했다. 지금 이곳에 와달라고 하면 어떻게든 사람을 보내려 애쓰겠지만 그곳 활동가들도 가정이 있는 사람들이었다. 머릿수 채워달라는 부탁을 할 수는 없었다. 자영은 바닥에 앉아 벽에 등을 기댔다. 이마로 쏟아진 머리칼을 위로 쓸어올리며 긴 한숨을 내쉬었다. 잠을 제대로 자지 못해 몸이 엉망이었다. 가만히 있어도 눈 밑이 파르르 떨렸고 시잉- 하는 이명이 울렸다. 심장 언저리가 무지근하게 눌리는 것 같았다. 맞불 집회는 초라하게 끝날 터였다.

자영은 512동 대표와의 통화에서 들은 한마디를 마음에 담아두었다.

나도 임창현이 싫어.

임창현을 싫어하는 사람이 적잖다. 임창현의 힘은 동대표회의를 장악한 지주회 회원들에게서 나오는 것이었다. 다산아파트 17기 입주자대표회의는 열네 명의 동대표와 입주자대표회 회장으로 구성되어 있었다. 그중 열 명의 동대표가 임창현이 우두머리로 앉아 있는 아파트 내 사조직 '지주회' 멤버였다. 회의는 대개 열 명의 지주회 소속 동대표와 자영의 대결 구도로 진행되었다.

지주회 회원들은 임창현의 부하나 다름없었다. 지주회 소속 동대표들은 임창현의 지시에 따라 움직였다. 페인트 도색 업체를 자기들 마음대로 골랐고 아파트 관리 회사와 경비 용역 업체를 바꿨다. 아파트 경비원들은 임창현에게 경례를 했다. 수십억 원의 아파트 관리 1년 예산이 아파트 경비원이자 지주회 우두머리인 임창현의 손에 있는 것이나 다름없었다. 입주

자대표회장이었던 곽 회장님이 자영의 편을 들어주곤 했지만
할 수 있는 일은 많지 않았다.

임창현을 이기고 싶었다. 특수학교를 세우고 싶었다. 임창
현의 손에서 아파트 동대표회의를 빼앗아와야 했다. 동대표들
을 바꿀 수 없다면 입주자대표회장 자리라도 가져야 했다.

자영은 달력을 쳐다보았다. 입주자대표회장 선거는 12월
말. 남은 시간은 50여 일이 전부였다.

5. 장걸

장걸은 1407호 앞에 섰다. 팔아버릴 마음은 미루었어도 오늘 당장 들어올 생각은 아니었다. 자영이 현관문 비밀번호를 가르쳐주지 않았다면 그대로 돌아가버렸을 터였다. 장걸은 흰 빛이 들어오는 계단참 창문으로 고개를 돌렸다. 반쯤 열린 창문으로 아이들 노는 소리가 들렸다. 멀리서 자동차 경적 소리도 들렸다. 아무래도 내키지 않았다. 들어가면 어머니의 공간을 마주하게 될 것이었다. 현관 앞 동작 감지 센서등이 꺼졌다. 잠시 머뭇거리던 장걸은 비밀번호를 누르고 문을 열었다.

집 안이 말도 안 되게 황량해서 당황스러웠다. 이삿짐을 꺼내버린 집처럼 거실에는 벽과 바닥뿐이었다. 소파도, 에어컨도, 텔레비전도, 관상용 화분도 없었다. 거실 베란다 창은 빗물 자국으로 지저분했다. 방이 모두 네 개였는데 두 개의 방은 거실처럼 휑했다. 빈집 같은 거실에서 주방만 도드라졌다. 주방에는 조리기구와 오븐, 전자레인지, 에스프레소 머신 같은 것들이 있었는데 모두 구입한 지 얼마 되지 않은 것이었다.

안방에는 옷장과 침대와 화장대 하나가 있을 뿐이었다. 침대 위에는 와인 두 병이 쓰러져 있었고 병 아래에 와인이 약간 고여 있었다. 장걸은 와인병을 내려다보다가 검지로 병을 굴려 상표를 확인했다.

두 병 다 샤또 오 브리옹이었다.

한 병에 100만 원이 넘는 와인이었다.

장걸은 쓰게 웃으며 매트리스 커버를 들추고 침대 아래를 들여다보았다. 역시 예상대로였다. 침대 아래에도 다른 종류의 와인 예닐곱 병이 옆으로 누워 있었다. 하나하나 확인해보지는 않았지만 모두 빈 병일 게 분명했다. 장걸은 속으로 중얼거렸다.

그럼 그렇지.

샤또 오 브리옹을 사온 날이면 어머니는 술을 조절하지 못했다. 한 병을 다 비우는 데 두 시간이면 충분했다. 죽기 직전까지 술을 퍼마셨을 거라고 생각하자 어머니의 마지막 모습이 그럴듯하게 완성되는 것 같았다. 어머니는 샤또 오 브리옹을 마시고 울었을 것이다. 자기 연민에 빠져 가슴을 할퀴었을 것이다. 붉게 충혈된 눈으로 고함을 질렀을 것이다. 그런 상태의 어머니라면 특별한 이유 없이도 충분히 자살할 수 있었다.

어머니의 손길이 닿았을 물건들을 장걸은 무심한 눈으로 훑었다. 어머니와 함께 살 때처럼 적막한 집이었다. 서로가 혼자인 가족이었다. 각자의 공간에서 자기 시간을 보낼 뿐 말을 섞는 일이 거의 없었다. 학습 준비물을 사야 한다는 말에는 "얼마를 원하지?" 하고 물었으나 개를 키우고 싶다는 말에는 눈도 마주치지 않았다. 학원에 가고 싶다고 하면 학원비를 대주었고 용돈을 올려달라면 일정한 규칙에 따라 인상해주었다. 어머니는 집안일도 하지 않았다. 일주일에 세 번 가정부를 불러 청소를 했고 식사는 사먹고 들어오거나 배달 음식으로 때웠다.

퇴근하고 나면 자정이 지날 때까지 어머니는 자기 방에서 나오지 않았다. 집에서도 늘 일만 했다. 매일 잠자리에 들기 전 어머니는 주방 식탁에 앉아 와인을 마셨다. 대개는 조용히 취해 잠이 들었으나 적정량을 넘겨 마셨을 때는 사납게 돌변했다. 식탁에 엎드려 숨을 헐떡이다가 욕을 쏟아내기도 했고 커터칼로 식탁보나 커튼을 그어버리곤 했다. 그것으로도 해소되지 않은 감정은 장걸에게 향했다. 그런 날이면 어머니는 장걸을 걷어차거나 주먹으로 뺨을 때렸다. 잠든 장걸의 배 위에 올라타 목을 조르기도 했다.

어릴 때는 어머니의 손아귀에 목을 눌려 버둥거리기만 했으나 좀 더 자란 뒤로는 술냄새만 풍겨도 저절로 눈이 떠졌다. 어머니를 피해 도망치는 것은 중학생이 되면서부터 그만두었다. 보통 아이들보다 곱절은 빨리 자랐던 장걸이었다. 어머니의 손으로는 장걸의 목이 다 잡히지도 않았다. 장걸은 고등학교 2학년 때 집을 나왔다. 취한 어머니가 식칼을 들고 방에 들어온 날 밤이었다. 장걸은 어머니를 발로 밀어 차버렸다. 장걸의 주먹이 어머니의 관자놀이와 가슴과 배에 꽂혔다. 비칠거리며 도망치려던 어머니는 방바닥에 토한 자신의 토사물에 미끄러져 옆으로 나자빠졌다. 장걸은 방바닥에 모로 쓰러져 버르적거리는 어머니를 내려다보다가 거실로 나갔다. 와인을 보관해둔 유리장을 쓰러트리고 식탁을 엎어버렸다. 뒤집힌 식탁 다리 하나를 비틀어 떼어낸 뒤 닥치는 대로 휘둘렀다. 텔레비전 브라운관이 터졌고 방문은 경첩째 떨어져나갔다. 뜯어낸 세면대를 욕실 바닥에 내동댕이쳐서 산산조각 냈다. 장걸은 어머니가 침대 매트리스 아래에 감춰둔 만 원권 현금 다발들과 옷장 구석에 넣어둔 손금고를 챙겼다. 그 길로 집을 나와 다시는 돌아가지 않았다.

거실 벽에 달린 스피커에서 거리 행진이 곧 시작된다는 방송이 나왔다. 장걸은 안방을 나와 작은방으로 갔다. 방문은 잠겨 있었다. 안방 화장대를 뒤져보았으나 열쇠는 없었다. 잠시 고민하던 장걸은 방문의 손잡이를 잡고 힘을 주어 돌렸다. 잠금장치들이 우그러지는 소리가 들렸고 스프링 튀는 소리가 들렸다. 무언가 끊어지는 소리가 났지만 문은 잠긴 그대로였다.

장걸은 뒤로 한걸음 물러서서 손잡이 옆을 발로 차버렸다. 요란한 소리와 함께 문이 열렸고 부서지고 휘어진 잠금장치 부속들이 쇳소리를 내며 방바닥에 떨어졌다.

잠겼던 방 안은 사무실 공간이었다. 커튼 없는 창 아래에 긴 책상과 의자가 놓여 있었고 오른쪽에는 체리색 책장이 있었다. 왼쪽 벽면에는 서류보관용 철제 캐비닛과 육중해 보이는 녹색 금고가 놓여 있었다.

방 안은 어지러웠다. 책장의 책들은 죄다 방바닥에 떨어져 있었고 철제 캐비닛과 금고도 문이 열린 채 텅 비어 있었다. 없는 것은 캐비닛과 금고의 내용물만이 아니었다. 책상 위에는 사라진 모니터와 컴퓨터 본체 자리를 따라 자국처럼 남은 먼지뿐이었다. 장걸은 형광등 스위치를 올리고 어머니의 방을 내려다보았다. 도둑이 들어왔다 나간 방 같았다.

장걸은 나머지 공간도 훑어보았다. 나머지 방 두 개는 텅 비어 있었다. 다용도실 세탁기 앞에는 빨랫감을 모아둔 플라스틱 바구니가 놓여 있을 뿐이었다. 장걸은 집 안 이곳저곳을 둘러보며 이 집을 어떻게 해야 할지 고민했다. 먼지가 소복이 쌓인 곳이 많아서 물걸레를 들었는데 한두 곳 닦다 보니 어느 틈에 본격적으로 청소를 하고 있었다. 지하철 공사 현장에서 전화가 와서 한참 통화를 했다. 통화를 마쳤을 때는 저녁 무렵이 되어 있었다.

장걸은 거실 베란다 창문을 열었다. 가죽점퍼 안쪽을 뒤져 담배 한 개비를 뽑았다. 창밖으로 다산아파트 전경이 보였다. 빛이 빠르게 사그라지면서 어둠이 드리워지는 중이었다. 멀리에서 구호 소리와 경적 소리, 선창하는 말을 따라 하는 군중의 목소리가 들렸다. 꽹과리와 북소리까지 섞여 있어서 가까이에서 듣고 있었다면 상당히 요란할 것 같았다. 장걸은 희푸른 담배 연기를 내뿜으며 어금니를 물었다. 어머니의 공간에 들어와 있으니 어쩔 수 없이 마음이 복잡했다. 꽁초까지 타버린 담배에서 불씨가 가는 숨을 내쉬는 것처럼 껌벅였다. 장걸은 싱크대 수도를 틀어 남은 불씨를 끄고 아일랜드 테이블 아래에 놓인 쓰레기통에 꽁초를 버렸다.

'뭐야, 이건.'

장걸의 눈썹 사이가 좁아졌다. 테이블 모서리에 주황색 네임펜으로 적은 문구가 보였다. 어머니의 글씨 같았다.

아무리 그래도 그렇지.

주황색 네임펜은 바닥에 떨어져 있었다. 뚜껑이 열린 채 떨어져 있었기 때문인지 펜촉은 건조했다. 장걸은 대리석 상판에 양손을 짚고 어머니의 글을 내려다보았다.

마지막 순간에 적은 문장 같았다. 휙휙 날리듯이 적은 글자

가 아니었다. 천천히, 감정을 실어 곧게 적은 글자였다. 술에
취한 사람의 글씨 같지 않았다. 장걸은 소리 내어 글자를 읽
었다.

"아무리 그래도 그렇지."

문구에 담긴 감정은 불분명했다. 넋두리 같기도 했고 원망
하는 것 같기도 했고 억울해하는 것 같기도 했다. 어머니는 누
구를, 무엇을 원망했을까. 어머니의 마음에 응어리진 것은 무
엇이었을까. 생각해본다고 해서 장걸이 알 수 있는 것은 아니
었다. 마지막으로 이 문구를 적고 14층 베란다를 향해 휘청휘
청 걸어가는 어머니의 마지막 모습을 떠올렸다. 자살의 그림
이 완성되는 것 같았다.

지나간 죽음은 잊으면 그뿐이었다. 공사 현장에서도 사망사
고는 종종 생겼다. 장걸과 알고 지냈던 동료 중에도 벽돌 더미
에 깔리거나 고층 작업 중에 떨어져 죽은 이들이 있었다. 한동
안은 당혹스러웠으나 곧 잊고 말았다. 어머니의 죽음도 그들
의 죽음처럼 사라지게 될 터였다.

지금 중요한 건 어머니의 집을 어떻게 할 것인지 결정하는
거였다. 들어와서 살 수도 있었고, 아니면 세를 줄 수도 있
었다.

지하철 9호선 터널 발파 공사는 작업 기간이 긴 편이었다.
장걸을 고용한 협력업체는 인부들의 숙소로 다세대 주택을 마

런했다. 숙소비용을 따로 받는 편을 선호했던 장걸로서는 모르는 사람들과 섞여 사는 일이 여간 성가시지 않았다. 덩치가 커서 다른 사람들과 한방을 쓰는 게 일단 민폐였다. 거실에서 혼자 자다 보면 화장실을 오가는 사람들 때문에 잠에서 깨는 일이 잦았다. 아침이 되어도 잔 것 같지 않아 돈이 들더라도 따로 나가 사는 것이 낫지 않을까 생각하던 차였다. 어머니 집과 공사 현장은 가까웠다. 팔아버릴 게 아니라면 여기에서 사는 것이 맞았다. 합리적이었어도 내키지는 않았다. 어머니가 살다가 생을 마감한 곳이었으므로.

집 안을 좀 더 둘러볼 생각이었다. 작은방으로 가려는데 핸드폰 벨이 울렸다.

"곽장걸 씨?"

장걸은 핸드폰을 귀에서 떼고 화면을 내려다보았다. 모르는 번호였다. 스피커에서 울린 여자의 목소리가 어쩐지 익숙했다. 차 안에서 전화를 받는지 내비게이션의 안내 음성이 함께 들렸다. 여자가 말했다.

"곽장걸 씨 아닌가요? 저 강정혜입니다."

아는 사람이었다. 장례식장에서 어머니의 죽음에 이상한 점이 없었냐고 묻던 국회의원. 장걸은 마지못해 대답했다.

"네. 곽장걸입니다."

"지금 어디죠? 혹시 다산아파트?"

그건 또 어떻게 알았을까. 장걸은 떨떠름한 목소리로 대꾸했다.

"그렇습니다만."

"다행이네요." 강정혜는 장걸에게 지시하듯 말했다.

"지금 당장 다산초등학교 후문으로 가요. 얼른."

장걸은 손으로 목덜미를 문질렀다. 장걸이 대답을 하건 말건, 강정혜는 자기 이야기를 계속했다.

"가서 자영 씨를 도와줘요. 지금 깡패 새끼들한테 둘러싸인 것 같으니까. 경찰 쪽은 답이 없대요. 내가 가면 좋은데 갈 상황이 아니네요."

자영 씨가 누구냐고 물으려는데 바로 생각이 났다. 아까 장걸에게 어머니 집 비밀번호를 알려준 여자였다. 준호라는 남자의 누나, 어머니를 동지라고 불렀던 사람이었다. 어머니의 장례식장에서 서럽게 울었던 여자였다.

"꾸물거리지 말고 얼른요. 자영 씨랑 그쪽 어머니랑 엄청 친했어요. 빚 갚는 셈 치고 얼른 가서 빨리 도와줘요."

전화는 그대로 끊겼다. 장걸은 어처구니없는 얼굴로 천장을 쳐다보며 "아이, 진짜" 하고 으르는 소리를 했다. 강정혜와 최자영, 그리고 어머니의 얼굴이 눈앞을 스쳐지나갔다. 잠시 고민하던 장걸은 핸드폰으로 다산초등학교의 위치를 검색하고 아파트 현관문을 나섰다.

6. 장걸

학교 후문 앞은 싸움터나 다름없었다. 남자 셋과 여자 다섯이 실랑이 중이었다. 남자들은 검정 마스크에 검정 점퍼 차림이었다. 검정 마스크 둘이 가로수 사이에 걸린 플래카드를 걷어내고 있었고 다른 한 명은 간이 천막을 철거하는 중이었다. 이동식 앰프와 마이크, 휴대용 확성기가 인도에 나뒹굴었다. 입간판식으로 세운 배너들도 넘어진 채였다. 자영은 플래카드를 떼어내는 남자들에게 달려들어 악을 쓰고 있었다. 여자 둘은 천막 다리를 접는 남자 옆에서 어쩔 줄 몰라 했다. 자기 머리카락을 움켜쥔 채 "여기 빨리 좀 와주세요! 빨리요!" 하고 전화를 하는 모습도, 핸드폰으로 철거 장면을 촬영하는 모습도 보였다. 검정 마스크들은 여자들이 그러거나 말거나 천막을 접고 플래카드를 묶은 줄을 끊었다. 바닥에 떨어진 플래카드에는 특수학교 건립을 찬성한다는 내용의 문구들이 적혀 있었다.

장걸은 숨을 고르며 자영에게 눈인사를 건넸다. 자영은 어리둥절한 얼굴이었다. 장걸은 몇 걸음 걸어가 가로등에서 플래카드를 풀어내는 검정 마스크의 어깨를 잡았다. 뭐야? 하고 고개를 돌린 남자는 장걸을 올려다보고 눈만 껌벅였다. 곁에 선 마스크들이 하던 일을 놓고 장걸을 주시했다. 장걸은 말했다.

"뭔지 모르지만 그만들 하지."

검은 마스크들이 장걸 쪽으로 다가왔다. 장걸은 손으로 이마에 밴 땀을 닦았다. 급히 달려왔기 때문인지 숨이 찼다. 힘을 쓸 상황은 아니었다. 특별한 이유 없이 위력을 사용하면 뒷감당이 어렵다는 것을 잘 알았다. 자영에게 무슨 일이냐고 물으려는데 검은 마스크 하나가 장걸의 팔을 잡으며 으르는 소리를 했다. 장걸은 남자 셋을 빠르게 훑었다. 무기를 소지한 것 같지는 않았다. 체구도 고만고만해서 무술을 익힌 사람이 아니라면 위협은 되지 않을 터였다.

검정 마스크들이 말했다. 불법 시설물을 철거하는 중이라고, 정당하게 법 집행을 하는 거라고 했다. 목소리나 말투로 보아 겨우 스무 살 조금 넘었을까 싶었다. 아저씨, 뭐예요. 상관 말고 꺼져요, 하고 말하는 수준들이었다. 맨 뒤에 서 있던 검정 마스크가 각목을 집어 들자 신경이 쓰였다. 장걸 뒤에 서 있던 자영이 쏘아붙였다.

"이딴 식으로 몰아내는 게 공무집행이라고요?"

장걸은 자영을 돌아보았다. 겉보기와는 달리 앙칼지고 배짱 있는 목소리였다. 검정 마스크 중 하나가 낮게 욕을 내지르며 나서려 들었다. 자영은 한 걸음 앞으로 나서며 말했다.

"지금 욕했죠? 공무원 맞아요? 아니죠? 그래요. 한번 해봐요. 덤벼봐요! 쳐봐요!"

갈라진 채 올라가는 자영의 목소리가 제법이었다. 장걸은 자영을 달래듯이 뒤로 빼고는 검정 마스크들 앞에 섰다. 상대 가 먼저 행동하기를 기다리는 게 현명했다. 장걸은 주변을 둘러보았다. 한산한 곳이기는 했으나 학교 후문은 주변에 비해 너무 어두웠다. 장걸은 근처 가로등이 죄다 깨져 있다는 걸 알아차렸다. 계획을 세우고 접근한 거였다. 뒤가 구린 작자들일 게 분명했다.

검정 마스크 중 한 명이 핸드폰을 귀에 댔다. 누군가에게 전화를 하려는 것 같았다. 장걸은 전화를 거는 검정 마스크의 손목을 잡고 가볍게 핸드폰을 빼앗았다. '김 실장님'이라는 이름의 번호로 전화가 걸리는 중이었다. 검정 마스크가 대들려고 하기에 손바닥으로 정수리를 지그시 누른 뒤 뒤로 밀어버렸다.

장걸이 들고 있던 핸드폰 화면이 통화 상태로 바뀌었다. 상대는 말이 없었다. 장걸이 먼저 말했다.

"뭐냐. 너는."

한숨 소리만 들렸다. 장걸은 핸드폰을 든 채 주변을 둘러보았다. 도로 건너편 해장국집 앞에 핸드폰을 귀에 댄 사내가 장걸 쪽을 쳐다보고 있었다. 노란 간판의 불빛에 남자의 윤곽이 선명하게 드러났다. 장걸은 장례식장에서 마주했던 사내를 떠올렸다. 임창현은 그를 김 실장이라고 불렀다. 김 실장이라는 남자가 그때 그 사내라면 이곳 상황을 정리하는 게 만만치 않을 수 있었다. 무엇보다 그가 임창현과 관계가 있다면 여기서 그냥 얌전히 당해주는 게 나을지도 몰랐다. 이건 대체 뭐지, 싶었다. 장례식장에서도 임창현의 출현이 의아했었다.

확인해야 했다.

장걸은 통화 종료 버튼을 눌렀다. 도로 건너편 사내의 핸드폰 불빛이 꺼졌다. 다시 전화를 걸자 사내의 핸드폰에 불이 들어왔다. 장걸은 김 실장이라는 사람의 전화번호를 저장하고 검정 마스크에게 핸드폰을 돌려주었다. 장걸은 도로를 건널 만한 지점을 찾았다.

자영이 말했다.

"어디 가요?"

장걸이 말했다.

"얼굴만 보고 올게요."

자영이 말했다.

"누구요?"

장걸이 턱 끝으로 도로 건너편을 가리키며 말했다.

"김 실장이라는 사람."

장걸은 차도로 내려섰다. 6차선 도로였고 속도를 올리는 차들이 많았다. 장걸은 거리를 가늠하며 건널 순간을 노렸다. 도로 건너편에서 장걸을 지켜보던 김 실장이 몸을 돌려 걸어가기 시작했다. 도로변에 세워둔 검정 세단으로 가는 듯했다. 김 실장이 자리를 피하자 검정 마스크 세 명도 약속이나 한 듯이 슬금슬금 자리를 떴다. 차들이 생각보다 빨라서 건널 순간을 잡기 어려웠다. 장걸은 도로를 가로질렀다. 차들이 경적을 울리며 장걸의 뒤를 지나갔다. 장걸은 중앙 분리대를 넘자마자 나머지 세 개 차선을 그대로 건넜다.

장걸은 김 실장을 향해 소리쳤다.

"어이! 저기! 깜장 모자!"

김 실장은 걷다 말고 장걸을 돌아보았다. 도망치는 게 아니라 피하는 분위기였다. 장걸은 그를 향해 뛰었다. 검정 세단에 오르기 전, 김 실장과 장걸의 눈이 마주쳤다. 뱀 같은 얼굴의 남자. 임창현의 김 실장이었다. 장례식장에서 조용히 주전부리를 집어먹으면서 이따금 장걸을 쳐다보곤 했다. 김 실장이 탄 세단은 부드러운 엔진소리를 내며 도로를 따라 멀어졌다. 장걸은 인도에 서서 호흡을 고르며 멀어져가는 김 실장의 차를 쳐다보았다.

시위대의 구호 소리가 들렸다. 넓은 인도 저편에서 다산아파트 주민들의 시위행렬이 다가오는 게 보였다. 장걸은 육교 아래 어둑한 그늘에 들어가 담배에 불을 붙이고 두 입장의 싸움을 구경했다.

형광 조끼를 입은 사람들이 LED 경광봉을 들고 시위행렬의 측면을 오가며 시위대를 단속했다. 참여한 사람들이 어림잡아 500명은 넘어 보였다. 아파트 주민들은 앞선 사람들을 따라 천천히 걸었다. 형광 조끼를 입은 사람들이 북과 꽹과리를 두드리며 구호를 외치면 그들은 어설프게 구호를 따라 했다.

특수학교 반대한다.

반대한다. 반대한다. 반대한다.

특수학교 건립 중단하라.

중단하라. 중단하라. 중단하라.

장걸은 자영과 네 명의 여자들을 쳐다보았다. 여자들은 인도에 서서 두 장의 긴 플래카드를 펼쳤다. 한 장에는 「우리는 특수학교 건립을 찬성하는 다산아파트 주민입니다」 하는 문구가, 다른 한 장에는 「장애가 있는 내 딸도 이 땅에서 살아갈 권리가 있습니다」 하는 문구가 적혀 있었다. 500여 명의 시위대는 넓은 인도로 행진해왔다. 자영과 여자들은 바로 앞으로 지나가는 사람들을 향해 손을 입에 대고 외쳤다. "우리를 도와주세요! 외면하지 말아주세요! 특수학교가 들어와도 집값은 떨어지지 않습니다!" 같은 말들을, 쉰 목소리로 외쳤다.

여자들 중 하나가 시위대 앞에서 흐느끼기 시작했으나 그들은 무심히 지나갔다. 다른 여자들이 플래카드를 내려놓고 인도에 주저앉은 여자를 끌어안았다. 자영은 우는 여자들을 달래다가 부둥켜 안아버렸다. 형광 조끼를 입은 남자들이 더 큰 소리로 구호를 외쳐달라고 했고 반대한다, 반대한다, 반대한다, 하는 목소리가 거리에 퍼졌다.

장걸은 그 광경을 가만히 지켜보았다. 어딘지 모르게 석연치 않았다. 사람이 오가지 않는 거리를 행진하는 것도 이상했고 아파트 주민이 몇백 명이나 금요일 저녁에 나온 것도 못 보던 일이었다. 행진하는 주민들도 마지못해 끌려 나온 기색이었다. 시위대를 구경하듯 살피던 장걸의 시선이 갈고리에 걸린 것처럼 한 남자에게 고정됐다. 시위대 맨 뒤에서 경비원 유니폼을 입은 사내가 경광봉을 엉덩이에 툭툭 두드리며 느긋한 얼굴로 산책하는 양 걸어가고 있었다. 경비원 유니폼 차림이어서 금방 알아차리지는 못했으나 그는 분명 임창현이었다.

임창현이 어머니 곁에 있었던 거였다. 장걸의 눈썹 사이가 좁아졌고 가슴에서 무언가가 부풀어오르는 것 같았다. 장걸은 이 시위의 뒤에 임창현이 있다는 것을 직감했다. 어머니의 죽음을 다시 생각해봐야 했다. 어머니와 임창현이 한 아파트 단지에 있었다면 장걸이 모르는 일이 많았을 터였다. 어머니는 임창현이 지시한 어떤 일을 하고 있었을 것이고, 그 일은 분명법을 어기는 일이었을 것이었다. 임창현과 어머니의 죽음 사이에 어떤 관계가 있을 것 같았다. 설령 어머니의 죽음이 자살이라고 할지라도.

7. 창현

우청식은 김이 서린 사우나실 유리창을 바라볼 뿐 별다른 반응이 없었다. 창현이 먼저 말했다.

"갑자기 보자고 하신 이유가 있을 텐데요."

우청식은 이번에도 대꾸하지 않았다. 임창현은 우청식을 곁눈질했다. 창현은 우청식의 배꼽 아래로 늘어진 뱃살과 빈약한 허벅지를 흘끔거렸다. 마이더스 화원의 사장이라는 우청식의 직함은 허울이었다. 뒤에 감춘 그의 진짜 일은 나름 험하게 살아온 창현의 경험을 웃도는 것이었다.

사우나에서 만나는 것은 임창현과 우청식의 오랜 접선 방식이었다. 지금까지는 사우나에서 10분 이상 같이 있었던 적이 없었다. 둘만 있게 되기를 기다렸다가 필요한 말만 간략히 주고받으면 끝이었다. 오늘은 달랐다. 우청식은 임창현이 들어왔을 때도 눈알만 조금 굴렸을 뿐 딴생각에 빠진 사람처럼 사우나실 창밖만 응시했다. 무슨 문제가 터졌나 싶었으나 우청식의 옆모습을 보니 그렇게 심각한 분위기도 아니었다.

우청식이 임창현에게 요구하는 건 폭력이었다. 협박하거나 사진을 찍어오거나 몰래 차량을 파손하는 일부터 뺑소니, 납치, 고문 따위의 일들을 주문했는데 대상이 정·재계 인사나 유명인일 때가 종종 있었다. 창현은 김 실장을 시켜 우청식의 지시를 거의 완벽하게 소화해주었다. 사람을 죽인 건 딱 한 번뿐이었는데 그것도 일부러 그런 건 아니었다. 교통사고로 겁만 주려고 했으나 강정혜의 남편은 재수 없게도 현장에서 즉사하고 말았다. 창현은 우청식에게서 돈을 받거나 토지 개발 정보 같은 것을 얻었다. 김 실장이 경찰 수사선에 올랐을 때는 전화 한 통으로 해결을 보기도 했다.

창현은 우청식을 곁눈질했다. 사우나에서도 허리를 꼿꼿이 세우는 사람이었다. 겉보기에는 곱게 자란 남자였다. 나이도 자신보다 여덟 살이나 아래였다. 그런데도 우청식 앞에 서면 특별한 이유 없이 고개가 수그러들었다. 비루한 기분이 들었고 그런 기분을 느낀다는 것 자체가 자존심 상했다. 언제 보아도 만만한 사람이 아니었다. 우청식은 창현에게 차명 핸드폰을 건넸고 자신도 차명 핸드폰을 사용했다. 핸드폰은 만나는 장소를 정하는 용도일 뿐 말을 섞는 데 쓰지는 않았다. 얼굴 보고 이야기할 때는 반드시 사우나를 이용했는데 사우나 위치도 그때그때 달랐다.

사우나실 공기는 텁텁했다. 짜증을 드러내지 않기 위해 표정에 신경을 써야 했다. 어젯밤 집회에서 기운을 소진한 탓이었다. 단잠을 자고 있어야 할 시간에 사우나에 불려와 있자니 죽을 맛이었다. 그것도 한 시간은 차를 타고 와야 하는 산골로.

어려운 길을 오게 해놓고 우청식은 말이 없었다. 대체 지금 뭐 하자는 건가 싶었다. 말을 건다고 해서 딱히 대꾸를 할 것 같지도 않았다. 우청식이 밭은기침을 했다. 안색까지 좋지 않은 것 같아서 창현은 영 마음이 불편했다. 자기가 조금 전 우청식에게 건넸던 말들 중에 잘못된 것이 있었는지 생각했다. '다시 만나 반갑습니다'에 문제가 있었던 것은 아닌지, '11월인데도 날씨가 좀 춥네요. 이럴 땐 사우나가 정답이지요'가 틀렸던 건지, '요즘은 국회가 조용하네요. 평화로운 게 아무래도 좋은 거겠죠?'하고 꺼낸 말이 심기를 거스른 것은 아닌지. 되짚어봐도 알 수가 없었다.

젠장, 알게 뭐람.

창현은 사우나 의자에 등을 기대며 낮은 신음 소리를 냈다. 지금 다급한 건 우청식의 심기 따위가 아니었다.

곽중선이 죽어버린 뒤로 알아서 착착 진행됐던 돈 계산과 사업장 관리가 한꺼번에 멈춰버렸다. 어디에서 돈이 들어와야 하는지, 어디로 돈이 나가야 하는지 창현은 전혀 몰랐다. 회계장부가 모조리 사라졌기 때문에 다른 회계사를 찾아도 소용이 없었다. 더 큰일은 검은 장부 두 권과 백색 상자가 사라진 것이었다.

사라진 것들을 생각하면 저절로 얼굴이 굳었다. 곽중선이 죽은 지 나흘이 지났는데도 찾을 실마리조차 얻지 못했다. CCTV 영상을 살펴보려 했으나 도난이 일어났을 시간에는 아예 촬영이 되지 않았다. 임창현의 수족이나 다름없는 아파트 관리사무소장도 영문을 모르겠다고 했다. 경찰에 수사를 의뢰할 수도 없는 노릇이었다.

대체 누가 그랬을까.

머리가 지끈거렸다. 우청식과의 불편한 시간을 그만 끝내고 싶었다. 임창현이 다시 입을 열었다.

"요즘에는 사우나가 좋아요. 제가 이래 봬도 수줍음을 많이 타서요. 예전에는 옷 벗는 게 싫어서 공중목욕탕을 잘 안 갔거든요. 그런데 나이가 들수록 부끄러운 게 없어진단 말이죠."

우청식은 들은 척도 하지 않았다. 임창현이 다시 말했다.

"가끔은 고속도로 갓길에다 차를 대고 오줌도 싸요. 그래도 하나도 민망하지가 않아요. 누가 봐주면 좋겠다, 이런 생각도 들어요."

우청식은 대꾸 없이 자기 손끝을 쳐다보았다. 그리고 설핏 웃으며 말했다.

"경기 북부 사투리를 쓰는군요."

"네?"

경기 북부 사투리라는 말은 들어본 적이 없었다. 그런 것도 있나요? 하고 되묻자 우청식은 "북한 억양과 살짝 비슷해요"라고 말하며 검지로 관자놀이에 흐른 땀을 닦아냈다. 우청식의 말이 이어졌다.

"저도 그분들 밑에서 일하는 처지예요. 임 대표님이나 저나 별다른 거 없습니다."

우청식이 이런 식의 이야기를 꺼내는 것은 처음이었다.

"그동안 임 대표님이 했던 일들을 주의 깊게 검토해봤는데요. 이제는 어느 정도 믿고 맡겨도 될 것 같다는 판단을 저희쪽에서 하게 됐네요."

감사합니다, 하고 말해야 할 것 같아서 그렇게 말했다.

"여기에서 오고 가는 말들이 밖으로 나가면 안 됩니다. 그건 우리 사이의 상식이죠. 앞으로도 각별히 주의를 부탁드립니다. 어떤 기록도, 사진도, 녹음도, 자료도 남겨서는 안 돼요."

흠, 가벼운 헛기침을 한 뒤 우청식이 말을 이었다.

"그분들께서 임 대표님과의 관계를 더 돈독히 하고 싶다고 하십니다."

"관계를 돈독히요?"

"관계가 달라지면 태도도 바꾸셔야 합니다. 무엇보다 거래를 한다는 태도는 치우셔야 합니다."

저항심이 생기는 말이었다. 어디 사람을 말 한마디로 찜쪄 먹으려고 드나 싶은, 그런 유의 말이었다. 거래의 기술이 필요한 때였다. 지금을 어떻게 넘기느냐에 따라서 우청식 쪽과의 거래가 끊어질 수도, 이어질 수도 있었다. 우청식 쪽과 거래가 끊어진다면 이룡산 타운하우스의 지목 변경은 다른 루트를 찾아야 했다. 지금을 잘 넘겨 거래를 이어간다면 더 많은 이득을 볼 수도 있었다. 자신의 가치를 높여 유리한 고지를 선점해야 하는 시점이었다. 창현은 재빨리 말을 붙였다.

"저 같은 사람은 말입니다."

"말씀하시죠."

"모르는 게 있으면 의심부터 합니다. 된통 당한 적이 한두 번이 아니라서요."

우청식은 한숨을 내쉬며 창현으로부터 시선을 돌렸다.

"궁금한 걸 물어보세요. 대답할 수 있는 것은 대답을 하죠."

창현이 물었다.

"예전부터 말씀하셨던 '그분들'이 누굽니까? '저희 쪽'이라는 말씀도 하셨는데요."

"대답할 수 없는 질문이군요."

"그동안 사장님께서 저한테 말씀하신 일거리들도 그분들이 지시하신 겁니까?"

"글쎄요."

"관계가 달라지면 제가 무엇을 얻게 됩니까?"

"뭐요?"

우청식은 우습다는 얼굴이었다. 창현은 눈을 내리깔았다. 우청식 같은 치들을 다룰 때는 기분을 잘 맞춰줘야 했다. 베푸는 기분을 유지하도록 자신의 말과 표정에 신경을 써야 했다. 이제부터 가격 흥정이 시작될 거라 예상했으나 이어진 말은 엉뚱했다.

우청식은 말했다.

"임 대표님 땅 좋아하시던데요? 건물도 많고, 벌인 사업도 한두 개가 아니고. 목록이라도 읊어봐요?"

"네?"

우청식이 여유 만만한 얼굴로 말했다.

"우리 임 대표님 참 성실하셔서. 다산아파트에 500억 원쯤 묻어뒀다는 거잖아요. 지주회 회원들이 서른 명이 좀 넘으니까 두당 15억 정도로 계산하신 거고요. 그럴싸해 보이는 방법이긴 한데 너무 성실하셔서 측은하기도 하고 그러네요. 15억씩 차곡차곡 모아서 500억이라니."

서늘한 기운이 어깨에 내려앉았다. 우청식의 입에서 지주회 이야기가 튀어나올 줄은 몰랐다. 감췄던 것들이다. 사람과 재산을 동시에 거느리기 위한 나름의 묘책이었다. 등기부 등본이나 인터넷 검색 같은 것으로 알아낼 수 있는 정보가 아니었다.

"뭘 얻게 될지 물었죠? 가진 것의 규모가 달라질 겁니다. 지금보다 더 많이. 더 반짝거리는 것들을 가지게 될 거예요. 그러나 분명히 알아둬야 할 게 있어요."

어느새 창현은 낮춘 자세였다.

"그분들은 임 대표님을 파트너로 두려는 게 아니에요. 그분들이 원하는 관계는 계약 같은 걸로 유지되는 게 아니거든요. 저는 마뜩잖았지만 제 의견 따위가 중요한 것은 아니니까요. 그분들의 제안은 임 대표님에게 좋은 일입니다. 거래나 노동의 대가로 얻을 수 있는 건 한계가 있죠."

너무 당당해서 대꾸할 말을 찾기 어려웠다. 초장부터 말려들어가는 기분이었다. 자존심이 상하지 않아서 이상했다. 가진 것의 규모가 달라질 거라는 우청식의 말도 상당한 유혹이었다. 창현은 마지막으로 한 번만 더 각을 세우기로 마음먹었다.

"개가 되라는 겁니까? 물라면 물고 짖으라면 짖는."

우청식은 웃었다.

"비슷하네요. 어찌 보면 적확한 비유이기도 하고."

"싫다고 하면 어떻게 되는 건지."

"싫을 수가 없을 텐데요? 우리 대화에서 그런 말은 이미 적절치 않아요. 그분들께서 임 대표님을 쓰겠다고 하시면 그걸로 그렇게 되는 겁니다."

창현은 한 번 더 대꾸했다.

"맡기시는 일들에 실패하게 되면 제가 치러야 할 대가는 뭔가요?"

우청식은 입술을 다물었다. 무어라 말해야 할지 골똘히 생각에 잠긴 것처럼 보였는데 갑자기 클클거리다가 웃음을 터트렸다. 우청식이 웃음 섞인 목소리로 말했다.

"개가 제 역할을 못하면 어찌 되겠어요? 복날의 개 팔자 되는 거죠."

창현은 손등으로 입을 가리고 클클거리는 우청식을 쳐다보았다. 얼굴을 스치고 지나간 어린아이 같은 표정이 섬뜩했다. 복날의 개. 복날의 개. 우청식은 같은 말을 되풀이하다가 창현에게 시선을 두었다.

"제가 어릴 때요. 제 고향 마을에 성이 우씨인 아저씨가 있었어요. 우씨는 화약쟁이었어요. 폭약으로 바위 터트리는 사람이었죠. 그런데 이 아저씨가 도박으로 돈을 많이 날렸던 모양이에요. 빚까지 져서 도박판을 찾아다녔으니까 인간 말종이었던 거죠. 우씨한테는 와이프랑 아들놈이 하나 있었는데 뭔 사정이었는지 와이프가 아들놈도 버려두고 도망을 쳐버린 겁니다. 아들 녀석도 안됐지. 우씨가 그 아들한테 갖은 욕설을 퍼부으면서 주먹질 발길질 매질, 아무튼 못할 짓 참 많이 했거든요. 그 집 아들놈만 불쌍했죠.

사람 욕심이라는 게 참 얄궂어요. 잘살아보겠다고 부린 욕심이잖아요. 그런데 욕심이 커지면 말이죠. 욕심이 사람을 그냥 덥석 물어버려요. 욕심에 사람이 먹히는 거죠. 우씨는 술 먹고 동네 돌아다니면서 행패를 부렸어요. 민폐도 그런 민폐가 없었는데 사람들이 우씨를 어쩌지 못했어요. 우 씨가 품에 폭약을 하나 꽂고 다녔거든요.

폭약이라는 게 갖고 있으면 쓰고 싶잖아요. 힘이라는 게 그렇죠. 안에 품고만 있으면 그게 어디 힘인가요? 우씨도 그랬어요. 발작처럼 화가 올라오면 떡밥을 잔뜩 들고 마을 저수지에 가요. 물에다가 떡밥을 마구 뿌립니다. 그러면 물고기들이 좋다고 잔뜩 모여들어요. 거기에다가 폭약을 터트리는 거예요. 소리도 굉장하지만 터지는 모습도 아주 장관이에요. 4미터 정도 물이 치솟는다니까요? 폭약을 터트리고 나면 저수지가 그냥 허옇게 변하죠. 모여들었던 물고기들이 배를 까뒤집고 둥둥 뜨거든요. 우씨는 먹을 것도 아니면서 그렇게 물고기들을 죽였죠. 그걸 보면서 흘흘흘, 그런 소리로 웃었어요.

결국 우씨는 폭사했어요. 자살이었죠. 폭약을 얼마나 썼는지 다 쓰러져가던 집이 절반 넘게 날아갔어요. 폭격을 맞으면 이런 모습이겠구나 싶을 정도였죠. 장례 치르는 게 아주 골치가 아팠어요. 몸이 갈가리 찢겨나가서 손가락이랑 발목 같은 걸로 장례를 치러야 했죠. 우씨의 아들은 장례식장에서 오열을 하며 울었어요. 동네 사람들 중에서 그 아들이 울부짖는 소리를 듣고도 눈시울 붉히지 않은 사람이 없었댔죠. 망나니 같은 아버지였는데도 아버지는 아버지였다. 뭐, 그런 거겠죠?

아무튼 우씨는 죽었고 우씨 아들은 홀로 남았어요. 드디어 집안이 평온해진 거죠. 동네도 마찬가지고요. 폭약이 쾅! 하고 터진 뒤에 찾아오는 후련한 고요. 그런 게 있더라고요. 우씨의 아들은 장례식을 마친 뒤에 어딘가로 홀쩍 떠나버렸죠. 그런데 말이죠."

우청식은 임창현을 바라보며 씩 웃었다.

"떠나기 전에 우씨의 아들이 집 창고에 있던 폭약 한 상자를 몰래 다른 곳에 숨겼다는 거 아닙니까."

우청식은 말꼬리를 끌다가 천천히 입을 열었다.

"쓰고 남은 것들을요."

임창현은 우청식을 쳐다보았다. 장난기 어린 얼굴이었다. 목덜미에 소름이 돋는 것 같았다.

창현은 사우나 유리창으로 눈을 돌렸다. 그동안 살아오면서 터득한 육감 같은 게 발동했다. 우청식의 제안은 받아들여서는 안 되는 일이었다. 물리면 빠져나올 수 없는 덫이었다. 지금까지 갖춘 것들을 건사하는 것이면 충분하다고 창현은 생각했다. 거래를 하겠답시고 그분들에 대한 정보를 알려달라고 한 것부터가 실수였다. 10분 전으로 시간을 돌릴 수 있다면 그냥 뽕잎만 먹고 살겠습니다. 지목 변경만 부탁드립니다, 같은 말로 조용히 사우나를 빠져나갔을 것이었다.

무슨 말이든 해야 했다. 창현은 일단 나오는 대로 입을 놀렸다.

"제가 토목공사를 하잖습니까. 지주건설이라고, 아시죠? 저희 공사장에서도 폭약을 종종 씁니다. 산을 허물다 보면 예상치 못하게 큰 바위가 나올 때가 왕왕 있거든요. 암 재질에 따라 처리 방식이 달라지죠. 유압 절단기를 사용하기도 하는데 저는 아무래도 폭파를 하는 게 좋더라고요. 일하는 재미도 있고 비용도 싸게 먹히고요."

우청식은 조용히 웃었다. 창현이 하려는 말을 짐작한 것 같았다.

"경찰서에 매번 반납하는 게 귀찮아서 차 트렁크에 폭약을 보관하기도 하죠. 그런데 이게 갖고 있으면 불안해서요. 가능하면 재깍재깍 반납하는 게 낫더라고요. 사고라도 나면 큰일이니까요. 나이를 먹다 보니 이렇게 모범적으로 살게 되기도 합니다."

우청식이 빙긋 웃으며 말했다.

"발을 빼시려고요? 보기보다 배짱이 별로시네."

"죄송합니다. 제가 누울 자리를 잘 골라야 하는 나이라서요."

"잠깐만요. 이러면 반칙인데? 하지만 자연스러워서 딱 좋네요."

우청식은 가볍게 웃으며 팔뚝에 흐르는 땀들을 털어냈다.

"이룡산에 타운하우스 지을 계획이시죠? 거긴 좀 춥지 않나요? 북한강 강바람이 장난 아닐 텐데요. 어쨌든 제가 알 바는 아니고요. 거기 지목 변경 필요하시죠? 그쪽이 상수원 보호 구역이라 절차가 까다로워요. 아무래도 임 대표님 욕심보다는 환경이 더 중요하니까요. 웬만한 환경영향 평가보고서로는 통과가 어려울걸요?"

임창현은 목울대가 움직이도록 침을 삼켰다. 우청식이 지목 변경을 신경 써서 막으려 든다면 타운하우스 공사는 시작조차 할 수 없었다.

"임 대표님, 글자와 숫자가 어렵죠? 난독증에 산술 장애도 약간 있으신 것 같던데요."

"뭐요?"

임창현은 부릅뜬 눈으로 우청식을 내려다보았다. 우청식이 어디까지 알고 있는 것인지 알 수 없었다. 이미 아가리에 들어간 기분이었다.

"폭약 얘기는 그냥 해본 소립니다. 일종의 비유죠. 너무 겁먹지 말아요! 그 정도 각오로 그분들과의 관계에 들어와야 한다는 그런 얘기죠. 필요하다면 정말로 폭약을 써도 좋아요. 그분들은 그분들의 땅을 빼앗으려는 시도를 철저히 분쇄하고 싶어 하시거든요."

우청식이 이룡산 타운하우스 계획과 자신의 난독증을 어떻게 알았는지 짐작도 가지 않았다. 물어보고 싶었으나 하나 마나 한 질문이었다. 우청식은 임창현의 등을 툭툭 치며 말했다.

"지금부터는 정신 단단히 차리고 잘 들어요. 강정혜라는 국회의원이 있어요. 우리들이 모시는 그분과는 결이 다르죠. 그분들이 누우려는 쪽 반대편으로만 자꾸 머리를 두거든요. 아, 기억하죠? 몇 해 전에 임 대표님이 강정혜 남편을 아주 시원하게 보내버리셔서 아주 고마웠죠. 그 정도 밟아줬으면 철이 들법도 한데 아직도 정신을 못 차리고 아무 데나 독니를 박으려고 든다니까요? 빌어먹을 민주주의 같으니. 인기도 제법이어서 아주 날개를 달았어요. 지금은 중닭 수준이지만 언젠가는 봉황 같은 게 될지도 모르죠.

아무튼, 강정혜가 토지 관련 세금을 강화하는 법안을 발의하려고 들거든요. 택지소유상한제, 토지초과이득세, 개발이익환수제⋯⋯. 그딴 뭣 같은 빨갱이 법을 다시 살리려고 들어요. 그동안은 사법부와 언론이 잘 막아줬는데 이게 얘기 나올 때마다 걸쩍지근한 거죠. 강정혜는 한술 더 떠서 토지 보유세를 들먹이거든요. 말은 좋아요. 토지 불로소득을 환수해서 투기 세력을 거세하겠다는 건데…… 이 나라가 자본주의 국가라는 걸 모르는 모양입니다. 그런 놈들이 정치질이라니. 하!

물론 이번에는 실패할 겁니다. 성공할 수가 없죠. 네버! 하지만 사람이라는 게…… 살아 있는 거잖아요? 막지 않으면 계속 떠들어댈 거예요. 사람도 모으고 으쌰으쌰 데모 같은 것도 하겠죠. 자꾸 그러면 곤란한데 말이죠. 다른 건 몰라도 땅에 손을 대는 건 그분들뿐 아니라 나도 싫어요. 임 대표님도 곤란할 거예요. 우리 같은 사람들은 어쩌라는 건지 모르겠어요. 공평하지가 않잖아요.

강정혜를 죽이라는 얘기는 아니에요. 그저 조금 힘을 빼주라는 거예요. 강정혜 주변 사람들 신경을 긁어주세요. 그런 거 있잖아요. 겁주고 그러는 거. 강정혜가 경찰에 신변 보호를 요청할 수도 있는데 그건 너무 걱정 말아요. 경찰 쪽에도 그분들의 사람들이 있으니까요."

우청식은 강정혜의 보좌관과 비서관들을 손봐주라고 이른 뒤 사우나에서 나갔다. 임창현은 사우나에서 나와 냉탕에 들어갔다. 달궈진 몸이 식으면서 정신이 명료해졌다. 창현은 고개를 뒤로 젖히며 욕을 내뱉었다. 아무도 없는 목욕탕에 창현의 욕이 울려퍼졌다.

일단은 착수하지 않을 도리가 없었다.

2부

8. 장걸

    장걸은 빈방에서 눈을 떴다. 낯선 천장이 눈에 들어왔다. 어머니의 집이었다. 장걸은 몸을 일으키고는 한숨을 내쉬었다. 어젯밤 확인한 현장소장의 문자 메시지가 생각났다. 장걸은 709공구 암반 발파작업에서 밀려났다.

    어머니 장례를 치르는 동안 암반 작업을 맡은 협력업체는 원청에서 고용한 화약 관리사를 불러 발파작업을 진행했다. 현장소장은 장걸보다는 융통성 있는 원청 소속 화약 관리사를 더 높게 쳤다. 계약을 일찍 매듭짓자는 현장소장의 문자를 받고도 장걸이 딱히 할 수 있는 것은 없었다. 계약 기간이 한참 남았어도 알음알음 일자리를 소개받는 처지에 계약서를 흔들 수는 없는 노릇이었다.

    뜬금없이 15억이 생각났다. 픽, 웃음이 났고 일을 한다는 게 같잖아졌다. 베란다 창밖에는 비가 내리고 있었다. 평소대로라면 공사장에서 기계 소음을 들어야 하는 시간이었다. 장걸은 잠시 눈을 감고 냉장고 소리와 빗소리를 들었다. 배가 고팠다.

장걸은 주방으로 가 냉장고를 열었다. 남겨진 물건들을 보니 어머니의 일상이 읽혔다. 어머니는 파스타를 즐겨 먹었고 김치는 사다 먹었으며 작은 봉지에 포장된 초콜릿 아이스크림을 먹었다. 밀폐 용기에는 직접 만든 것으로 보이는 우엉 조림과 콩자반, 진미채 무침이 깔끔히 담겨 있었다.

장걸은 싱크대 서랍에서 사진이 든 액자를 발견했다. 어머니와 자영과 준호가 찍힌 사진이었다. 사진 하단에 인쇄된 문구가 있기에 소리 내어 읽었다. 낭만과 추억의 남이섬. 초록색 나뭇잎 문양과 코스모스처럼 생긴 꽃 이미지로 테두리를 두른 액자였다. 유원지에서 사진사에게 돈을 주고 찍은 뒤 바로 현상한 사진이었다.

사진 속 세 사람은 선글라스를 쓰고 손으로 브이를 한 모습이었다. 빛이 강렬한 날이었는지 얼굴의 주름과 저마다 다른 피부색이 하얗게 날아갔다. 진분홍색 등산 점퍼를 걸친 어머니는 핑크색 하트 두 개가 더듬이처럼 달린 머리띠를 하고 있었다. 자영과 준호도 같은 머리띠를 하고 있었다. 어머니는 세상에서 가장 행복한 사람인 양 기쁜 표정으로 웃고 있었다. 장걸은 본 적 없는 얼굴이었다. 자신에게는 한 번도 비치지 않았던 얼굴이었다. 속에서 묵직한 것이 치받고 올라왔다.

장걸은 소리내어 중얼거렸다.

이게 뭐야. 대체.

싱크대 서랍에 사진 액자를 다시 집어넣은 뒤 소리가 나도록 서랍을 닫았다. 장걸은 주방을 샅샅이 뒤졌다. 무언가가 더 있을 것 같았다. 서랍을 다 열어보고 식탁 의자를 밟고 올라가 찬장 구석구석을 살폈다. 주방을 오가는 중에도 식탁에 적힌 '아무리 그래도 그렇지'라는 문구가 눈에 걸렸다. 냉장고 위와 베란다, 세탁기 뒤를 뒤졌다. 장걸은 김치냉장고를 찾아 고개를 두리번거렸다. 김치냉장고에 와인을 보관할 수 있다는 말을 들었던 기억 때문이었다. 주방 옆에 작은 보조 주방이 하나 더 있었고, 진보라색 김치냉장고가 그곳 구석 자리에 있었다. 장걸은 김치냉장고를 열었다.

안에 든 것은 와인이 아니었다. 낡아빠진 플래카드가 김치냉장고 한 칸 가득했다. 장걸은 플래카드를 꺼내 거실 바닥에 펼쳤다. 바람과 햇빛에 시달린 흔적이 뚜렷했다. 특수학교 건립을 반대하는 문구들이 인쇄되어 있었다. 김치냉장고의 다른 칸에는 구겨진 전단지가 차곡차곡 쌓여 있었는데 전단지 내용도 특수학교 건립을 반대하는 것들이었다.

장걸은 거실 벽에 등과 머리를 기댔다. 구겨지고 흙이 묻은 전단지와 플래카드로 거실이 어수선했다. 특수학교 반대 플래카드와 전단지를 왜 걷어왔는지, 어째서 굳이 숨겨둔 것인지 짐작조차 가지 않았다.

장걸은 거실 바닥에 펼쳐둔 플래카드와 전단지들을 쳐다보다가 어머니의 작은방으로 고개를 돌렸다. 장걸은 그 방으로 들어가 서류와 파일철, 책과 자료집이 어지럽게 흩어진 방바닥을 내려다보았다. 하나하나 시간을 두고 뒤지다 보면 뭔가 나올 것 같기도 했다. 장걸은 바닥에 앉아 어머니의 방을 정리하기 시작했다.

세금 관련된 책들이 많았으나 개중에는 경제와 관련된 사상서들도 있었다. 진보와 빈곤, 사회 문제의 경제학, 노동빈곤과 토지정의 같은 제목들이었는데 하나같이 두껍고 글씨도 깨알 같았다. 최근에 발행된 책이었는데 모두 꼼꼼히 읽은 티가 났다. 바닥에는 시민단체 자료집이나 국회 토론회 자료집도 있었다. 토론회 자료집에 인쇄된 국회 토론회 날짜는 지금으로부터 한 달 전이었다. 무심결에 자료집을 넘겨보던 장걸은 자료집 앞부분에서 걸린 듯 멈추었다. 토론회 발제자 이름 중에 어머니의 이름이 있었다.

「곽중선 (서울 다산아파트 17기 입주자대표회장)」

발제 주제는 '특수학교 건설을 막는 아파트 매매 불로소득'이었다. 장걸은 핸드폰으로 강정혜, 국회 토론회, 특수학교,

불로소득이라는 단어를 검색해보았다. 주르륵 올라온 뉴스 중에는 어머니의 모습이 담긴 기사도 있었다.

세미나실 같은 공간에서 찍힌 사진이었다. 일렬로 배치한 책상 한 귀퉁이에 앉은 어머니는 마이크를 잡고 무언가를 설명하고 있었다. 발제자들은 모두 일곱 명이었는데 유난스레 큰 어머니의 덩치 때문에 사진이 어머니 쪽으로 기울어져 있는 것 같았다. 장걸은 검지와 엄지로 어머니의 얼굴을 확대했다. 깨진 픽셀에 선이 뭉개지기는 했어도 진지한 표정은 알아볼 만했다.

이기적이고 욕심 많은 노인으로 생을 마감할 거라고 생각했는데 지금까지 드러난 어머니의 죽기 직전 모습들은 그렇지 않았다. 나름 의미 있는 여생을 살겠다고 애썼던 것 같았다. 그렇게 살았던 사람이 아들인 자신에게는 어째서 연락 한 번 하지 않았을까, 장걸은 생각했다.

장걸은 방을 정리하다 말고 베란다로 걸어갔다.

어머니는 정말 자살한 걸까.

자살을 마음먹은 사람이 요리 도구를 사고 새로운 책을 사서 공부하고 국회 토론회에 가서 발제도 한단 말인가. 자살에 몰린 사람이라면 흐트러지고 망가진 흔적이 집 안에 드러나야 하지 않나. 주방의 물건들은 용도별로 가지런했고 다음에 쓰일 순서를 기다리는 것처럼 얌전했다. 삶는 식으로 빨래를 하곤 했는지 보일러실에 놓여 있는 스테인리스 들통 안쪽에는 허연 세제 찌꺼기가 말라붙어 있었다.

그때, 핸드폰 벨소리가 울렸다. 몇 달 전 같이 일했던 삼화 종합건설 박 사장의 전화였다. 박 사장은 특유의 건들거리는 말투로 장걸의 안부를 물었다. 별일 없다고 대꾸하자 박 사장은 말했다.

"요즘 일 없지? 꼭 좀 해줬으면 하는 일감이 있는데."

집에 있어 봐야 정신만 사나울 것 같았다.

"무슨 일인데요?"

"북한강 쪽이야. 서종면이라고. 혹시 아나?"

"양수리 북쪽요?"

"응. 거기. 산비탈에 간단한 발파 하나 해주면 되는 거야. 거기다가 무슨 모텔을 짓는데. 건축주가 발파 견적을 꼭 지금 봤으면 좋겠다고 하시네? 당장 갈 수 있겠어? 일당은 제대로 쳐주실 테니까 걱정은 말고."

장걸은 알았다고 대답했다. 정리하던 방을 그대로 두고 검정 가죽점퍼를 걸쳤다. 오전 내내 집에만 있었기 때문인지 머리가 지끈거렸다. 장걸은 지프에 올라 시동을 걸었다.

북한강변은 정갈하고 시원시원했다. 산과 강이 맞닿은 선에 낸 도로는 돈을 들여 단장한 티가 났다. 굽이진 길이 많기는 했어도 드라이브 코스로 명성을 얻을 만했다. 북한강 쪽 도로변에는 이파리가 떨어진 벚나무 가로수가 일정한 간격을 두고 심겨 있었다. 장걸은 빗방울이 사선으로 흐르는 차창 밖 풍경을 곁눈질로 힐끗거렸다. 북한강 너머 능선은 일렁이는 파도처럼 육중하면서도 유려했다. 급한 곡선 도로를 지난 뒤에는 억새가 자리 잡은 강변이 나타났다. 오른쪽에는 체육공원이, 왼쪽에는 강변 소방서가 있었다. 왼편 멀리 사다리꼴 구조물에 십자가를 세운 교회가 보였다. 박 사장이 이야기한 공사장은 교회에서 멀지 않은 곳이었다. 장걸은 논과 논 사이에 난 오르막길로 차를 몰고 올라갔다. 건설 현장은 황토가 드러난 산자락 아래였다.

장걸은 차를 멈췄다. 건설 현장으로 올라가는 도로 한 가운데에 쇠 파이프 세 개가 일정한 간격으로 박혀 있었다. 공사장에서 건축 보조 재료로 쓰이는 손목 굵기의 파이프들이었다. 도로 옆에는 그것들을 박는 데 동원한 것으로 보이는 녹색 소형 포클레인이 있었다. 지면에서 2미터 가까이 올라온 쇠 파이프들은 일종의 바리케이드였다. 길이 막힌 것은 장걸만이 아니었다. 그 앞에는 소형 트럭과 검정 벤츠가 서 있었고 마을 주민으로 보이는 남자 여섯 명과 공사관계자로 보이는 남자 서넛이 대치하는 중이었다. 인부로 보이는 남자가 마을 주민으로 보이는 사람들에게 손가락질하며 무어라 말하는 중이었는데 머릿수에서 우세한 마을 주민들 분위기도 만만치 않았다.
비가 흩날리는 중인데도 우산을 쓴 사람은 하나뿐이었다.

장걸은 상황을 살펴보다가 건축주에게 전화를 걸었다.

"여보세요."

짜증이 묻어난 목소리였다.

"화약 관리사 곽장걸입니다."

"아, 곽군?"

장걸은 잠시 입을 닫았다. 아는 사람에게 말을 건네는 투였
다. 저를 아십니까? 하고 물으려다 박 사장에게서 소개받았다
고만 말했다.

"지프차 타고 왔나? 깜장 거."

장걸은 차창 앞을 쳐다보았다. 트럭에 가려 보이지 않았으
나 대치하고 있는 사람들 중에 건축주가 있는 것 같았다. 장걸
이 말했다.

"네. 견적 보러 왔는데 길이 막혀서요."

"이리 와."

장걸은 대답하지 않았다. 반발심이 들게 만드는 말투였다.

"내려서 이리 좀 와보라니까? 와서 여기 이 꼴 좀 보라고."

장걸은 눈을 감고 이마를 문질렀다. 건축주가 누구인지 알
것 같았다. 장걸은 고개를 빼고 핸드폰을 들고 있는 남자를 찾
았다. 우산을 쓴 남자가 장걸을 쳐다보고 있었다. 임창현이

었다.

언제까지 임창현을 피할 수만은 없었다. 장걸은 차창 밖을 바라보다가 조수석에 벗어두었던 점퍼를 걸쳤다. 차에서 내리자 가죽점퍼에 빗방울 부딪히는 소리가 났다. 장걸은 사람들 쪽으로 걸어 올라갔다. 임창현은 우산을 쓰고 밭두렁에 올라서서 주민들을 향해 큰 소리로 말하고 있었다.

"당신네들 이러는 거 도로교통법 위반이라니까? 저 안쪽에서 불이라도 났다 쳐. 그런데 이 씨발 쇠말뚝 때문에 소방차가 못 들어가면 말이야. 화재로 인한 인명 피해, 재산 피해에 대한 책임이 전적으로 당신들한테 가는 거야. 이게 소방도로라고, 소방도로! 소방도로의 가치를 훼손한다는 건 말이지 국가의 기반 시설을 침탈하려는 행위야! 경찰 불렀으니까 여기 가만히 있어. 야, 뭐 해. 핸드폰으로 다 찍잖고!"

장걸은 점퍼 주머니에 손을 꽂은 채 임창현의 얼굴을 쳐다보았다. 임창현은 장걸을 발견하고는 얼굴에 주름을 잡아가며 웃었다. 장걸이 얼른 다가오지 않자 연거푸 손짓을 했다. 장걸은 임창현을 향해 걸음을 옮겼다.

임창현은 쥐색 항공 점퍼 차림이었다. 왼쪽 가슴에 촘촘히 박힌 노란 실로 '지주건설'이라는 글자가 박혀 있었다. 인부 중 하나가 장걸을 알은체하며 악수를 청했다. 그 남자도 임창현과 같은 복장이었다. 임창현은 싱글거리며 말했다.

"인사하지. 같이 일할 우리 심 과장. 장례식장에서 봤나?"

장걸은 그 자리에서 몸을 돌렸다. 길을 내려와 지프에 올라탔다. 시동을 걸려는데 뒤따라온 임창현이 조수석에 잽싸게 올라탔다. 임창현은 우산을 접어 차 안에 넣으려다 말고 "흐미 척척한 거" 하며 우산을 길바닥에 던졌다.

장걸이 말했다.

"뭡니까?"

"내가 부른 걸 알았으면 순순히 왔겠어? 내가 박 사장한테 부탁을 좀 넣었지."

"내리시죠."

임창현은 능글맞은 웃음을 흘리며 말을 이었다.

"김 실장한테 얘기는 들었어. 애들도 쫓아버렸다면서? 최자영이가 부탁을 하더냐?"

임창현은 차의 대시보드를 두드렸다.

"아주 단단한 차구만!"

장걸은 운전대를 잡고 앞을 응시했다. 비는 서서히 그쳐갔다. 임창현의 말이 효력을 발휘했는지 주민들이 포클레인 쪽으로 걸어가고 있었다.

"원하는 게 뭡니까."

"얘기 좀 하자는 거지. 못 들어줄 부탁도 아니지 않나?"

임창현은 고개를 낮추고 앞 유리창을 바라보았다. 손가락을

까딱거리며 모텔 공사장 뒤 산자락을 가리켰다.

"자, 봐라. 저기 저 산등성이를. 어릴 때 저기에 올라가본 적이 있다. 저기에 올라가면 북한강이 훤히 보이지. 해가 떨어지는 것도 아주 잘 보여. 나름 장관이야."

임창현은 가벼운 헛기침을 하고는 다시 말했다.

"여기가 아주 외진 데처럼 보이지만 강남에서 45분 거리야. 요 앞으로 북한강을 가로지르는 다리가 하나 들어설 거다. 그게 다 이 동네를 보고 만든 것이지. 저기 저 산등성이 쭉쭉 뻗은 데가 다 택지가 된다 이 말이다."

임창현은 쫙 펼친 손으로 택지가 될 거라는 산자락을 토닥거리는 시늉을 했다.

"다 내 땅이 될 거야. 저기에 전원주택단지를 지을 거다. 타운하우스 말이다. 우리 지주회 김 과장, 박 대리, 장 차장, 이과장…… 그 사람들만 서른이 넘어. 딸린 식솔들이 있으니 어림잡아 백이십 명이지. 거기에 새로 받을 사람들 생각하면 백오십 명쯤 될 거다. 집 한 채씩 턱턱 지어주고 가족처럼 사는 거다. 가족이 달리 가족이냐. 같이 먹고 같이 자고 같이 놀고 같이 울고 웃으면 그게 가족이지. 내가 이 생각만 하면 밥을 안 먹어도 배가 불러. 정말 멋진 그림 아니냐."

장걸은 운전대를 그러쥔 채 정면을 응시했다.

"네가 들어와야 완성되는 그림이야. 게다가 어쨌든 너는,"

임창현은 운전대를 쥔 장걸의 손에 자신의 손을 얹었다. 장걸은 이를 악물었다. 다음으로 이어질 말이 무엇인지 장걸은 알고 있었다.

임창현이 말했다.

"어쨌든 너는 내 아들이 아니냐."

9. 창현

　임창현을 입양한 임식호는 평양 지주 집안의 셋째 아들이었
다. 평양의 부호였던 임식호의 부친은 일제강점기를 거치면서
평양 근교의 농지 10분의 1을 소유할 정도의 대지주로 올라섰
다. 위기는 해방과 함께 찾아왔다. 아들들로부터 나라 사정에
대해 전해 들은 임식호의 부친은 새로 세워질 나라가 자신의
땅을 가만두지 않으리라는 것을 직감했다. 임식호의 부친은
해방이 달갑지 않았다. 친일파에 가까웠던 지난 행적들 때문
에 고향에 발붙이고 사는 게 불안했다. 장성한 아들들은 공산
주의자로 살기를 선택했고 임식호의 모친도 아들들 곁에 남겠
다고 했다. 임식호의 부친은 토지 일부를 신속히 처분한 뒤 늦
둥이 아들 임식호만 데리고 월남해서 경기도 양평에 자리를
잡았다. 당시 임식호의 나이 스무 살 때였다.

북한은 20여 일 만에 무상몰수 무상분배 방식으로 토지 개혁을 완료했다. 소문을 전해 들은 임식호의 부친은 홧병을 얻어 누워 지냈다. 임식호의 부친은 유언을 기다리는 임식호에게 "땅! 내 땅!" 하고 외마디에 가까운 말을 내뱉고는 세상을 떠났다. 임식호는 평양에서 가져온 재산으로 미군정이 분배하기 시작한 농지를 구입했다. 평양에서처럼은 아니었어도 적잖은 토지를 장만할 수 있었다. 미군정과 우익과 좌익이 얽힌 혼란스러운 시기였다. 남한도 늦게나마 토지 개혁을 시행했다. 이승만은 전향한 공산주의자 조봉암을 농림부 장관으로 세우고 농지개혁법을 통과시켰다. 지주들에게 지가증권이라는 어음 같은 것을 발행해주고 유상몰수의 형태로 땅을 거둬들여 농민들에게 싼값에 넘겨주고자 했다.

남한 지주들은 거저나 다름없는 값에 땅을 뺏기게 될 것이라는 생각에 지레 겁을 먹었다. 지주들은 알아서 헐값에 땅을 팔아치웠다. 버티던 지주들도 정부가 보증한 지가증권을 받고 땅을 넘겼다. 6·25 전쟁이 일어났고 전쟁을 거치면서 지가증권의 가치는 20분의 1로 곤두박질쳤다. 대부분의 지주들은 몰락했고 농촌에 머슴이 사라졌다. 전쟁이 끝난 뒤 임식호는 토지를 매입하기 시작했다. 꽃대울, 수대울, 가루개의 땅과 강가의 땅과 산과 밭과 논이 임식호의 이름을 달았다. 임식호는 돈이 들어오는 대로 땅을 사들였다. 갈증을 해소하려는 것처럼 임식호는 땅을 탐했다.

1976년, 임식호는 새해 운세를 보기 위해 찾은 박수 무당집에서 "머리 검은 짐승 하나를 거두면 땅으로 복을 얻을 것이다" 하는 점괘를 받았다. 임식호는 혀를 차며 무당집을 나왔으나 박수가 방울과 부채를 흔들며 했던 "더 많은 땅!"이라는 말은 내내 마음에 남았다. 그날 밤 임식호는 꿈에서 30년 전 세상을 떠난 부친을 만났다. 부친은 낮고 느린 목소리로 임식호에게 "땅이, 내 땅이" 하고 말했다. 새벽녘 꿈에서 깨어난 임식호는 동트는 마당을 왔다 갔다 하다가 날이 밝는 대로 체크무늬 외투를 걸치고 읍내 장터로 향했다.

임식호는 장터에서 구걸하는 애들을 눈여겨보았다. 구걸을 끝낸 아이들이 집으로 돌아가는 길을 따라갔다. 아이들은 개천과 논두렁을 넘어 산 중턱으로 향했다. 나무를 땔감으로 사용해서 민둥산이 많던 시절이었다. 산 중턱 양지바른 곳에 열 개도 넘는 움막이 있었다. 임식호는 소를 사러 온 사람처럼 사람들을 구경했다. 움막 옆 무덤가에서 꾸무럭거리는 다 큰 아이들을 하나하나 쳐다보았다. 녀석들은 솔기를 물고 옷을 잡아당겨 빈대와 이를 잡고 있었다. 임식호는 그중 유난히 눈이 반짝거리고 행동거지가 재빠른 녀석에게 다가갔다.

임식호는 그 아이에게 부모가 있느냐고 물었다. 모른다고 했다. 아픈 데가 있느냐고 물었다. 없다고 했다. 고기와 쌀밥을 줄 테니 나랑 같이 살겠느냐고 묻자 눈에 경계하는 빛을 띠었다. 임식호는 허리를 펴고 녀석을 내려다보았다. 살살 달래어 집으로 데려와 방 한 칸을 내주었다. 나이를 알 수 없어서 1959년생으로 정하고 이름을 임창현이라 지었다. 창현은 갑자기 열일곱 살이 되었다.

임식호는 창현을 박수에게 데려갔다. 머리 검은 짐승을 데려왔네, 하고 말하는 임식호 앞에서 박수는 당황한 기색을 감추기 위해 연거푸 기침을 했다. 자기 아들을 임식호의 집에 들여보내 야금야금 재산을 빼먹을 요량이었던 박수는 부채와 방울을 부르르 떨며 장군 신의 말씀을 따른 임식호의 순전함을 칭찬했다. 박수는 임식호의 집 안마당에서 성대한 굿판을 벌였다. 안마당 한복판에 거적을 깔아두고 창현을 발가벗겨 똑바로 눕혔다. 요란한 굿을 한바탕 벌인 뒤 산짐승의 피를 붓에 찍어 창현의 이마와 뺨, 목과 어깨, 배와 양 허벅지에 알아볼수 없는 글자들을 적었다. 박수는 말했다. 이놈은 살아 있는부적이요. 부적은 사람이 아니오. 귀히 여기되 사람 취급은 마시오.

뼈와 가죽뿐이던 창현의 팔과 다리에 살이 차올랐다. 곰팡이 얼룩 같은 버짐이 옅어지는가 싶더니 서서히 사라져갔다. 창현은 성정이 매섭고 주먹이 차돌 같았다. 동네에서 싸움이 벌어져도 맞기만 하고 들어오는 일이 없었다. 손재주가 비상

했고 눈썰미가 있어서 뭐든지 빨리 배웠다. 영민했으나 고등학교 공부에서는 두드러진 성적을 내지 못했다. 똑똑하기는 한데 공부 머리는 없는, 창현은 그런 부류였다.

임식호는 창현을 자기 곁에 두었다. 아들 둘과 딸에게는 금지된 공간이었던 안방에서 임식호는 창현을 불러들여 곶감이며 꿀이며 강정 따위를 주었다. 창현은 달달한 것들을 우물거리며 임식호의 질문에 대답했다. 근방을 돌아다니며 들었던 말들과 자기가 본 것들, 느낀 것들을 전해주었다. 소작을 하는 최 씨가 논에 일을 하러 나가면서 "내 땅도 아닌 걸 뭐" 하고 말했던 것을, 정 씨의 아내가 "우리도 땅이 있으면 좋겠어요" 하고 말했던 것을, 임식호의 둘째 아들이 훔친 돈으로 군것질을 했던 것을, 누가 임식호에 대해 땅 욕심에 노망난 늙다리라며 혓바닥을 놀렸는가를, 창현은 곶감을 오물거리며 빠짐없이 이야기했다.

임식호의 집에는 곽중선도 함께 살고 있었다. 임식호의 소작농이었던 중선의 부모는 중선만 두고 병사했다. 임식호는 중선을 거두었고 학교에 보냈다. 학교를 다녀온 뒤에는 주로 집안일을 시켰고 자신의 수발을 들도록 했다. 임식호가 탄 승용차가 집 앞에 도착하면 중선은 대문으로 달려가 임식호를 맞이했다. 임식호는 외출하고 돌아오면 중선을 불러 팔다리를 주무르게 하곤 했다. 중선의 큼직한 손맛이면 하루의 피로가

다 가신다고 했다.

창현은 손으로 하는 일과 눈썰미는 뛰어났으나 유달리 글자만큼은 좀처럼 익히지 못했다. 임식호는 중선에게 한 살 아래인 창현의 교육을 맡겼다. 중선이 창현에게 글을 읽어보라고 하면 창현은 단어를 건너뛰고 읽거나 머리를 감싸고 앓는 소리를 내곤 했다. 자음과 모음을 얼른 구분하지 못해 애를 먹었다. 수를 계산하는 데도 영 소질이 없어서 창현은 기본적인 사칙연산 이상을 배우고 싶어 하지 않았다. 중선에게 부모가 없다는 것을 알아차린 뒤로 창현은 중선을 아랫사람처럼 대했다. 중선에게 물을 떠오라고 시키거나 양말을 벗겨달라고 요구하기도 했다. 창현은 중선을 집요하게 괴롭혔다. 중선이 머무는 방을 뒤져 몰래 모아둔 현금을 찾아내어 감추기도 했다. 때리고 꼬집고 걷어차는 일은 일상이었다.

임식호는 한 달에 한 번씩 창현을 자신의 승용차에 태우고 자신의 땅들을 방문했다. 차로 갈 수 없는 곳은 걸어서 올라갔다. 임식호는 창현에게 말했다. 땅은 돈보다 귀하다고, 사람보다 믿을 만한 것이 땅이라고, 사실상 믿을 수 있는 유일한 것은 땅뿐이라고 했다. 임식호는 자기 땅들을 방문하면서 창현에게 그 땅의 흙을 먹이기도 했다. 흙을 엄지와 검지로 집은 뒤 창현에게 입을 벌리라고 하면 창현은 순순히 받아 삼켰다. 가끔은 으적거리는 소리가 나도록 흙을 씹고는 입을 벌려 임식호에게 확인을 청하기도 했다. 임식호는 그런 창현의 머리통을 주무르며 기뻐했다.

창현이 열여덟 살, 중선이 열아홉 살이던 겨울이었다. 혹독한 추위가 찾아온 날이었다. 염소와 개와 고양이가 동사했고 소주병이 얼어터졌다. 임식호는 그런 날에도 땅을 보고 집으로 돌아왔다. 사람들은 저마다 자기 방에 틀어박혀 있어서 집은 죽은 것처럼 고요했다. 무엇 때문인지 임식호는 집에 들어오자마자 창현에게 중선을 찾아오라 시켰다. 중선은 지독한 열감기를 앓고 있었으나 창현은 아랑곳하지 않고 중선을 임식호의 방에 밀어넣었다.

중선과 둘뿐인 방에서 임식호는 붉은 이부자리에 사지를 벌리고 누웠다. 중선은 붉은 이불 가장자리에 무릎을 꿇고 앉아 임식호의 발과 손을 주물렀다. 곤로에서 올라온 매캐한 석유 냄새에 중선은 취한 것 같은 기분이었다. 열 때문에 머리가 지끈거렸고 자꾸만 호흡이 가빠졌다. 임식호는 그날 보고 온 땅에 대해 중선에게 이야기를 늘어놓았다.

"토왕리에서 들어오는 길목에 있는 논인데 이젠 거길 손봐야겠다. 지금은 지대가 너무 낮거든. 바로 옆이 개천이야. 흙을 꽤나 쏟아부어야겠지. 나중에 지목을 변경할 거야. 거기가 농지로 묶여 있거든. 농지는 돈이 안 돼, 돈이. 나무 좀 심었다가 나중에 택지로 바꿀 수 있으면 가장 좋겠지. 거기에 빌딩도 올리고 병원도 올리고 은행도 올리고 그럴 날이 언젠가는 올 거다. 두고 봐라 내 선견지명을."

임식호의 발을 주무르던 중선의 손이 멈췄다.

"토왕리 개천 옆의 논 말씀이셔요?"

임식호가 머리를 들어 내리깐 눈으로 중선을 쳐다보았다.

"그래. 그 논. 왜?"

중선이 침을 삼키고는 입을 열었다.

"어르신, 그 논은 저희 아버지 논인데요."

"뭐야?"

"잠시 맡겨두신 거라고 들었습니다."

임식호의 뺨이 실룩거렸다.

"네년 부모들이 나한테 진 빚을 생각해야지. 그걸 다 갚아야 하지 않겠어?"

임식호가 몸을 일으켰다. 중선은 콜록거리며 이마에 배어난 땀을 닦았다.

"빚이 모두 얼마인가요?"

임식호의 입에서 억센 말이 튀어나왔다.

"이 종간나 에미나이. 얼마인지도 모를 빚을 어떻게 갚네?"

중선의 얼굴로 임식호의 주먹이 날아왔다. 턱에서 둔탁한 소리가 났고 중선의 고개가 옆으로 돌아갔다.

"먹여주고 재워주지 않았네?"

"죽을 때까지 갚을 수 없는 빚이란 걸 안즉도 모르네?"

"내 땅이라우! 다 내 땅이라우!"

말이 끝날 때마다 주먹은 연이어 날아왔다. 중선은 자기 안에서 무언가가 터져버리는 것을 느꼈다. 임식호의 손찌검이 처음이 아니었으므로 평소라면 참았을지도 몰랐다. 석유 냄새에 취하지 않았더라면, 감기로 열이 오르지 않았더라면 속에서 이글거리던 것들을 끝까지 억눌렀을지도 몰랐다.

중선은 자신의 뺨으로 날아오는 임식호의 손목을 잡았다. 임식호는 자기 손목을 옥죄는 중선의 힘을 느끼고는 눈을 동그랗게 떴다. 임식호가 다른 손으로 중선을 마구 때렸으나 중선은 한 팔로 막으면서 넉넉히 버텼다. 중선의 정신은 환각의 경계를 위태롭게 넘나들었다. 불쑥 혀를 내민 살의를 중선은 환상으로 받아들였다.

중선은 두 손으로 임식호의 목을 움켜쥐었다. 목을 잡힌 임식호는 폭신한 이부자리 위에 쓰러졌다. 중선은 임식호의 배 위에 올라타고 몸무게를 양손에 실었다. 임식호가 쉰 소리를 내며 입을 벙긋거렸으나 알아들을 수 있는 말이 아니었다. 중선이 들은 것은 자기 몸 안에서 무언가가 끓어오르는 소리였다. 으르렁거리는 짐승의 울음이었다. 좁아진 중선의 목구멍에서 사악, 사악 하는 소리가 올라왔고 입술이 말려 올라가 위아래 송곳니가 다 드러났다.

임식호의 손톱이 중선의 얼굴을 할퀴고 팔뚝에 피를 냈으나 중선은 멈추지 않았다. 벌떡거리는 임식호의 허리와 허공만 내지르는 양다리는 중선의 거구 아래에서 무력했다. 중선의 입에서 흘러내린 침이 임식호의 광대뼈에 떨어졌다. 시간이 멈춘 것도 같았고 흐르는 것 같기도 했다. 임식호의 움직임이 완전히 멈추고 나서야 중선은 손을 풀고 고개를 쳐들었다. 창문 밖으로 눈이 오는 게 보였다. 손에 올려놓고 싶을 만큼 탐스러운 눈송이였다. 중선은 그대로 정신을 잃고 옆으로 쓰러졌다.

중선이 정신을 차린 것은 창현의 목소리 때문이었다.

"뭐야, 씨발. 나는 어쩌라고."

중선은 눈을 떴다. 매서운 한기에 이가 부딪혔다. 중선은 옷깃을 여미고 창현을 올려다보았다. 열린 문틈으로 보이는 바깥은 눈으로 온통 흰색이었다. 창현이 들어오면서 문을 닫았다. 중선은 눈을 껌벅거렸다. 악몽을 꾼 것 같았다.

창현이 중선의 뺨을 후려쳤다.

"좀 봐. 제대로 눈 뜨고 제대로 보라고. 네가 해놓은 짓거리를 좀 보란 말이야."

정신을 잃기 전에 벌어졌던 상황이 되살아났다. 악몽이 현실로 소환되는 것 같았다. 뒤를 돌아보라는 창현의 목소리가 물속에서 듣는 것처럼 먹먹했다. 창현의 손이 다시 중선의 뺨을 때렸으나 딱딱하게 굳은 몸은 꿈쩍하지 않았다. 창현은 중선의 뒤로 돌아가 무언가를 끌어당겼다. 붉은 비단 이불 위로 미끄러지듯 끌려나오는 것의 정체를 중선은 알아보았다.

그것은 죽은 임식호였다.

10. 중선

호헌철폐를 외치는 시위대가 서울시청에서 안국동 쪽으로 행진하는 중이었다. 중선은 시위대 행진 반대 방향으로 뛰다시피 걸었다. 무릎에 걸린 투피스 치맛단이 뜯어지는 소리가 났다. 중선은 모퉁이를 돌기 직전 재빨리 뒤를 돌아보았다. 멀지 않은 곳에서 연달아 최루탄 발사하는 소리가 들렸고 놀란 사람들이 어깨를 움츠렸다. 중선은 뛰기 시작했다. 시위대에 막힌 도로에는 멈춰 있거나 유턴하는 차들뿐이었다. 중선은 헐떡이며 뒤를 돌아보았다. 임창현은 보이지 않았다. 환영이거나 잘못 본 것이기를 간절히 바랐으나 그럴 리는 없었다. 중선은 분명히 보았다. 임창현이 웃으며 자신을 쫓아오고 있는 것을.

경찰서를 지나친 뒤 상가로 이어지는 좁은 도로로 방향을 틀었다. 인도와 차도가 구분되지 않은 길이었다. 식당과 이발소, 점집을 지나치면서 중선은 자신을 따라오는 사람이 있는지 살폈다. 오른편 공원 너머 조계사 쪽에서 종소리가 울렸다. 호·헌·철·폐·독·재·타·도! 호·헌·철·폐·독·재·타·도! 빠른 박자로 반복되는 시위대의 구호와 악! 악! 악! 소리를 내지르며 돌격 준비를 하는 전투경찰의 기합이 어지럽게 뒤엉켰다. 중선은 몇 걸음을 더 걷다가 아예 몸을 돌려 뒤를 살폈다. 점집 모퉁이에서 임창현의 얼굴을 보았다. 선글라스를 착용한 모습이었지만 알아보지 못할 얼굴이 아니었다.

중선은 달렸다. 좁은 골목을 몇 번 꺾고 꺾어 다시 큰길가로 나왔고 적색 타일로 외벽을 바른 병원 건물로 뛰어들어갔다. 중선은 간호사에게 수액을 맞을 수 없겠느냐고 물었다. 간호사는 난처한 얼굴로 벽시계를 올려다보고는 중선을 다시 쳐다보았다. 어디가 얼마나 아프냐고 묻는 간호사에게 중선은 죽을 것 같다고 대답했다.

시위대 소리가 멀어져갔다. 규칙적으로 떨어지는 수액 방울을 쳐다보며 중선은 마음을 가라앉혔다. 간호사가 놓아준 선풍기에서 떨리는 소리가 이어지다가 끊어졌다. 갑자기 한기가 들어서 가슴팍에 덮인 홑이불을 목 아래까지 끌어올렸다. 머리 한쪽이 갈라지는 것처럼 아팠다. 중선은 손바닥으로 이마와 눈을 눌렀다. 땀과 눈물, 번진 화장으로 이마와 눈두덩이

찐득거렸다. 잠깐 눈에 들어왔다 사라진 남자는 임창현이 분명했다. 지난 9년 동안 의식에서 사라진 적이 없던 사람이었다. 비슷한 사람을 마주쳐서 놀랐던 적은 많았어도 이번처럼 머리털이 곤두설 정도로 분명한 직감이 꽂혔던 적은 없었다.

우연이기를 바라는 게 최선이었다. 지독히 불운한 날이라면 그럴 수 있는 일이었다. 임창현이 자신이 일하는 곳과 사는 곳을 이미 알아버린 것이 아니기를, 빠져나갈 수 없도록 촘촘히 그물을 쳐두고 마지막 행동으로 자신을 드러낸 것이 아니기를 바랐다. 이대로 다시 임창현의 손아귀에 들어갈 수는 없었다. 그때였다.

병원 문 열리는 소리가 들렸고 진료가 끝났다는 간호사의 목소리가 들렸다. "아가씨, 우리가 아파 보이나?" 남자의 목소리와 함께 서넛은 넘는 듯한 구둣발 소리가 들렸다. 중선은 눈을 떴다. 온몸이 바늘에 찔린 것처럼 따끔거렸다. 턱을 끌어당겨 발끝 너머로 병실 문을 쳐다보았다. 누구냐고 묻는 의사의 목소리와 윽박지르는 욕설이 들렸다. 발걸음 소리가 가까워졌다. 헉, 헉, 헉, 헉. 중선의 호흡이 빠르게 반복되기 시작했다. 병실에서 빠져나갈 곳이라고는 문뿐이었다. 심장 박동에 따라 벽이 흔들렸고 사물의 표면을 이룬 직선이 희미해졌다. 중선은 정신을 차리려고 애를 썼다. 임창현이 아닐 수도 있었다. 설령 지금 들어온 무리 중에 임창현이 있다고 해도 여기서 무너질 수는 없었다. 임창현에게 죄를 지은 것도 아니었다. 속에서 무언가가 똘똘 뭉치는 것 같았다. 중선은 주먹을 쥐었다. 빨라지는 호흡을 가라앉히기 위해 이를 악물었다. 복도를 울리던 구둣발 소리는 중선의 병실 문 앞에서 끊긴 것처럼 멈추었다. 심장 박동과 이명이 들리기 시작했다. 중선은 와르르 떨리는 온몸에 힘을 주고 버텼다.

문이 짤깍 소리를 내며 가만히 열렸다. 선글라스를 낀 남자가 머리만 쑥 들이밀고 병실을 확인했다. 모르는 남자였다. 맥이 풀린 중선은 눈을 깜박거리며 남자를 쳐다보았다. 남자는 턱을 치켜들고 누운 중선을 확인했다. 그리고 문밖을 향해 말했다.

"여깁니다. 형님."

잠시 가라앉았던 박동이 다시 빨라지기 시작했다. 남자가 물러서면서 문을 완전히 열어젖혔고 구둣발 소리가 들렸다. 중선은 숨을 멈추었다. 풀어졌던 몸이 굳으면서 수액 병 속으로 선홍색 피가 역류하기 시작했다.

11. 창현

 부러움은 참 유치하고 졸렬한 거야. 상대와 나의 높낮이를 보면서 격차를 느끼는 거지. 그런 거 느끼고 싶지 않은데 어디 부러움이 내 입장 살펴보고 올까 말까 허락받나? 그런 감정들은 그냥 막 밀려들어. 현실은 현실이니까 넉넉하게 받아들이고 부럽지 않으면 좋겠지. 하지만 그게 잘 안 돼. 부럽지 않다고 자기를 속이려 들면 도리어 그 감정이 펄떡거린단 말이지. 부럽다는 문장을 떠올린 순간 이미 구겨진 거야. 사촌이 땅을 사면 배가 살살 아프다는 말도 사실은 구겨진 자신을 위로하려는 말이야. 어디 배만 아프나? 지독한 부러움은 영혼에 지진을 일으키기도 한다고.

 나는 말이야, 사람들이 저마다 다른 크기의 욕심 주머니를 갖고 태어난다고 생각해. 어떤 종자들은 원체 주머니가 작아서 산속에 들어가 살아도 만족해하기도 해. 좁아터진 집에 살아도 남편만 잘 간수하고 살면 그걸로 행복해하기도 하는 모양이야. 너는 어때? 너도 그런가? 나로서는 이해 안 될 사람들이지. 나는 다르거든. 내 안을 들여다볼 때마다 시뻘겋게 벌어진 주둥아리가 보여. 주둥아리 안쪽은 그냥 휑하니 빈 공간이야. 채운다고 채웠는데 여전히 텅 비어 있는 거지. 가끔은 주둥아리가 오물거리면서 말도 한다고. 더 많이, 더 많이, 더 더 많이 많이.

납작하게 찌그러진 자신을 내려다보는 게 참 아파. 어쩌겠어. 못나게 태어났어도 그게 나인걸. 안고 보듬고 채워주고 달래며 살아야지. 나는 내가 참 불쌍해. 어쩜 이렇게 없이 태어났을까 싶어. 내가 누구인지 살펴보면 뭐 마땅히 잡히는 게 없어요. 누구의 아들, 누군가의 형, 어느 집에서 태어난 누구, 어느 대학을 나오고 어디에서 일하는 그 사람, 그런 식으로 사람들은 자기를 설명하잖아. 나는 그런 게 없단 말이지. 너는 누구인 것 같아? 물론 너는 곽중선이지. 내가 그걸 물어본 게 아니잖아. 너는 누구냐,라는 질문은 너는 어떤 사람이냐, 너는 무엇을 중요하게 생각하느냐, 너는 무엇을 두고 부러워하느냐고 묻는 질문이야. 대학까지 나오고도 이 말의 의미를 이해하지 못하다니 정말 어처구니가 없군.

자기가 누구인지 알려면 무엇을 부러워하는지 헤아려봐야

해. 부럽다는 건 그 사람처럼 되고 싶다는 거잖아. 내가 제일 부러워하는 사람이 누구인지 알아? 바로 카라바 공작이야. 카라바 공작 모르나? 《장화 신은 고양이》의 주인 말이야. 장화 신은 고양이 알지? 말하는 고양이가 자기 주인을 땅 부자로 만들어주는 얘기 말이야. 아, 원래 이름은 카라바 공작이 아니었지. 그냥 가난뱅이 방앗간 집 막내아들이었어. 그 막내아들의 이름이 얼마나 보잘것없었는지 동화 시작부터 끝까지 원래 이름은 나오지도 않아요.

나는 그 이야기에 나오는 막내가 진짜 부럽더라고. 고양이 한 마리가 막내를 대지주로 만들어주잖아. 고양이한테 장화 한 켤레 사줬더니 그게 결국 땅이 되어서 돌아온 거지. 마왕이 지배하던 땅을 다 꿀꺽했잖아. 그 땅이 좀 넓었겠어? 자그마치 왕도 부러워하는 땅이었다고. 어쩌면 지평선 너머까지 펼쳐진 땅이었을지도 몰라. 끝없이 펼쳐진 황금빛 벌판에 점처럼 박혀 일하는 수많은 사람들을 상상해봐. 그윽한 기분으로 내려다보게 되는 아름답고 평화로운 풍경이지. 막내가 한 게 대체 뭐가 있나? 다 고양이가 했지. 막내가 제일 힘들게 한 일은 물에 빠져서 허우적거린 게 전부였다고. 정말 부러워 미칠 것 같아. 들인 수고에 비해 벌어들인 소득이 대체 얼마나 어마어마한 거야? 마왕의 성까지 차지했잖아. 거기에 쌓인 보화는 또 얼마나 대단하겠느냐고.

전래동화 중에 그런 이야기들이 제법 많아요.《잭과 콩나무》도 그래. 나는 그 이야기를 들으면서 진짜 기가 막히더라고. 잭이 보통 놈이 아니야. 어리바리한데 욕심 주머니는 엄청난 놈이지. 콩나무 타고 올라가서 거인의 성에 무단 침입하잖아. 그리고 도둑질을 해요. 돈주머니 훔쳐오고 황금알 낳는 닭도 훔쳐오고 그런단 말이야. 읽는 내내 감탄스럽더라고. 그런데 이 이야기의 백미는 말이야, 혼자 노래하는 하프를 훔치는 장면이야. 잭은 이미 세상에서 부러울 게 없는 부자였다고. 안 그래? 황금알 낳는 닭이 있었잖아. 매일 아침 황금알이 계속 나온다니까? 젖소만 샀겠어? 목장이 있어야 하니 땅도 사고 집도 사고 하인도 사고 그랬겠지. 그런데 잭은 또 거인의 성으로 올라가요. 돈도 훔치고 황금알 낳는 닭도 훔치고 하프까지 훔친 다음에 거인의 목숨까지 빼앗는 거야! 짜릿하지 않아? 세상천지에 이런 잔혹한 악당이 또 어디 있을까 싶어.

　내가 볼 때 잭은 보통 놈이 아니야. 보통 사람들과는 차원이 다른 욕심 주머니를 차고 태어났던 거지. 우리가 들어온 동화 중에 그런 게 꽤 많아. 신데렐라? 결국 왕비가 되잖아. 춤 한 번 추고 왕국을 거머쥔다니까? 찌질이 흥부는 어디 손톱만큼이라도 다른가? 동화에서 사람들은 인생의 의미를 찾는다잖아. 그래, 전적으로 동의해. 인생은 바로 그렇게 살아야 하는 거야.

다시 《장화 신은 고양이》로 돌아오자. 중선아, 나는 솔직히 이해가 안 가더라고. 대체 왜 그 똑똑한 고양이가 막내에게 충성을 다 바칠까. 마왕도 갖고 노는 수준의 고양이한테 막내가 얼마나 만만했겠어. 내가 말이지, 상상력을 발휘해봤어. 동화에는 나오지 않지만 방앗간 집 아저씨가 막내한테 고양이를 쥐고 흔들 수 있는 어떤 것을 물려줬을 거야. 고양이가 방앗간 집 아저씨한테 뭔가 약점 같은 걸 잡혀버린 거지. 장화 신은 고양이 동화가 어떻게 끝나는지 알아?

공주와 결혼한 막내는 마왕의 성에서 행복하게 살았습니다. 막내는 고양이를 무릎에 올려놓고 오래도록 귀여워해주었습니다.

이러면서 끝나. 너는 어떤지 모르겠는데 나는 막 소름이 돋더라고.

중선아, 얼마나 너를 찾았는지 모를 거야. 임식호의 집에 나만 남겨두고 혼자 도망쳐버리면 어쩌라는 거지? 나도 고생 꽤 했어. 서울살이가 좀 고달파야 말이지. 힘들 때마다 네 생각이 났다니까? 고향 친구들을 족쳐서야 겨우 네가 국세청에서 일한다는 걸 알아냈잖아. 세상에, 국세청이라니. 그 순간 느낌이 쫙 오더라고. 국세청 육중한 정문 앞에서 너를 봤을 때 말이야, 나는 네가 나의 사랑스러운 장화 신은 고양이가 되어주리라는 걸 직감했어. 물론 네가 고양이처럼 생기지도 않았고 자그마하지도 않지만 그게 뭐 어때. 내가 고양이라고 하면 너는 그냥 고양이야. 쥐라고 하면 쥐고 돼지라고 하면 돼지가 되는 거지. 그게 우리 관계야. 내가 너를 위해 했던 모든 수고를 생각해봐. 그날을 잊어버린 건 아니지? 네가 임식호 그 작자를 죽였던 그날을 말이야. 내가 그림 잘 만들어줬잖아. 석유 곤로 때문에 불이 난 걸로 만들어줬잖아. 사람들한테 의심 사지 않을 만한 적당한 모양새로 시체 자세도 잡아주고. 어디 그뿐인가? 잘 타게 석유도 뿌려줬지. 물론 불은 네가 붙였지만 내가 알리바이까지 꾸며줬으니까 내가 너에게 은혜를 베푼 것은 분명하지?

뭐? 네가 죽였는지 안 죽였는지 잘 모르겠다고? 그럼 내가 본 건 다 뭐겠어? 그래 그건 네 말이 맞아. 너만 그 작자를 죽이고 싶었던 게 아니지. 나도 만만치 않았어. 그 작자에게 나는 88올림픽 마스코트 호돌이 같은 거였다고. 내가 그 작자한테 어떤 짓을 당했는지 알아? 기분 꿀꿀하다 싶으면 밤마다 나를 불러서 주물러댔어. 임식호 그 작자의 숨소리가 지금까지도 말이야, 가끔씩 귓불 아래에서 들리는 것 같다니까? 헐떡이는 소리로 땅, 내 땅, 하고 웅얼거렸단 말이야. 그 작자가 나한테 먹인 흙덩이가 한 포대는 넘을 거야.

이미 지나간 일이라는 거야? 아니, 아니, 잊어서는 안 되지. 9년밖에 지나지 않은 일이라고. 공소시효가 남아 있어요. 내가 입만 벙긋하면 너는 감옥행이야. 어쩌자고 그렇게 대책 없이 일을 저지른 거야? 네가 임식호를 죽이면 나는 어쩌라는 거지? 나는 그 집에서 아무것도 아니었어. 어떻게든 그 집안에 자리를 틀고 싶었는데 너 때문에 다 망가졌잖아. 먹고사는 걸 해결하는 게 얼마나 중요한지 알아? 밥그릇을 뺏은 게 너였던 거야. 그러니까 너는 나에게 빚이 있어. 죽을 때까지 갚아도 갚을 수 없는 빚. 왜냐하면 나의 욕심 주머니는 카라바나 잭보다 더 크고 넓으니까.

나를 믿을 수 없다는 거야? 내 말을 못 믿겠다는 거야? 그래 그럴 수도 있겠지. 임식호를 죽인 게 정말 누구였는지 궁금하겠지. 그때도 나한테 물었잖아. 정말 자기가 죽인 거냐고. 내가 너라도 궁금하겠다. 하지만 알고 있는 건 나뿐이야. 알고 싶어? 누가 죽였는지? ……너일까? ……아니면 나일까? 알고 싶다면 나를 감동시켜봐. 나한테 장화 신은 고양이가 벌어다 준 것만큼의 땅을 안겨다주란 말이야. 물론 네가 벌 수 있는 돈이라는 게 거기서 거기겠지. 세무공무원 주제에 뭔 돈을 크게 벌겠어. 너는 내가 시키는 일이나 잘하면 돼.

알다시피 나는 글을 잘 못 읽어. 예전보다 좀 나아지기는 했는데 지금도 글자만 보면 머리가 씨발 졸라게 아프다고. 돈을 벌려면 숫자랑 글을 잘 알아야 하잖아. 그런데 그게 잘 안 되네? 그래서 네가 필요한 거야. 잘 들어봐. 내가 지금 일하는 조직이 있는데 거기 오야가 나랑 죽이 잘 맞아. 그놈 사무실에 들어가면 현금이 꽉꽉 찬 금고가 한두 개가 아니거든. 벌어들인 경로가 거시기하다 보니까 은행에 넣기도 좀 그래요. 쌓인 돈을 놀리면 뭐 하나. 적절한 데 투자를 해야지. 내가 너한테 부탁하는 건 대단한 게 아니야. 네가 낮에 하는 일 있잖아. 돈 계산. 그걸 밤에도 해달라는 거야. 일이 좀 많겠지만 모르는 사람한테 맡길 수 있는 일은 또 아니라서.

땅장사를 하려고 해. 땅이 꼭 흙바닥만을 말하는 건 아니잖아. 빌라도 땅이고 아파트도 땅이고 빌딩도 땅이지. 공장도 땅이다? 이쪽 세계 사람들도 돈독이 제대로 올라서 땅으로 돈 먹고 싶어 하는 오야들이 제법 많단 말이지. 개미처럼 현금 모으는 걸로는 땅값 오르는 걸 도저히 따라잡을 수가 없거든. 그런데 신분이 문제야. 황해파, 북두파 이런 이름 걸고 땅장사를 할 수는 없다고. 그래서 내가 하려는 사업이 필요한 거야. 일종의 중개인 같은 거라고 생각하면 돼. 이쪽 바닥이 권력 있는 사람들이랑도 친해. 은근히 우리 손 빌리려는 놈들이 많더라고. 개발 정보는 내가 알아서 가져올 테니까 너는 그걸 잘 관리하는 거야. 세금 문제도 네가 알아서 해결을 하고. 감사 정보 같은 거 뜨면 미리미리 준비도 하고. 나라고 언제까지 조폭 놀이만 하면서 살겠어. 이왕 태어난 거 먹고 싶은 만큼 먹고 죽어야지. 왕은 못 되더라도 카라바 공작이나 지주 정도는 해먹어야 하지 않겠어? 그래서 네가 필요한 거야.

지주건설이라고, 내가 세우려는 회사가 하나 있거든. 이쪽 전망이 아주 밝아. 내년에 88올림픽 치른다고 죄다 때려 부수고 새로 짓고 난리도 아니거든. 좀만 머리 굴리면 돈 만지는 건 일도 아냐. 너는 지주건설 회계 일을 맡도록 해. 물론 내 입맛에 맞게 장부도 따로 만들고. 자잘하게 신경 써야 할 일이 있기도 할 거야. 정보가 돈으로 직결되는 사업이라 관리해야 할 봉투가 한두 개가 아니거든.

이해가 잘 안 돼? 귀로 핏물이 들어가서 그런 거야? 아니면 묶은 걸 좀 풀어달라는 거야? 말을 제대로 해야 내가 알아듣지. 그러니까 이런 거야. 너희 양지바른 세계에 사는 놈들과는 다른 세계에 사는 사람들이 있어. 그 사람들이 땅장사를 하고 싶어 한다 이거야. 현금이 넘쳐나는 사람들이거든. 땅을 사주고 정당한 수수료를 떼는 거지. 그런데 일을 하다 보면 여기저기 빈 데가 생기기 마련이잖아. 우리의 잠재 고객들이 복잡한 거 싫어하는 사람들이라 숫자 많고 글자 많으면 이해하기 힘들어해. 고물 떨어지듯이 떨어지는 돈들을 잘 모아서 관리만 잘하면 돼. 회계감사 같은 게 나오는 것도 아니니까 머리 잘 굴려서 숫자 맞추면 생각보다 이문이 제법 남을 거야. 세금 문제 걸리지 않게 쏠쏠히 도와주는 건 덤이고. 나도 남들 돈 버는 거 구경만 할 수 있나. 알짜배기는 내가 먹어야지.

나도 이쪽 세계에 발 들인지 몇 년이 좀 지났거든. 그래서 이제는 내 밑에 사람들이 제법 있어. 이쪽 세계가 살벌한 구석이 있어서 정 고픈 놈들이 제법 되거든. 진짜배기처럼 마음 쏟아주면 정말 나한테 오더란 말이지. 돈도 좀 쥐여주면 내 말 한마디에 죽고 사는 놈들이 되는 거야. 그놈들 이름으로 계좌 몇 개씩 열어놓으면 아마 돈 관리하는 데 도움이 될 거야. 당연히 통장과 도장은 네가 보관을 해야지. 그놈들을 지주건설에 모아두고 관리하는 건 내가 할게.

나에게는 꿈이 있어. 아주 소중한 꿈이지. 임식호랑 피는 안 섞였는데 그 작자한테 끌려다니면서 흙을 처먹은 탓인지 늘 그쪽 땅이 고파. 맛만 봐서 그런지 정말로 먹고 싶어. 그 땅들을 전부 다 먹고 싶어. 임식호의 아들들이 물려받은 그 땅들 말이야. 나를 빈대처럼 여기던 그놈들한테서 다 사버리고 싶다 이거야. 거기에 근사하게 집들을 꾸며두고 지주건설로 불러들인 내 꼬붕이들한테 한 채씩 주는 거야. 그 동네 제일 높다란 곳에 세련되고 깔끔한 집을 하나 지어놓고 아래를 내려다보는 거지. 마왕의 성에 사는 카라바 공작처럼 왕 노릇 한번 비슷하게 하는 거야. 어때, 좋아? 웃겨? 우스워? 뭐야……. 우는 거야?

불편하게 들리겠지만 어차피 마주해야 할 현실이니까 담백하게 얘기하지. 이제 너는 지금까지와 다르게 살아야 할 거야.

내년이면 서른이지? 결혼할 생각도 있었겠지. 틈만 나면 네년이 쫓아가는 그놈이랑 말이야. 둘이 아주 좋아 죽더구먼. 너도 그런 얼굴을 할 수 있는지 정말 몰랐어. 아주 죽여버리고 싶은 얼굴이더라고. 하지만 이제는 그것도 끝이야. 다시 그놈을 찾을 생각이라면 그만두는 게 좋아. 내가 이 세계에 들어와보니까 사람 목숨 끊는 방법이 다채롭더라고. 너는 나의 장화 신은 고양이야. 내 무릎 위를 벗어나지 못할 거야. 네가 나의 고양이가 되지 않겠다고 한다면 말이야, 그놈과 끝끝내 붙어먹겠다면 말이야, 다른 고양이 찾아보는 셈 치고 너와 그놈의 숨통을 같이 끊어주겠어. 너야 그렇다 하더라도 그놈은 좀 아깝지. 반반하고 번듯하더구먼. 너와는 손톱의 때만큼도 어울리지 않던데 대체 무슨 생각이었던 거야? 설마 그놈이랑 쿵작쿵작 배 맞추면서 살 수 있을 거라고 생각했던 거야? 네가? 살인자인 네가?

12. 창현

 길바닥에서 뽑힌 쇠 파이프가 요란한 소리를 내며 비포장도로 바닥을 굴렀다. 창현은 후진으로 빠져나가는 장걸의 지프를 바라보았다. 제대 기념으로 사주었던 선물이었으니 올해로 12년째 쓰는 차였다. 받지 않을까봐 은근히 걱정했었는데 장걸은 별말 없이 키를 받아들었다. 그때도 싫다 좋다 말은 없었다. 장걸은 입술을 일자로 다물고 차 키만 노려보다가 천천히 손을 뻗어 집어 들었다. 조금 전 창현이 지주회에 들어오라고 말했을 때도 장걸은 말이 없었다.

 장걸은 받을 때는 받는 놈이었다. 창현이 차 안에서 장걸에게 혈육이니 아들이니 하는 말을 했을 때도 비슷한 반응인 것 같았다. 아무 말 없이 창밖만 쳐다보았으나 감춘 표정 아래로 계산이 돌아가는 게 빤히 읽혔다. 녀석의 나이도 이제 서른다섯이었다. 슬슬 철이 들기 시작할 나이였다. 지주회에 들어오라고 말하면서 창현은 구체적인 설명까지 덧붙였다. 지주건설 소속으로 화약과 중장비를 다루는 일을 하다가 때가 되면 작은 사업체를 하나 내도록 도와주겠다고 했다. 이룡산 타운하우스에 집을 마련해주겠다고 했다. 화약 관리사나 중장비 기사들은 흙먼지 먹어가며 발로 뛰기보다는 중간에서 펜대 굴리는 걸 더 선호했다. 집도 갖고 싶을 나이였다.

언젠가는 지주건설 전부를 장걸에게 맡기고 싶었다. 조직 안에서 차근차근 입지를 다져나가려면 지금부터 활동을 시작해야 했다. 부부는 아니었어도 창현은 중선과 규칙적으로 관계를 맺었다. 중선에게 다른 남자는 없었으므로 장걸은 창현의 아들이 분명했다. 아비 노릇을 한 것은 아니었지만 이따금 중선의 집에서 장걸을 마주치게 되면 괜스레 짠했다. 덩치는 중선의 것이었어도 알맹이는 창현을 닮았을지 모를 일이었다. 몸피가 큰 만큼 욕심 주머니도 컸으면 했다. 무엇보다도 피가 섞였으니 쉽게 배신은 하지 않을 터였다.

비가 완전히 그쳤다. 으슬으슬한 기운에 소름이 돋았다. 창현은 이룡산 타운하우스가 들어설 산자락을 바라보았다. 어릴 때 임식호와 차를 타고 돌아다니면서 보았던 땅들 중 하나였다. 연이어 이어지는 산들의 모양새가 두 마리 용과 비슷하다 하여 이룡산이라는 별명을 가진 산이었다. 용의 머리에 해당

138

하는 부분은 강에 반쯤 잠겨 있었고 목으로 볼 수 있는 곳에는 도로가 뚫려 있었다. 2차선 도로로 용의 머리와 몸통 사이를 잘라버린 모양새였다. 임식호는 말했다. 일제강점기 때 일본 군이 군용도로를 내기 위해 폭약으로 용의 목뼈를 아작냈다 고. 폭파된 곳으로부터 냄새나는 붉은 진흙이 흘러나와 1년 내 내 마을에 역병이 돌았다는 이야기가 있다고 했다. 어린 창현 옆에서 임식호는 감상에 젖은 얼굴로 "사연 없는 땅은 없지" 하고 말했었다.

창현은 뒷짐을 지고 오르막길을 올랐다. 공사장을 가로막은 소란은 곧 정리되는 분위기였다. 창현은 소리 내어 말했다.

"그래, 사연 없는 땅은 없지."

창현이 지금 밟고 있는 땅은 임식호의 마지막 땅이었다. 정 확히는 임식호의 두 아들의 소유인 땅이었다. 42년 전 임식호 의 집을 떠나면서 창현은 이 땅의 흙을 집어 혀 위에 올려놓았 다. 잊지 않겠다는 마음으로 흙을 씹었다. 언젠가는 다시 돌아 와 반드시 이 땅들을 다 차지하고 말겠다고 다짐했다. 여유 자 금이 생기는 대로 임식호의 땅을 사 모았고 임식호의 자식들 을 궁지로 몰아넣어 땅을 팔지 않고는 배길 수 없게 만들었다.

현금이 마련되는 대로 이룡산 자락을 매입하고 과수원으로 꾸밀 계획이었다. 과수원은 택지로 지목을 변경하기 위한 일 종의 절차였다. 택지로 지목 변경만 되면 그때부터는 타운하우스를 짓기 시작할 생각이었다. 창현은 산을 등지고 북한강을 바라보았다. 북한강 건너편 산 뒤로 해가 지고 있었다. 꽤 먼 거리인데도 능선에 나란히 자라난 나무들이 하나하나 구분되어 보였다. 굵은 허벅지 같은 산등성이 아래로 북한강이 잔잔히 흐르고 있었다. 산 정상에서 바라보면 정말 좋을 풍경이었다.

창현은 마음으로 그림을 그렸다.

이룡산의 앞발과 허리께, 뒷발까지 깎아내어 택지를 조성한다.

30여 채에 달하는 2층 단독주택들을 짓는다.

올라가는 도로는 넓게 2차선으로.

2층 단독주택 형태로 짓고 각 집마다 잔디밭은 필수로.

주택당 300평씩. 조경공사도 한다. 도시가스도 끌어온다. 텃밭 자리도 넣는다. 각 집마다 주차 공간은 두 대씩.

토지 매입 부담금을 부담스러워하면 건물을 높게 짓는 식으로.

택지는 만 평이면 좋을 것이다. 공원도 하나 둔다.

타운하우스 부지 가장 높은 곳에는 내 집을.

창현은 자신의 집이 들어서게 될 땅을 올려다보았다. 타운하우스를 한눈에 내려다볼 수 있는 곳이었다. 자신의 집 뒤에는 어떤 건물도 두지 않을 생각이었다. 화장실을 다섯 개쯤 두고 싶었다. 1층에는 지주회 형제들이 한곳에 모일 수 있는 넓은 홀과 주방을, 2층에는 자기가 살게 될 살림집을, 3층에는 장걸의 가족들이 지낼 곳으로 꾸미고 싶었다. 타운하우스 근처의 땅들을 하나씩 매입해가면서 도로 양편에 상가를 지을 계획이었다. 4킬로미터쯤 떨어진 곳에 북한강을 가로지르는 다리가 하나 더 생길 예정이었으니 5, 6년만 더 기다리면 전에는 없던 번화한 읍내가 생길 수 있었다. 이룡산 아래 강변은 휴양지로 개발하기 적합했다. 상수원보호구역으로 묶인 땅을 쓸 만하게 만들려면 우청식이 모시는 그분들의 힘이 필요했다.

사람은 땅 위에 산다. 땅 없이는 사람도 없다. 땅 있는 자가 땅 없는 자를 부리는 건 쉬운 일이었다. 땅 없이 돈만 불리는 것은 허공에 집을 짓는 것이나 다름없었다. 땅은 돈보다 귀했다. 돈은 일정 수준 이상 쌓이면 갖고 있어봐야 별 의미가 없었다. 고급스럽게 살아봐야 거기서 거기였다. 창현의 욕심 주머니는 사치스럽게 사는 것으로 채워지지 않았다. 돈의 본질은 권력이었다. 사람을 부리는 힘이었다. 땅과 돈과 권력은 서로 맞물린 것들이었다. 돈의 정점은 항상 권력을 지향했고 권력을 선점하는 데 땅은 필수였다. 모두에게 필요한 것, 없으면 생존조차 할 수 없는 것을 차지해버리면 사람을 거느리는 것은 일도 아니었다. 지주회 사람들에게 다산아파트를 한 채씩 주고 이면 계약서로 주종관계를 확실히 하는 것으로 창현은 많은 즐거움을 누릴 수 있었다.

창현은 머릿속으로 타운하우스를 세우는 데 드는 비용을 떠올렸다. 평당 100만 원씩 잡으면 100억 원이 필요할 것이었다. 인허가 비용, 환경평가 비용에만 수천만 원이 들 터였다. 100억 원을 마련하는 것은 거뜬했다. 서른 명의 지주회 회원들이 살고 있는 다산아파트 서른 채는 창현이 묻어둔 금괴나 다름없었다. 처음 다산아파트에 입주할 때는 아파트 한 채당 1억 원이 채 되지 않았다. 지금은 사정이 달랐다. 재건축까지 성사되면 아파트 평균 가격은 15억 원까지 뛸 수 있었다. 그 말은 30억 원이 450억 원이 된다는 의미였다. 그만한 자금이면 타운하우스 하나는 더 지을 수 있었다. 두 개의 타운하우스를 세우고 실질적인 주인이 될 수 있었다. 이 근처 농지와 상가까지 지주회 사람들의 이름으로 매입할 계획이었으니 계획대로 된다면 말 그대로 지주가 되는 것과 다를 바가 없었다. 서울과 충청도, 의정부와 동탄, 인천, 부천에 박아둔 상가와 오피스텔, 임야를 다 합하면 자산 규모는 600억을 훌쩍 넘겼다. 빈손으로 시작해서 이만한 재산을 마련한 스스로가 대견했다.

창현은 어두운 주황색으로 물들어가는 하늘을 올려다보았다. 해결해야 할 문제가 있었다. 그 문제만 생각하면 초조한 기분이 되어버렸다.

하나는 다산아파트 앞에 들어서려는 특수학교였다. 집값에 영향이 없다는 말을 듣기는 했으나 그것은 순전히 특수학교를 바라는 사람들의 입장이었다. 무엇보다 집값이 단돈 5천만 원이라도 떨어지면 창현에게는 15억 원이 날아가는 셈이었다. 특수학교를 막는 게 생각보다 어려웠다. 교육청 담당 과장은 법적 문제가 없다면 추진하지 않을 도리가 없다고 했다. 그는 참치의 대뱃살을 혓바닥 위에 얹으며 창현에게 말했다. 입주자대표회장이 담당 과장을 찾아왔었다고. 특수학교 건립이 진행되지 않으면 정식으로 민원을 제기하거나 법적인 책임을 묻겠다고 말했다는 거였다. 당시 입주자대표회장이라면 중선이었다.

두 번째 문제는 회계장부와 백색 상자, 그리고 검은 장부였다. 중선이 죽으면서 사라진 것들을 아직도 찾지 못했다. 어디에서 찾아야 하는지 감도 잡히지 않았다. 당장 큰돈을 써야 하는데 자금을 운용할 수가 없었다. 임식호의 아들들이 팔려고 내놓은 땅도 다른 사람이 채가기 전에 매입해야 했다. 내년이면 이룡산 타운하우스 부지의 지목을 변경하고 공사에 돌입해야 했다. 내후년에는 아파트 재건축 사업을 시작하게 될 터였다. 돈이 바쁘게 돌아야 하는 이 시기에 중선이 죽었고 장부가 없어졌다.

지주회 형제들의 이름으로 투자한 재산의 목록과 가격, 주소, 소유주가 그 장부에 기록되어 있었다. 수원에 있는 오피스

텔의 월세를 받아온 계좌 번호도, 갭 투자를 위해 동탄과 의정부에 사둔 아파트의 동 호수도 마찬가지였다. 창현이 벌인 사업들의 회계 관련 정보도 거기에 있었다. 중선과 장부 없이는 자금 관리가 불가능했다. 캐비닛 하나를 가득 채우고 있던 장부들이 모두 사라졌다. 백색 상자와 검은 장부 두 권도 함께. 중선의 얼굴이 떠오르면서 왈칵 짜증이 일었다. 모든 것을 원활히 진행하기 위해서 중선과 장부가 필요했는데 창현에게는 둘 다 없었다.

창현은 핸드폰에서 중선의 영정 사진을 띄웠다. 중선의 표정이 낯설었다. 웃는 얼굴이었다. 단 한 번도 본 적 없는 모습이었다. 창현은 두 손가락으로 사진을 확대했다. 투실한 얼굴이 좋아 보일 때가 없었는데 영정 사진 속 중선의 얼굴은 창현이 보기에도 환했다. 가슴으로부터 올라온 웃는 얼굴이어서 찜찜했다. 무슨 생각을 하면서 이렇게 웃었을까. 그것도 죽음을 생각하면서.

창현은 핸드폰을 주머니에 집어넣고 짧은 한숨을 쉬었다. 문제를 해결해야 했다. 김 실장을 불러야 할 상황이었다. 창현은 모텔 공사장으로 올라가는 길목에 세워둔 자신의 승용차에 올랐다. 헤드레스트에 뒷머리를 대고 앞 유리창 너머를 쳐다보았다. 도로에 박았던 쇠 파이프를 정리하는 작업은 거의 마무리 단계였다. 마을 주민들의 얼굴은 비굴해 보였다. 사특한

치들이었다. 보상금이나 합의금을 얻어낼 욕심에 가당찮은 수작을 부린 것이었다. 그들 너머로 타운하우스가 들어설 산자락이 보였다. 창현은 마을 사람들의 짜증 서린 얼굴을 하나하나 쳐다보았다. 조금 전에는 희번덕거리는 눈으로 자신에게 대들었으나 머지않아 자신의 영지에서 허리 숙여 존경을 표하게 될 터였다.

13. 강정혜

"너는 너. 나는 나. 우리 이제 각자 좀 잘 살자. 응?"

엄마는 장바구니에서 꺼낸 반찬통들을 식탁 위에 내려놓았
다. 강정혜는 식탁 앞에 앉아 반찬통 뚜껑을 땄다.

"동치미는 이게 다예요?"

엄마는 뚜껑을 도로 닫으며 말했다.

"네 거 아냐. 윤지 거지. 윤지 어딨니?"

"마당에요. 혼자서도 잘 놀아요."

"옷은 제대로 입혔어? 오늘이 소설이야. 눈이 와도 이상치
않을 텐데."

강정혜는 다른 반찬통 뚜껑을 따며 말했다.

"엄마 이거 닭강정 맞죠? 직접 만들었어요? 이것도 윤지 좋
아하는 거 아닌가?"

엄마는 "윤지야! 윤지야! 와서 이것 좀 먹어! 닭강정 만들어
왔다!"라며 밖을 향해 냅다 소리쳤다. 현관문 너머에서 "잠깐
만요!" 하는 소리가 들려왔다. 강정혜가 말리듯 말했다.

"걱정 마세요. 패딩 입혀서 내보냈어요."

엄마는 둥근 식탁 앞에 앉아서는 아무래도 미덥지 않은지
자꾸만 마당 쪽으로 눈길을 돌렸다. 강정혜는 식탁에 올려놓
은 유리 반찬통을 냉장고에 차곡차곡 담았다. 손으로 마른세
수를 한 엄마는 한숨을 쉬며 강정혜에게 말했다.

"그건 됐고. 여기 앉아봐."

잠시만요. 이것 좀 다 넣고요. 그렇게 말하며 강정혜는 시간
을 끌었다. 이제부터는 과부 딸과 홀어머니 사이의 전형적인
대화가 이어질 터였다. 윤지 아빠 세상 뜬 지가 언젠데 아직도
혼자냐. 저번에 만나던 그 사람은 왜 안 만나냐. 혼자 신파극
쓸 거면 내 눈에 흙을 넣어라 등등.

엄마의 다음 말은 예상과 달랐다.

"지금이라도 사자. 이번에 싸게 나온 아파트가 있어. 집주인
이 해외에 있어서 여기 시세를 잘 모른대. 이번에는 내 말
들어."

재혼 얘기만큼이나 어려운 주제였다. 이어질 레퍼토리도 해
마다 반복되는 비슷한 내용이었다. "아유, 엄마. 왜 또" 하는
강정혜의 대꾸에 엄마의 말이 쏟아졌다.

"예전에 난곡에 아파트 들어설 때, 내가 거기 사자고 했니 안 했니? 28평 그거 2억 5천에 사자고 내가 했어, 안 했어. 너 근데 내 말 안 듣고 인천에 조그만 아파트 사서 오순도순 산다고……. 어이구 내 팔자야. 지금 난곡 거기가 어떤지 아니? 어떤지 알기는 해? 검색이라도 좀 해봐, 이 속없는 것아. 그리고 너, 내가 신림동 하수 부지에 땅 좀 샀다고 나한테 뭐랬니. 그거 팔라고 팔라고 고문도 그런 고문이 없었다. 내가 네 등쌀에 못 이겨서 1억 주고 산 거 1억 천 받고 팔았어. 그거 팔고 거기 어떻게 됐는지 알아? 그때 같이 땅 산 내 친구들, 지금 뭐라는지 아니? 북동쪽만 봐도 배가 부르대. 앉아서 돈이 척척 쌓이는데 그게 그렇게 좋댄다. 그리고 그뿐이냐? 내가 내곡동에 아파트 들어설 때, 34평 그거, 4억 5천에 입주권 넘기겠다는 연락왔다고 했을 때, 너 그때 뭐랬니? 빚 좀 내서 이거 사면 금방 오를 거라고 내가 분명히 말했지? 그때 너랑 윤지 아빠랑 쌍으로 뭐랬어? 불로소득이 싫다고 그랬지? 그게 정의롭지 않은 거랬잖아. 그래서 마장동 사는 숙경이 걔가 그거 채갔잖니. 정혜야, 거기 지금 얼마인지 알아?"

엄마는 강정혜를 쳐다보며 손으로 식탁을 탁탁탁탁 쳤다.

"시세가 20억이야. 20억! 그거 불법이라며? 무슨 놈의 불법이 돈을 십 몇억씩 안겨준다니? 그게 불법 맞긴 한 거야? 그때 그거 샀어봐라. 지금 내가……"

강정혜는 엄마의 말을 끊었다.

"엄마, 엄마. 다 지난 얘길 뭐 하러 해요. 그리고 우리 잘 살아요. 공기도 좋고. 나무도 많고. 조금만 나가면 개천도 있어. 밤에는 고라니 소리도 들려요."

"고라니 소리가 뭐가 좋아!"

엄마는 구부린 검지 관절로 식탁을 탁탁탁탁 두드리며 말했다.

"정혜야, 너 사는 것 좀 봐라. 산 아래 단독주택이라고 해서 난 또 으리으리한 덴 줄 알았다. 주변에 집이라곤 이거 딱 하나야. 건축물은 터널 다리 교각이 전부고. 도로가 하늘을 가로지르는 데다가 집을 왜 사! 이 집 10년만 더 지나면 귀신 나올 것 같지 않니? 텃밭 있음 뭐 해. 네가 시간이 있어, 사람 사다 쓸 돈이 있어? 뒷바라지해서 변호사 만들어놨더니 죄 돈 안 되는 일만 맡아가지고 내가 원. 국회의원이라고 해봐야 그냥 비정규직 공무원 아니냐. 늬 아버지가 남긴 빚 얼마 전에야 겨우 갚았는데. 아이고 내 팔자야."

엄마의 팔자타령이 이어지면 대책이 없었다. 자칫하면 눈물을 볼 수도 있었다. 강정혜는 식탁에 올라온 엄마의 두 손을 감싸쥐고 토닥거렸다.

"엄마, 엄마, 걱정 마셔요. 내가 나중에 엄마가 고생한 거 하나도 아깝지 않을 만큼 잘 살게. 응? 내가 아주 좋고 멋있는 사람 될게요. 응? 그러니까 걱정 마시고, 아까워도 마시고."

엄마는 손을 빼버리고는 담판을 짓듯이 말했다.

"됐다. 내가 어디 한두 번 속니? 둘 중 하나 골라. 대출 끼고
아파트를 사든지, 아니면 대통령을 하든지."

강정혜는 고개를 숙이고 조용히 웃었다. 금테 안경을 벗어
옷자락에 천천히 닦았다. 엄마가 고개를 기울이고 강정혜의
표정을 살피더니 화들짝 놀란 목소리로 말했다.

"너 미쳤구나?"

"네?"

엄마는 손으로 이마를 짚었다.

"너! 대통령 생각 있는 거지? 그렇지? 내 말 맞지? 이 능구
렁이 같은 년아!"

엄마는 손바닥으로 강정혜의 어깨를 연거푸 때리며 말했다.
"얘가 허파에 바람이 들었네, 들었어. 들었어! 들었어! 진짜 미
쳤어!"강정혜는 아니라고 말하며 손사래를 쳤다. 대통령을 아
무나 하느냐며 절대 아니라고 엄마를 안심시켰다. 엄마는 의
심스러운 눈으로 강정혜를 쳐다보다가 도장 찍듯이 말했다.

"그럼 내일 은행 가. 대출 한도부터 알아봐야 그 집 넘보든
지 말든지 할 거 아니니? 의원이면 좀 많이 당겨쓸 수 있지
않니?"

"엄마, 내일 일요일이야."

"그럼 월요일에 가!"

엄마로부터 강정혜를 구해준 건 윤지였다. "할머니!" 하는 소리에 엄마의 표정이 싹 바뀌었다. 강정혜는 슬며시 일어나 안방으로 걸음을 옮겼다. 뒤에서 "아니, 애가?" 하는 목소리가 들렸고 강정혜의 등에 손바닥이 짝! 소리를 내며 작열했다.

"윤지 패딩 입혔다면서!"

엄마는 윤지와 둘이 저녁 외식을 하겠다며 차를 타고 나갔다. 강정혜에게 쉴 시간을 주려는 마음이었을 것이다. 강정혜는 소파에 길게 누워 태블릿PC를 켠 뒤 다음주 수요일에 있을 국회 토론회 발제문을 띄웠다. 보도자료도 나갔고 같은 당 의원실에도 관심을 부탁한다는 메시지를 보냈지만 어디에서도 이렇다 할 반응은 없었다. 토론회를 함께 준비한 시민단체와 박 보좌관은 스무 명 정도 앉을 수 있는 방청석을 채우지 못할까 걱정을 했다. 강정혜가 "사람 좀 없으면 어떤가요. 괜찮습니다" 하고 말했지만 박 보좌관은 가무잡잡한 얼굴에 웃음 주름을 잡으며 말했다. "아유, 의원님, 기자도 부르고 보도자료도 냈는데 너무 비면 좀 거시기합니다"라고.

박 보좌관의 느긋한 너스레가 고마웠다. 토론회 상황은 만만치 않았다. 강정혜가 다시 토지 제도 개혁을 주장하기 시작하면서 이곳저곳에서 압박이 들어왔다. 의원실이나 의원실 식

구의 집으로 협박 편지가 오기도 했다. 토론회에 발제자로 나
온 사람들이 협박 전화를 받거나 알 수 없는 괴한으로부터 뺑
소니식 구타를 당하기도 했다.

핸드폰으로 박 보좌관의 메시지가 들어왔다.

「의원님! 마지막으로 들어온 토론회 발제문 메일로 보내드
렸습니다!」

강정혜는 답장을 보냈다.

「감사합니다. 주말에 쉬시지도 못하고. 죄송해요.」

「그런데요. 정말로 토론회 사회를 직접 보시렵니까? 제가
하거나 토지 자유 연대 쪽에서 해도 되는데요.」

「제가 할게요. 발제문 열심히 읽고! 공부도 하겠습니다!」

박 보좌관은 '충성!'이라는 문구가 적힌 곰 캐릭터 이모티콘
을 보냈다. 피식, 웃음이 났다. 강정혜는 태블릿PC에 토론회
발제문을 띄웠다.

토론회 제목은 '헨리 조지와 부동산 제도 개혁'이었다. 문득
엄마가 쏟아냈던 말이 떠올랐다. 엄마가 느끼는 불안과 두려
움, 질투와 시기심이 무엇인지 강정혜도 너무나 잘 알았다. 대
부분의 사람들이 느끼는 감정이었다.

핵심은 불로소득이었다. 토지로 인한 불로소득을 내버려두
어서는 안 됐다. 불로소득을 마음껏 추구하도록 내버려두면
가진 사람들만 신나는 세상이 될 터였다. 가진 사람들이 앉아

서 부를 쌓는 동안 없는 이들은 착취당하는 삶을 살아가야 했다. 한 달 내내 일해서 번 임금의 4분의 1이 넘는 돈을 집세로 내야 하는 세상이 강정혜는 싫었다. 자기가 살 집을 마련하지 못해 압박감을 느끼며 사는 게 싫었다. 윤지가 그런 삶을 살도록 내버려둘 수는 없었다.

불로소득은 보유세로 환수하는 것이 바람직했다. 불로소득을 얻기 위해 집값을 올리는 시장 상황을 이대로 두고 봐서는 안 됐다. 윤지가 살아갈 세상이 좀 더 따듯했으면 했다. 집 걱정 돈 걱정에 쪼들리며 살아가지 않는 세상이 되었으면 했다. 강정혜가 마음속에 정해둔 토론회의 결론은 토지보유세를 강화하여 기본 소득의 재원으로 활용하자는 것이었다.

토지보유세는 모든 토지에 세금을 부과하여 세수 전액을 전 국민이 똑같이 나누는 제도였다. 토지보유세는 단순했다. 토지를 가지지 않은 사람들은 내는 것 없이 받기만 하면 됐다. 필요한 토지만 소유한 사람들은 부담보다 혜택이 많았다. 토지를 과하게 소유한 소수의 사람들은 혜택보다 부담이 더 많았다. 간단한 만큼 효율적이고 효과적인 제도였다. 이 제도가 정착된다면 부동산 투기 열기가 사그라들지도 몰랐다. 토지 가격이 하향 안정화되면 돈이 없어서 좌절하는 사람들이 줄어들수 있었다.

강정혜는 토론회의 발제문들을 꼼꼼히 읽었다. 다 읽고 이해하고 싶었다. 실행 가능한 대안을 만들고 싶었다. 세상이 가진 사람들 쪽으로 기울어져가는 걸 어떻게든 막고 싶었다. 그런 세상을 만드는 데 조금이라도 도움이 된다면 자신의 생을 불살라도 괜찮겠다 싶었다. 먼저 세상을 떠난 아버지와 윤지 아빠도 이런 자신의 선택을 자랑스러워할 것 같았다.

핸드폰이 진동했다. 박 보좌관의 전화였다. 강정혜는 통화 버튼을 누르고 명랑한 목소리로 말했다.

"혹시 술 고프십니까? 토요일에 전화를 주시고요."

박 보좌관이 난처하다는 듯 말했다.

"술이야 언제나 고프긴 합니다만…… 토론회를 미뤄야 할 수도 있을 것 같아서요. 다음주 수요일 국회 토론회요."

"네? 왜요?"

"발제자로 섭외한 서 교수님이 사고를 당하셨답니다."

강정혜는 통기듯 일어나 앉았다. 며칠 전 서 교수님은 테러 협박 편지를 받았다며 껄껄 웃었다. 염려하는 강정혜에게 "이런 편지를 받을 만큼 중요한 일이라는 거니까요. 훈장으로 생각할게요"라고 말했었다.

"또요? 많이 다치셨어요?"

"허리를 다치셨다는데 아주 심한 건 아니라고 하고요."

강정혜는 입술을 굳게 다물었다. 지난번 토론회 때도 발제자가 다칠 뻔한 일이 있었다. 길을 지나는데 옥상에서 벽돌이 떨어졌다고 했다.

"서 교수님이 학교에서 집에 가는 길에 교통사고를 당하셨답니다. 차는 폐차하셨대요. 뺑소니 사고였는데 서 교수님 차를 노리고 달려들었던 것 같다고 합니다."

경찰에 신고를 했다고 하니 일단은 지켜봐야 했다. 강정혜는 발제자 세 분에게 특별한 일이 없으면 토론회는 강행하자고 했다. 토지 제도 관련 시민단체를 통해 발제자 둘을 급히 구해보라고 일렀다.

강정혜는 천장을 올려보다가 엄마에게 전화를 걸었다. 협박 편지는 강정혜의 집에도 꽂혀 있었다. 엄마가 전화를 받을 때까지 입안이 말라가는 기분이었다.

"배고프냐? 포장 하나 해 가?"

평소처럼 툴툴거리는 목소리였다. 강정혜는 자기도 모르게 안도의 한숨을 내쉬었다. 대충 얼버무리고 전화를 끊었지만 괜한 불안감은 여전했다. 윤지 아빠의 사고가 떠올랐다.

초선 의원 시절이었다. 하루에 네 시간 자면서 국회 일을 할 때였다. 그때도 강정혜는 토지 제도 개혁을 위해 뛰었다. 가진 자와 없는 자의 차이는 토지의 소유 여부를 두고 갈렸고 둘의 간극은 시간이 지나갈수록 벌어졌다. 아파트를 두 채 이상 소유한 사람들이 늘어나는 건 위험한 신호였다. 신흥 지주 계급이 형성되는 것 같았다. 5년이라는 국회의원 임기는 짧았고 마음은 급했다. 강정혜는 불도저 같았고 늑대 같았다. 국정감사장에서의 스타였고 당의 대변인이었다. 잠깐이지만 대통령 선거 여론 조사에 이름이 올라가기도 했다. 늦은 퇴근을 하던 날밤, 윤지 아빠의 사망 소식을 들었다. 뺑소니 사고였고 범인은 끝내 찾지 못했다.

이 모든 일의 배후에 누군가가 있는 것 같았다. 어쩌면 윤지 아빠의 사고와 지금의 협박과 테러가 같은 맥락으로 이어져 있을지도 몰랐다.

강정혜는 핸드폰 사진첩을 열었다. 거기엔 곽중선 회장이 보낸 사진 파일 두 장이 저장되어 있었다. 임창현의 회계장부를 찍은 사진이었다. 몇몇 유력 정치인과 관련된 의심쩍은 금전 거래 내역이 적힌 장부였다. 장부에는 우청식이라는 이름이 반복해서 등장했다. 강정혜는 경찰대 동기에게 임창현과 우청식에 대해 알아봐달라는 부탁을 했다. 정보과에서 근무하는 경찰대 동기는 임창현과 관련된 것으로 의심되는 몇 건의 협박, 테러 사건에 대해 이야기해주었지만 우청식에 대해서는 알아낸 것이 없다고 했다.

곽중선 회장은 임창현과 우청식 사이에서 음험한 거래가 자주 이루어졌다고 했다. 지난 5월에 있었던 부동산 제도 개선 토론회가 끝난 뒤 곽중선 회장은 강정혜에게 의원실에서 따로 만나고 싶다고 했다. 언제 약속을 잡으면 좋겠느냐고 하자 지금이 아니면 안 된다고, 주변에 아무도 없었으면 한다고 했다.

늦은 밤, 의원실 원형 테이블 앞에서 곽중선 회장과 강정혜는 서로를 마주 보았다. 둘 앞에는 김이 오르는 종이컵이 놓여 있었다. 곽중선 회장은 낮은 목소리로 말했다.

"우청식이라는 사람이 있습니다. 임창현은 그자에게서 돈을 받기도 하고 주기도 해요. 필요한 정보를 얻기도 하고 필요한 조치를 얻어내기도 합니다. 나쁜 일을 맡아 수행하는 것 같은데 아마 사람들을 해치는 일일 거예요. 그 외에도 정치인들과 부적절한 돈거래를 제법 했습니다."

우청식이 누구냐는 질문에 곽중선은 다음과 같이 대답했다.

"둘 중 하나입니다. 우청식이 정말 대단한 작자이거나, 우청식을 부리는 사람들이 대단한 사람이거나."

곽중선은 그 자리에서 강정혜의 핸드폰으로 사진 파일을 보냈다. 우청식이라는 이름과 함께 몇몇 정치인들의 이름이 적힌 장부의 일부였다. 이름 옆에는 액수와 청탁하고 청부받은 내용이 적혀 있었다.

이게 무어냐는 물음에 곽중선은 느린 목소리로 대답했다.

"다산아파트 앞 특수학교 건립을 도와주세요. 그러면 의원님의 적이 누구인지 알려드리겠습니다. 가볍게 여기지는 마세요. 저로서는 목숨을 걸고 하는 일인지라."

특수학교 얘기는 짐작했던 것이었다. 적이 누구인지 알려주겠다는 말은 예상을 뛰어넘는 것이었다. 더군다나 목숨을 건다니. 강정혜가 물었다.

"저의 적이라뇨?"

곽중선 회장은 종이컵에 담긴 녹차를 호로록 소리가 나도록 마셨다. 곽중선 회장은 침을 두어 번 삼킨 뒤 긴장한 얼굴로 강정혜를 똑바로 쳐다보았다.

"우청식을 앞세운 사람들이 있다고 저는 짐작합니다. 우청식 혼자 그 모든 일을 다 벌일 수도 없고 벌일 필요도 없죠. 누군가가, 아니면 어떤 사람들이 뒤에 있을 겁니다. 그 사람들은 땅에 관심이 많아요. 땅이 금보다 귀하고 돈보다 좋다는 걸 아는 사람들이란 말입니다.

그 사람들은 땅을 차지하는 게 최고라는 걸 알아요. 공기는 손에 잡히지가 않죠. 물도 그냥 빠져나가버려요. 하지만 땅은 아닙니다. 땅은 잡으면 잡힙니다. 금을 그어두고 내 것이라고 우길 수도 있고요. 공기나 물처럼 땅은 사람에게 반드시 필요한 거죠. 사람은 땅 없이는 못 살아요.

저는 오랫동안 돈을 만지면서 살았습니다. 40년쯤 돈을 다루면서 살다 보니 결국은 땅이 최고라는 걸 알겠더군요. 땅을 팔아서 얼마나 많은 매매차익을 남겼느냐는 그리 중요하지 않아요. 땅을 가장 많이 갖는 자가 결국 세상을 갖는 겁니다.

저는 의원님이 좋습니다. 마음에 들어요. 좋은 사람이라고 느낍니다. 성공하시길 바랍니다. 양도소득세니, 종부세니, 토지보유세니 하는 세금 얘기를 하시지만, 결국은 전부 땅 얘기 아닙니까? 사람들이 자기가 살아갈 땅을 조금이라도 편하게 갖게 하고자 하시는 거잖아요. 천부인권처럼 모든 사람에게 땅을 가질 권리가 있는 거라고 생각하시는 거잖아요.

의원님은 땅으로 손쉽게 큰돈 벌어가는 사람들에게 싸움을 걸고 계신 겁니다. 그 사람들 중에는 수천억 넘는 돈을 가볍게 쓸어가는 사람들도 있어요. 돈이 있으니 힘도 있고 법도 우습죠. 우청식 같은 사람도 부리는 거고요. 그 사람들은 의원님을 가만두지 않을 겁니다."

강정혜가 말했다.

"저를 이렇게까지 도와주시는 이유가 뭔가요?"

곽중선 회장은 눈길을 떨궜다. 말할까 말까 주저하는 것처럼 입술이 달싹였다. 곽중선 회장은 슬프게 웃으며 말했다.

"저도 살고 싶어요, 이제는."

"네?"

"어쩌면 의원님께서 저를 구하실지도 모릅니다."

"아니, 그게 무슨……"

곽중선 회장은 쓸쓸히 웃으며 자리에서 일어섰다. 특수학교 건축 공사가 시작되면 온전한 검은 장부를 넘겨주겠다고 했다. 자기도 이런 일 그만하고 싶다고, 강정혜가 성공하길 빈다고 했다.

반쯤 잘린 장부 사진에는 협박과 방화, 뇌물 청탁 등의 내용이 적혀 있었다. 테러 지시로 추정되는 단어도 있었다. 그에 대한 대가로 금전이 오고 갔다. 곽중선 회장에게 정보를 더 달라고 보챘지만 돌아온 반응은 '일은 때가 있는 것'이라는 말뿐이었다.

곽중선 회장의 죽음은 정말로 자살일까.

강정혜는 태블릿PC를 끄고 핸드폰에 저장된 장부 사진을 띄웠다. 신중해야 했다. 자칫하면 아무 잘못 없는 사람들이 다치게 될지도 몰랐다. 생각이 복잡하게 돌아갔다. 곽중선 회장의 죽음과 장부는 어떤 관계가 있을까 생각했다. 곽중선 회장이 어떻게 살았는지, 어째서 임창현의 재산을 관리하며 살았던 것인지 알고 싶었다. 배경이 되는 이야기를 알고 있어야 사태를 판단할 수 있었다. 강정혜는 핸드폰에서 전화번호를 찾아 통화 버튼을 눌렀다.

"곽장걸 씨죠? 내일 시간 내서 뵙죠. 자영 씨도 함께요. 의원실로 오실 수 있겠습니까?"

14. 장걸

의원 사무실은 생각보다 별게 없었다. 칸막이를 두른 책상 다섯에 탕비실, 복사기가 전부였다. 문을 한 번 더 열고 들어가면 의원실로 쓰는 방이 나왔다. 일곱 명쯤 앉을 수 있는 커다란 원형 탁자와 텔레비전이 눈에 들어왔다. 의원실 한쪽 벽은 창문이었다. 난방을 하지 않았는지 들어서자마자 서늘한 기운에 몸이 움츠러들었다. 큼직한 책상 위에 국회의원 강정혜,라고 적힌 명패가 눈에 들어왔다. 책상에는 높다랗게 쌓인 서류 더미가 다섯쯤 됐다.

강정혜와 자영과 준호, 장걸은 원형 테이블을 가운데 두고 둘러앉았다. 강정혜와 자영은 어머니와 함께 일하면서 있었던 일에 대해 소소한 대화를 주고받았다. 장례식 이야기와 사흘 전에 있었던 다산아파트 맞불 집회 얘기가 나왔을 때는 장걸도 몇 마디 말을 얹었다. 대화가 이어지는 동안 준호는 이어폰을 끼고 핸드폰을 들여다보며 얌전히 시간을 보냈다.

강정혜는 "우리 모두 서로에게 도움이 될 수도 있을 것 같아서요. 다들 원하는 게 있잖습니까?"라는 말로 본격적인 이야기를 시작했다. 강정혜는 말을 정확히 하려고 애쓰는 게 평소 말버릇으로 굳은 사람이었다.

강정혜가 자영에게 말했다.

"제가 알고 있기로는, 자영 선생님께서 원하시는 건 다산아파트 앞에 특수학교가 들어서는 겁니다. 맞나요?"

자영이 고개를 끄덕였다. 강정혜는 장걸에게 고개를 돌렸다.

"어머니께서 돌아가신 이유가 궁금하실 겁니다. 제 짐작이 맞습니까?"

장걸이 물었다.

"의원님께서 원하시는 건 뭡니까?"

강정혜는 검지 손톱으로 체리색 원형 테이블을 톡톡 두드리다가 입을 열었다.

"제가 원하는 건, 제가 하려는 일을 방해하는 사람들이 누구인지, 그 사람들이 무엇을 하고 있는지 아는 겁니다. 지금은 짐작뿐인데 어쩌면 어머님께서 하시던 일이 제 상황과 관련이 있을지도 모르겠어요."

강정혜는 장걸에게 어머니 집에서 장부 같은 걸 보았냐고 물었다. 자영이 곽 회장님 서재의 캐비닛에 장부가 가득했다고 말했다. 장걸은 집에서 장부를 본 적이 없다고, 캐비닛과 금고도 텅 비어 있었다고 했다. 만약 장부가 있었다면 어머니가 죽기 전에 장부를 치운 것일 수도 있겠다고 했다.

장걸이 물었다.

"장부 같은 게 왜 궁금하신 겁니까?"

강정혜는 금테 안경을 벗어 헝겊으로 렌즈를 닦으며 말했다.

"혹시, 우청식이라는 사람 아세요?"

"모릅니다."

"자영 씨는요? 혹시 아세요?"

자영은 고개를 가로저었다. 강정혜는 한숨을 내쉬며 "그렇군요" 하고 말했다. 장걸이 물었다.

"그 장부와 어머니의 죽음이 어떤 관계가 있을 수 있다고 생각한 이유가 뭡니까? 전에도 어머니의 죽음에 의심스러운 구석이 없었느냐고 얘기하셨는데요."

"장걸 씨도 의심스럽죠?"

"네?"

"아무런 의심도 가지 않는다면 여기에 오지 않았을 거라고 생각하는데요. 장걸 씨 한 성격 하시잖아요?"

어떤 점이 의심스러운지 먼저 말해보라는 것 같았다. 의심이 가는 바는 있었지만 그걸 설명하려면 자신의 가족사를 꺼내야 했다. 장걸은 입을 다물었다. 다른 사람 앞에서 임창현이 자신의 친부였고 어릴 때 어머니로부터 알 수 없는 이유로 학대받으며 살았다고 말하고 싶지 않았다.

장걸은 임창현이 의심스럽다는 말을 하지 않았고 강정혜도 장부를 찾는 명확한 이유를 설명하지 않았다. 자영도 자기가 아는 걸 다 꺼내지 않는 듯했다. 경찰에 수사를 의뢰하지 않는 이유를 물었지만 강정혜 의원으로부터 돌아온 대답은 "아직은 좀"이 전부였다.

대화는 특수학교 건립 문제로 이어졌다. 자영은 열심히 자기 입장을 설명했다.

"예전보다 나아지기는 했지만 특수학교가 여전히 부족해요. 장애로 힘겹게 사는 사람들이 생각보다 세상에 많고요. 그 사람들도 어떻게든 살아야죠. 다산아파트 앞 폐교에 특수학교를 짓는 건 절차상 아무런 문제가 없어요. 원래가 학교 부지였던 곳이니까요. 아파트값 떨어질까봐 이 난리를 피우는 거고요. 임창현이라는 사람이 문제예요. 그 사람이 동대표회의를 장악했거든요. 다음달 말이면 입주자대표회장 선거인데요, 어떻게든 회장 자리를 가져와야 해요."

자영은 임창현의 영향력을 염려했다. 임창현이 지역구 국회의원과 제법 친하다고 했다. 내년에 있을 국회의원 선거 공약

에 '다산아파트 앞 문화센터 건립'을 넣기로 합의했다는 소문
이 돈다고 했다.

강정혜는 자영의 설명을 듣고 자영이 준비해온 자료들도 꼼
꼼히 살펴보았다. 교육청에서 건립을 주저한다면 상황을 자세
히 알아보겠다고 말했다. 교육청 쪽 반응이 중요하니 그쪽에
서 응답이 오는 대로 알려주겠다고도 했다. 자영은 감사하다
며 몇 번이고 고개를 숙였다.

자영이 강정혜에게 말했다.

"내년 1월 중순쯤에 토론회를 하려고 해요. 특수학교 건립
찬반 토론회요. 혹시 시간 괜찮으신지."

강정혜는 핸드폰으로 무언가를 확인하며 말했다.

"내년이요? 한참 뒤네요?"

자영이 따라붙듯이 물었다.

"그때 잠깐이라도 와주실 수 있을까요? 오신다는 소식만으
로도 저희가 힘이 될 것 같아서요."

"그때 일정을 좀 봐야겠는데요."

자영이 다시 말했다.

"지금 일정을 잡아주시면 어떨까 해서요. 바쁘시면 의원님
일정에 저희 토론회를 맞추겠습니다."

강정혜는 자영을 물끄러미 바라보았다. 자영은 눈길을 떨궜
지만 물러서는 기색은 아니었다. 강정혜는 "다른 의원 지역구

에 가서 마이크를 잡고 이런 이야기를 하면……" 하며 말을 끌다가 "몰매라도 맞겠는걸요?"라고 빙긋 웃었다.

자영이 말했다.

"죄송합니다. 꼭 좀 부탁드려요."

"혹시, 입주자대표회장 선거 출마를 생각하고 계신 거 아니에요?"

자영이 얼굴을 붉히자 강정혜가 빙그레 웃으며 말했다.

"권력 의지는 중요한 거죠! 변화를 일으키려면 권력을 가져야 합니다. 저도 갖고 싶습니다. 권력."

강정혜는 시간을 내도록 노력하겠다고 약속했다. 그리고 장걸과 자영을 배웅하면서 곽 회장님과 관련된 뭔가가 나오면 꼭 연락을 달라고, 집 안을 정리하다가 외장하드나 USB 같은 게 나오면 확인해달라고 했다.

장걸과 자영, 준호는 국회의원 회관을 나오면서 방문증을 반납했다. 회관 앞까지 따라 나온 강정혜는 다시 연락하겠다며 정중히 배웅했다.

바깥 날씨는 흐렸고 쌀쌀했다. 뒤에서 준호가 웅얼거리는 소리가 들렸다. 낯선 곳에 왔기 때문인지 다소 불안한 음색이었다. 베이지색 패딩 차림의 자영은 점퍼 주머니에 손을 넣고 장걸의 뒤를 따라 걸었다. 장걸은 걸음을 멈추고 자영과 준호가 옆으로 따라붙을 때까지 기다렸다. 정문 방향과 주차장 쪽으로 나뉘는 갈림길이었다. 장걸 옆에 먼저 선 것은 준호였다.

"추우시죠?"

장걸의 물음에 자영이 대답했다.

"네. 좀 춥네요."

"집으로 바로 가시는 거죠?"

"네."

"같이 갈까요?"

자영은 주저하다가 준호에게 물었다.

"장걸 아저씨랑 같이 갈래? 아니면 버스 타고 갈래?"

준호는 손가락으로 손등을 빠르게 두드리다가 솔 음 정도의 목소리로 대답했다.

"아저씨."

"장걸 아저씨? 정말?" 자영이 다시 물었다.

"장걸 아저씨랑 같이 갈래? 아니면 버스 타고 갈래?"

"아저씨. 아저씨."

자영은 "진짜지? 나중에 땡깡 부리면 안 돼?" 하고 다짐을 받았다. 자영은 장걸을 올려다보며 말했다.

"마트에 먼저 내려주실래요? 아파트 사거리 앞에요."

장걸은 뒷좌석을 치우고 준호를 먼저 태웠다. 자영은 조수석에 앉았다. 장걸은 운전석에 올라 핸드폰 내비게이션 앱을 실행했다.

장걸은 국회 정문 쪽으로 차를 몰았다. 뒷자리에서 준호가 정문 경비원을 향해 손을 흔들었다. 도로를 타고 올림픽대로 쪽으로 방향을 잡았다. 자영은 내내 말이 없었다. 기분이 좋지 않아 보였다. 기분이 별로인 건 장걸도 마찬가지였다. 죽은 어머니를 다시 마주하는 것 같았다. 강정혜와 자영의 대화에서 어머니는 곽 회장님, 곽중선 회장님 같은 호칭으로 불렸다. 자영은 어머니의 부재를 서러워했다. 강정혜는 함께 토론회를 준비했던 일을 이야기하며 아쉬워했다. 어머니에 관해 아무런 할 말이 없는 건 장걸뿐이었다.

차 안에는 엔진소리와 내비게이션 안내 음성만 울렸다. 장걸의 지프는 붉고 노란 잎이 떨어진 길을 지나 올림픽대로로 올랐다. 올림픽대로에는 차가 많았다. 조금씩 속도를 줄이던 차들이 하나둘 멈춰서기 시작했다. 장걸의 지프도 가다 서기를 반복했다.

자영이 말했다.

"감사했습니다."

무슨 소리냐는 장걸의 표정에 자영이 다시 말했다.

"저번 밤에요. 거리 집회 때요."

장걸은 사이드미러를 보면서 왼쪽 깜빡이를 켰다. 장걸은 핸들을 돌리면서 말했다.

"괜찮습니다. 그때 안 다치셨죠?"

자영은 또 말이 없었다. 차선을 완전히 갈아타고 속도가 오르기 시작했다. 자영이 훗, 하고 웃으며 말했다.

"다치긴 했는데 뭐라 말해야 할지 모르겠네요. 손목이랑 팔에 멍이 좀 들었는데 그걸로 아프다고 우는소리 하기도 좀 그렇고요."

그 난리를 치렀으니 다쳤을 것 같았다. 딱히 할 말이 없어서 "아, 네. 그러셨군요"라고 말했고 대화가 또 끊어졌다. 어색한 침묵 사이로 준호가 웅얼거리는 소리가 들렸다.

장걸은 자영의 옆얼굴을 보고는 한쪽 눈썹을 쑥 올렸다. 자영의 관자놀이와 광대뼈에 옅게 남은 멍 자국이 있었다. 사고로 다친 자국이 아니었다. 맞불 집회 전에 생긴 게 분명했다. 누군가에게 얻어맞은 것 같았는데 대놓고 물을 수는 없었다. 장걸이 말했다.

"아까 국회 올 때는 동생분이랑 전철로 오신 거죠? 아니면 버스?"

"버스!"

뒷좌석에서 준호가 한 대답이었다. 장걸이 실없이 웃으며 "아, 버스 타고 오셨구나" 하고 말했다. 준호의 반응 덕분인지 자영의 눈에 생기가 돌았다. 자영도 입가를 비스듬히 올리고 말했다.

"준호가 버스 타는 걸 좋아해서요. 주말이면 버스 타고 서울을 돌아요. 가능하면 앉아서 다닐 수 있는 코스로요."

"주말마다요?"

"토요일이나 일요일 중 한 번은 그래야 해요. 버스 투어요. 그래야 속이 시원한가봐요."

"안 하면요?"

"힘들어하죠. 힘들어하는 걸 보면 저도 힘들고."

"지치지 않으세요?"

"지치죠. 지겹기도 하고."

"준호가 몇 살 아래인가요?"

"여덟 살! 누나는 서른셋!"

자영이 뒤를 돌아보며 쓰읍 하는 소리를 냈다. 장걸은 히죽 웃으며 "저는 서른다섯입니다" 하고 말했다.

차들의 간격이 조금씩 벌어지기 시작했다. 장걸은 가속페달을 지그시 눌렀다. 뒷좌석에서 준호가 노래를 부르기 시작했다.

나의 살던 고향은. 꽃 피는 산골. 복숭아꽃 살구꽃. 아기 진달래. 울긋불긋 꽃 대궐 차린 동네. 그 속에서 놀던 때가 그립습니다.

장걸은 쓴웃음을 지었다. 어릴 적 어머니가 부르던 노래였다. 식탁에 혼자 앉은 어머니는 와인잔에 비친 굴곡진 자신의 얼굴을 흐리멍덩한 눈으로 쳐다보며 이 노래를 부르곤 했다.

장걸이 말했다.

"노래를 잘하네요."

잘하는 건 아니었지만 그렇게 말해주고 싶었다. 자영은 차 창 밖 한강 풍경을 바라볼 따름이었다. 장걸이 뒷좌석을 향해 말했다.

"준호 노래를 잘하네? 누구한테 배웠어?"

준호도 대답이 없었다. 장걸은 백미러를 흘끗 올려다보았 다. 직사각형 거울에 비친 준호의 얼굴이 밝고 맑았다. 비스듬 히 올라간 입꼬리와 웃음기 머금은 눈가가 정겨웠다. 장걸은 준호를 쳐다보며 자신이 웃고 있다는 걸 알아차렸다.

"회장님요."

자영은 가라앉은 목소리로 말했다.

"곽 회장님이 가르쳐주셨어요. 준호가 힘들어하면 노래 불 러서 재워주셨어요."

또 어머니 얘기였다. 장걸은 고개를 주억거리며 도로를 쳐 다보았다. 그저께 집에서 발견한 남이섬 사진이 생각났다. 어 머니가 이들과 어떻게 지냈는지 알고 싶었다.

장걸이 헛기침을 하고는 입술을 뗐다.

"어머니랑 많이 친하셨나봐요. 동지였다고요."

대화는 준호의 노래로 다시 끊겼다. 목소리가 제법 높고 커 서 대화를 이어가기가 어려웠다. 마지막 소절이 끝나자 자영이 피식 웃으며 입을 열었다.

"솔직히 잘 부르는 건 아니죠. 제 동생이어도 아닌 건 아닌 거니까."

장걸도 콧바람 소리를 내며 웃었다. 어정쩡했던 차 안 분위기가 누그러진 것 같았다. 뭔가 더 말을 해야 할 것 같은데 적당한 말이 떠오르지 않았다. 뒤에서 웅얼거리는 소리가 들렸다. 장걸은 이해 못할 말이었으나 자영은 알아들은 모양이었다. 자영은 뒤를 돌아보며 말했다.

"알았어. 걱정 마. 저녁에는 계란말이 먹자."

내비게이션에서 오른쪽 고속도로 출구로 나가라는 안내 음성이 울렸다. 15분 뒤면 목적지에 도착하게 될 터였다. 장걸도 계란말이가 먹고 싶었다.

15. 장걸

장걸은 빈방에서 눈을 떴다. 어머니가 비워둔 방이었다. 작은 붙박이장과 창문 외에는 아무것도 없었다. 간밤에 난방을 하지 않았던 탓에 코가 시렸다. 암막 커튼 사이로 흰빛이 새어들어왔다. 장걸은 암막 커튼을 조금 걷어보았다.

창밖 하늘이 밝고 맑았다. 아침이 훌쩍 지난 풍광이었다. 일감이 없는 쉬는 날이었다. 장걸은 거실로 나가 휑한 공간을 둘러보았다. 꿈속에서 어머니를 보았던 것 같다. 어머니의 목소리를 들은 것 같기도 했다. 침구에 밴 어머니의 냄새에 어쩐지 울적한 기분이 들어버렸다.

장걸은 하루를 시작했다. 어머니가 남긴 쌀과 반찬으로 아침 겸 점심을 해결했다. 주방을 오가는데 아일랜드 테이블에 적힌 '아무리 그래도 그렇지'라는 주황색 문구가 눈에 들어왔

다. 장걸은 전입 신고를 하고 아파트 관리비를 냈다. 바닥에
앉은 먼지를 닦아내고 공사장 숙소에서 옷과 짐을 가져와 빈
방에 쌓아두었다.

장걸은 저녁이 되어서야 어머니의 공간을 정리하기 시작했
다. 옷장에서 어머니의 옷들을 꺼내어 침대에 쌓았다. 옷장에
걸린 어머니의 옷 중에는 장걸이 기억하는 것도 여러 벌이었
다. 하나같이 품이 넓고 늘어진 옷들이었다. 개중에는 척 봐도
고가인 옷들도 있었는데 그런 옷들은 그냥 새 옷 그대로였다.
어머니의 옷을 만지는데 마음이 착잡했다. 이 공간에서 무슨
일을 했는지, 무슨 생각을 하고 어떤 감정을 느끼며 살았는지
궁금했다. 서러움과 억울함과 미안함, 후회, 분노, 원망 같은
거무튀튀한 감정이 불쑥 찾아들기도 해서 몇 번이나 어금니를
물었다가 풀었다. 장례식 때도 잠잠했던 어머니를 향한 마음
이 이제야 고개를 쳐드는가 싶었다.

혼란스러웠다. 어머니를 향한 분노와 원망은 장례를 치르고
도 여전했다. 잊고 지우고 덮어버리려고 해도 그 감정들은 장
걸을 조롱하는 것처럼 내면 깊은 곳에서 졸졸졸졸 소리를 내
며 흘렀다. 오래 묵은 감정이었다. 이제는 괜찮다고 생각하고,
이제는 다 잊었다고 확인하고, 지금 사는 대로 살아도 무방하
다고 안도하면 아무 때나 기습처럼, 쓰디쓴 기억이 떠올랐다.
어머니가 내리친 식칼을 손으로 받았을 때 생긴 상처는 희게

말랐는데도 나은 것 같지 않았다.

그때, 핸드폰 벨이 울렸다. 자영의 전화였다. 장걸은 화장대 거울 위에 붙은 시계를 쳐다보았다. 밤 12시였다. 통화 버튼을 누르자 자영의 목소리가 울렸다.

"주무세요?"

"아닙니다."

핸드폰 너머로 이상한 소리가 들렸다. 높은 음으로 흐느끼는 소리였다. 장걸이 물었다.

"준호가 우나요?"

"네."

한 글자로 답한 말이었는데도 자영이 완전히 지쳐버렸다는 걸 알 수 있었다. 준호의 울음은 아이가 우는 소리와 비슷했다. 서럽고 분한 감정을 여과 없이 내지르는 소리였다. 다 큰 남자가 저렇게 울고 있다니.

"무슨 일 있나요? 준호가 왜 웁니까?"

"그게."

자영은 긴 한숨을 내쉬었다.

"잠깐만 여기 와주실래요? 아니면 저희가 그쪽으로 가도 되는데요."

"무슨 일 있습니까?"

"준호가."

자영은 말을 꺼내놓고는 다시 깊은 한숨을 내쉬었다.

"장걸 씨를 찾아서요."

"저를요?"

핸드폰 뒤로 준호의 우는 소리가 더 크게 들렸다. 장걸이 물었다.

"제가 뭘 하면 됩니까?"

"준호가 해달라는 걸 해주시면 좋겠는데, 가능하실까요? 그래야 준호가 잠들 수 있을 것 같아요. 정말 죄송합니다."

장걸은 침대에 무덤처럼 쌓인 어머니의 옷을 쳐다보았다. 주방에서 보았던 세 사람의 하트 머리띠 사진과 어제 조수석에 앉아서 차창 밖을 바라보던 자영의 황량한 얼굴이 생각났다.

장걸이 말했다.

"빨리 가겠습니다. 몇 호죠?"

검정 가죽점퍼를 걸치고 현관을 나섰다. 501동으로 건너가 엘리베이터를 탔다. 12층으로 올라가면서 장걸은 엘리베이터 거울에 비친 자신의 얼굴을 훑어보았다. 손으로 머리칼을 정돈하고 옷매무시를 가다듬었다.

자영이 사는 501동은 복도식이었다. 자영의 집은 1212호였다. 회색 철문 바깥으로 우는 소리가 들렸고 이상하게도 심장이 빨리 뛰었다. 장걸이 초인종을 누르자 둥둥둥둥 하는 발소리가 울렸고 문이 열렸다. 준호는 미키마우스가 그려진 잠옷 차림이었다. 준호는 아저씨! 아저씨! 하면서 대뜸 장걸을 부둥켜안았다. 준호의 이마가 장걸의 가슴팍을 눌렀다. 장걸은 어어, 아아, 아니 이것 참, 하는 소리를 주워섬기다가 준호의 작고 마른 등을 툭툭 두드려주었다. 준호는 몸을 떨면서 서럽게 울어버렸다. 현관 너머에는 헐렁한 옷차림의 자영이 기진맥진한 얼굴로 장걸을 쳐다보고 있었다. 장걸은 자영을 향해 어색하게 웃으며 손을 들어 보였다.

준호가 말했다.

"실례합니다. 익스큐즈 미! 죄송합니다. 아이 엠 소리! 매우 고맙습니다. 땡큐 베리 머치!"

장걸은 "실례합니다" 하고 말하며 집 안으로 들어섰다. 자영이 장걸을 맞이하며 말했다.

"죄송해요. 늦은 시간에 어려운 부탁을 드렸어요."

장걸이 현관문을 닫자 준호가 폴짝 뛰어 안기더니 두 다리를 장걸의 허리에 감았다. 거목에 코알라가 붙은 모양새였다. 자영이 다가와 준호를 말리려 들기에 장걸은 고갯짓과 손짓으로 괜찮다고 했다. 장걸은 준호를 달고 거실로 들어섰다.

준호는 고개를 쳐들고 장걸을 올려다보았다. 다소 부담스러울 만큼 가까운 거리였다. 준호가 빠르고 높은 목소리로 물었다.

"의현이는 복지관 와?"

장걸은 자영을 쳐다보았다. 자영이 답을 가르쳐주었다.

"안 온다고 하시면 돼요."

장걸은 대답했다.

"안 와. 절대 안 와."

"방패 있는 옷 입어?"

"안 입는다고 하시면 돼요."

"안 입어. 절대 안 입어."

"방패 옷 찾아?"

"못 찾아, 예요."

"못 찾아. 절대 못 찾아."

"준호는 축구복 입어? 파란 축구복 어딨어?"

이 질문의 답은 자영도 모르는 모양이었다. 장걸은 준호에게 되물었다.

"입고 싶어?"

준호는 얌전한 목소리로 말했다.

"안 입고 싶어요."

장걸은 준호의 등을 두드리며 말했다.

"입지 마. 절대 입지 마."

준호는 장걸의 가슴팍에 머리를 대고 한숨을 쉬었다. 막혀 있던 것을 터트려버린 듯한 깊은 숨이었다. 숨결에 얹힌 준호의 마음이 장걸에게로 건너오는 것 같았다. 스스로 통제할 수 없는 두렵고 불안한 마음에 스스로도 어쩔 줄 몰라 했던 것이리라, 장걸은 짐작했다. 자영이 감사합니다, 하고 말하자 준호는 지친 목소리로 웅얼거렸다.

"실례합니다. 익스큐즈 미. 죄송합니다. 아이 엠 소리. 매우 고맙습니다. 땡큐 베리 머치."

장걸은 자기도 모르게 피식 웃고 말았다. 조금 전보다 한결 진정된 음색이어서 마음이 놓였다. 자영은 한숨을 내쉬며 이마에 내려온 머리칼을 쓸어올렸다. 화장을 지웠기 때문인지 오래된 멍 자국이 더 뚜렷했다. 장걸은 자영의 얼굴에 서린 난처한 기색을 거둬주고 싶었다.

"딱히 할 일도 없었습니다."

준호가 장걸에게서 떨어졌다. 후련한 표정으로 화장실로 들어갔다. 수돗물 흐르는 소리가 들렸고 어푸어푸 세수하는 소리가 났다.

장걸은 화장실을 건너보았다. 준호는 칫솔에 치약을 짜고 이를 닦기 시작했다. 언제 울었냐는 듯 말끔한 표정이었다. 자영이 수건을 들고 와서 장걸의 가슴팍에 묻은 준호의 눈물과 땀, 콧물을 닦아주었다.

"죄송해요. 도저히 감당이 안 돼서요."

장걸은 자영에게서 수건을 건네받아 얼굴에 흐른 땀을 닦았

다. 자영의 집은 지나칠 만큼 따뜻했다. 자영이 "준호가 자꾸
춥다고 해서"라고 말하며 말끝을 흐렸다. 자영의 이마도 땀으
로 반질거렸다. 장걸이 말했다.

"뛰어와서 그렇습니다."

자영은 다시 고개를 숙이며 말했다.

"이젠 괜찮을 거예요. 창문 열게요. 차라도 한잔하실래요?
너무 늦었죠?"

"아무거나 주십쇼."

장걸은 가죽점퍼를 벗어 의자에 걸쳤다. 앉을 데라곤 식탁
의자뿐이었다. 자영이 주방으로 걸어가 주전자를 가스레인지
에 올리고 불을 켰다. 장걸은 의자에 앉아 집을 둘러보았다.

집에는 자영과 준호만 사는 듯했다. 방 둘에 화장실 하나인
집이었다. 거실과 주방이 붙어 있었는데 거실이라고 하기에도
주방이라고 하기에도 공간이 애매했다. 살림살이는 고만고만
했다. 가스레인지가 놓인 주방 모퉁이 하얀 타일은 기름때가
눌어붙어 누르스름했고 장미꽃 무늬 냉장고에는 광고 이미지
가 인쇄된 냉장고 자석들이 덕지덕지 붙어 있었다. 찬장 문에
바른 시트지는 균형이 맞지 않았다. 싱크대 옆에는 주둥이가
구겨진 종이 쌀자루가 박혀 있었다.

자영은 물이 끓을 동안 안방으로 통하는 미닫이문을 열고
창문을 열었다. 현관문을 열자 차가운 가을바람이 훅 불어왔

다. 작은 집이라 환기도 금방이었다. 자영이 식탁 위에 우엉차 티백이 담긴 머그잔을 내려놓았다. 장걸은 고개를 숙이고 컵을 받아들었다. 적당히 온도를 맞춘 우엉차는 바로 마시기에 좋았다. 화장실에서 준호가 산뜻한 얼굴로 나왔다. 장걸은 자기도 모르게 준호에게 말을 걸었다.

"다 울었나?"

준호는 장걸을 그대로 지나쳐 안방으로 들어갔다. 그리고 당당한 목소리로 소리쳤다.

"노래!"

장걸이 자영을 올려다보았다. 자영은 아랫입술을 지그시 물고 난처한 표정으로 안방과 장걸을 번갈아 살폈다. 안방에서 준호가 다시 소리쳤다.

"노래!"

장걸이 먼저 입을 열었다.

"노래 불러달라는 거죠? 저한테."

자영이 말했다.

"회장님이 준호를 종종 재워주셨거든요. 노래 불러서."

"안 불러주면 웁니까?"

"아마도요."

"무슨 노래를 하면 되나요?"

"〈고향의 봄〉요."

하필이면 그 노래. 어려울 일은 아니었다.

"하죠. 자영 씨 괜찮으시면요."

안방에서 준호의 목소리가 울렸다.

"노래!"

자영이 한숨을 쉬며 말했다.

"스무…… 번요."

"네?"

자영이 한숨을 쉬며 말했다.

"〈고향의 봄〉을 스무 번 불러주셔야 준호가 잠을 자게 되거든요."

스무 번.

"알겠습니다."

자영은 또다시 고개를 숙이며 감사하다고 했다. 잠깐만 기다려달라고 하고는 안방으로 들어갔다. 미닫이문 격자무늬 반투명 유리창 너머로 분주히 오가는 자영의 모습이 비쳤다. 장걸은 핸드폰으로 〈고향의 봄〉 가사를 찾아보았다. 어쩌면 2절 가사까지 알아야 하는지도 몰랐다.

16. 자영

"장걸이 형. 일요일이에요. 우리 집에 놀러와요. 점심 먹어요."

자영은 김치를 썰다 말고 준호를 쳐다보았다. 준호는 이맛살을 찌푸리고 통화에 집중했다. 장걸이 뭐라고 대답했는지 표정이 편안해졌다. 준호가 가족이 아닌 다른 사람에게 전화를 걸어서 무언가를 요청하는 일은 거의 없었다. 이제까지 단한 사람, 곽 회장님에게만 그랬다.

통화를 끝낸 준호가 주방 근처를 어슬렁거리며 싱크대에 눈길을 주었다. 점심으로 뭘 먹는지 살피는 거였다.

자영이 준호에게 물었다.

"오신대?"

"응!"

당연하다는 투의 대답이었다. 준호는 안정적인 콧소리를 내며 안방으로 들어갔다. 미닫이문이 닫혔고 태블릿PC에서 노래가 들렸다. 자영은 피식 웃으며 냄비에 물을 담아 불 위에 올렸다. 안방에서 준호가 휘어지는 목소리로 노래를 따라부르고 있었다. 음정도 엉망이었고 박자도 맞지 않았지만 목소리에서 느껴지는 평안한 감정이 고마웠다. 가슴 한구석이 찌르르 울리는 것 같았다. 거의 두 달 만에 찾아온 평안이었다. 내일은 알 수 없어도 오늘은 잘 살 수 있을 것 같았다.

12월이 지나갔고 해가 바뀌었다. 곽 회장님이 돌아가신 지 두 달밖에 지나지 않았는데 한참 전의 일 같았다. 수면 보조제를 복용하면서부터는 꿈에서 악몽처럼 곽 회장님을 보는 일도 사라졌다. 준호도 조금씩 자라는 것 같았고 준호를 돌봐줄 새로운 장애인활동지원사도 소개받았다. 예순 가까운 나이인 장애인활동지원사는 본인도 자폐장애 아들을 둔 엄마였다. 준호와 자영의 사정을 속속들이 잘 알았고 자기 일에 최선을 다하려는 분이었다. 그분은 자영과 처음 만난 날, "감사하다는 말이랑 죄송하다는 식의 말 좀 그만해요. 우리가 뭐 죄지었나요? 나는 내 일 하는 거고 자영 씨는 자영 씨 역할 하는 거죠"라는 말로 자영을 눈가를 적셨다. 좋은 일은 그뿐이 아니었다. 시간 강사로 나가던 학교에서 새 학기부터는 기간제 교사로 일해달라는 제안을 받았다.

자영은 입주자대표회장으로 당선되었다. 자영은 입주자대

표회장 선출방식을 입주자들의 동의를 얻어 직선제로 바꾸고 선거운동에 돌입했다. 자신과 친했던 동대표들을 끌어들이고 다른 아파트의 관리비와 다산아파트의 관리비를 비교한 그래프를 엘리베이터와 게시판에 붙였다. 공약 전단을 만들어 우편함에 넣었다. 적정 수준으로 조절된 관리비로 효율적인 아파트 관리를 하겠다는 공약에 좋게 반응하는 주민들이 많았다. 임창현의 지주회가 공금으로 놀러간 것도 전단에 착실히 정리해서 뿌렸다. 자영은 자신이 강정혜 의원과 직접 선이 닿아 있다는 점을 은근히 강조했다. 지역구 국회의원 이름은 몰라도 강정혜 의원을 모르는 사람은 거의 없었다. 자영은 임창현이 내세우려고 했던 입주자대표회장 후보를 압도적인 차이로 눌렀다. 임창현에 대한 아파트 주민들의 비호감은 생각 이상으로 높았다. 예전 같지 않은 지주회의 굼뜬 대응도 한몫했다. 특수학교 찬성 쪽 주민들이 거들어준 덕분이기도 했다.

입주자대표회장 선거에 집중하는 동안 특수학교 건립을 둘러싼 찬반 움직임은 양쪽 다 시들했다. 끝난 건 아니었다. 강정혜 의원은 자영의 입주자대표회장 당선 소식에 축하를 전하며 특수학교 건립도 계획대로 진행될 거라고 자영을 격려했다. 교육청에서도 긍정적인 답을 주었다고 했다. 다음주에 있을 주민 토론회를 기점으로 다시 논쟁이 시작되겠지만 예전처럼 임창현에게 일방적으로 밀리지는 않을 터였다.

요즘 준호는 저녁마다 장걸을 찾았다. 주말에는 점심때도 저녁때도 장걸에게 전화를 해보자고 했다. 준호는 곽 회장님의 자리에 장걸을 채워넣었다. 곽 회장님을 좋아하고 따랐던 것처럼 장걸을 따랐다.

장걸은 준호를 잘 돌봐주었다. 시큰둥한 태도였지만 준호가 같은 질문을 수십 번 반복해도 꼬박꼬박 대답해주었다. 알 수 없는 이유로 마음이 틀어진 준호가 악을 쓰며 울어도 그러려니 하는 것 같았다. 귀를 휴지로 틀어막고 핸드폰을 들여다보며 준호의 등을 토닥였다. 준호가 요구하는 대로 노래를 불러주기도 했다. 늦은 밤 준호가 자영을 끌고 장걸의 집을 찾아가도 선선한 태도로 맞아주었다. 귀찮아하는 것 같지도 않았고 싫어하는 것 같지도 않아서 고마웠다. 일주일 전에는 준호가 장걸의 집에서 자고 오기도 했다. 자영은 준호 없이 보내는 밤이 너무 좋아서 짧게 소리를 질렀다. 종종 장걸은 자영에게 전화해서 "제가 준호랑 산책이라도 가면 어떨까 해서 말입니다"라고 말하기도 했는데 자영이 같이 가겠다고 하면 "그러실 필요는 없습니다. 쉬시죠"라며 전화를 끊었다.

장걸은 바위 같고 곰 같았다. 좋으면 콧소리로 웃는 게 전부였고 불쾌하면 한쪽 눈썹을 스윽 올리는 걸로 끝이었다. 말투도 퉁명스러웠는데 알고 보니 평소 말투가 그런 거였다. 험악한 인상도 성격이라기보다는 외모일 뿐이었다. 반쯤 감긴 듯한 눈을 껌벅거리며 "밥이 맛있네요" 하고 말하는 걸 보면 귀엽기도 했다. 매사에 시큰둥한 태도여서 처음에는 곤혹스럽기도 했는데 익숙해지고 나니 괜찮았다. 상대의 기분을 살필 필요가 없어서 도리어 마음이 편했다. 무엇보다 장걸은 준호를 함께 돌볼 수 있는 사람이었다.

아빠와 엄마가 돌아가신 뒤로 준호를 돌볼 책임을 혼자 지고 있다는 피해의식은 일부분 정당했다. 밤이 되면 준호가 조금이라도 빨리 자주었으면 했다. 준호는 11시가 넘어서야 안방에서 까무룩 잠이 들었다. 준호가 잠이 들면 그제야 자영은 혼자일 수 있었다. 놀고 싶은 마음에 새벽 2시까지 영화를 보거나 책을 읽곤 했다. 다음날 심장이 무지근하게 눌리는 느낌이 올라올 정도로 피곤했지만 그렇게라도 놀고 싶었다.

준호 때문인지 연애도 순탄치 않았다. 친구들과의 저녁 모임에는 참석할 수가 없었다. 준호를 시설에 보내고 홀가분하게 살면 어떨까 상상해보았으나 아무리 생각해도 장애인 보호시설에서의 삶이 준호에게 좋을 것 같지 않았다. 준호를 시설에 두고 나오는 장면도 마음에 그려지지 않았다. 체념하고 적응하고 받아들이고 사는 게 그나마 가장 속 편한 선택이었지만 힘든 건 힘든 거였다.

장걸과 있으면 짐을 나눠서 지는 것 같았다. 곽 회장님이 돌아가신 뒤로 다시 혼자가 됐다고 생각했는데 장걸이 나타났다. 언덕 같은 사람이 가까운 곳에 있다는 것만으로도 자영은 마음이 놓였다. 준호랑 있는 게 힘들지 않냐고 물었을 때, 장걸은 무표정한 얼굴로 말했다.

"이것 말고도 힘든 일은 많아요."

무슨 말이냐고 되묻자 장걸은 잠시 곤란한 표정을 지었다가 "엄청 부자인 사람도 사는 게 힘들어서 자살을 하잖아요. 준호와 있는 거 나쁘지 않아요"라고 대답했다.

물이 끓는 냄비에 멸치를 넣으려는데 식탁에 올려둔 핸드폰이 울렸다. 장걸의 전화였다. 자영은 젖은 손을 옷에 닦고 전화를 받았다.

"준호가 삼겹살 좋아하나요?"

"삼겹살요?"

"매번 신세만 지는 것 같아서요. 혹시 싫으시면 다른 걸로요."

미안하다는 투로 말하는 장걸의 목소리에 자영은 소리 없이 웃었다. 누군가가 자신에게 부탁하듯이 말하는 게 좋았다.

"삼겹살 좋아해요. 저도 좋아하고요."

저도 좋아하고요,라니. 자신의 입에서 튀어나온 생기 어린 목소리가 낯설었다.

"그렇습니까? 다행이네요. 그러면 요 앞 마트에서 상추랑 마늘 같은 거 사서 갈게요. 혹시 드시고픈 거 있으세요?"

자영은 그 정도면 괜찮다고 했다. 전화를 끊고 장걸이 올 시간을 계산했다. 마트에서 장을 보고 오면 20분가량 걸릴 것 같았다. 장걸이 올 시간을 가늠하자 몸이 바빠졌다. 자영은 밥솥을 열어보았다. 밥이 얼마 없었다. 두 그릇 겨우 나올까 말까 한 양이었다. 장걸은 밥을 많이 먹었다. 그 큰 덩치를 굴리려면 넉넉한 탄수화물이 필요할 것 같았다. 자영은 쌀을 씻어 안치고 계란찜을 준비했다. 김치가 너무 시어버린 게 마음에 걸렸다. 된장찌개를 진하게 끓이고 냉동실에 넣어둔 고추를 썰어 넣어 얼큰한 맛을 냈다.

잠시 뒤, 초인종이 울렸다. 준호가 환하게 웃으며 미닫이문을 열고 뛰어나왔다. 둥둥둥둥 소리가 울려서 아래층이 신경 쓰였지만 말릴 틈이 없었다.

"안녕하세요. 형!"

양손에 장바구니를 든 장걸이 "어, 그래. 반갑다" 하고 인사를 받았다. 자영은 장걸이 식탁 위에 올려놓은 고기 무더기를 보고는 기가 질렸다. 대충 봐도 네 근이 넘어 보였다. 상추도 한 뭉텅이, 마늘은 까지도 않은 걸 한 접이나 사왔다. 붉은 그물망에 담긴 통통한 마늘에서 흙냄새와 알싸한 향이 올라왔다.

"고기가 엄청 많네요?"라고 자영이 묻자 장걸은 "제가 두 근은 먹어서요" 하고 대답했다. 자영과 준호 몫으로 한 근씩 사왔다는 건가. 자영이 "마늘도 엄청 많은데요?" 하고 묻자 장걸은 쑥스럽게 웃으며 말했다.

"제가 마늘 까는 걸 좋아해서요. 준호랑 해보려고요. 괜찮을까요?"

"마늘을요? 장걸 씨가요?"

"태블릿PC만 보면 심심하니까요. 준호랑 같이 뭐라도 하면 좋을 것 같아서요. 이게 은근히 시간이 잘 가고 마늘 냄새도 좋잖아요."

"이렇게나 많이요?"

"먹기 시작하면 금방인데……. 마늘이 건강에도 좋고 맛도 있고. 저랑 반씩 나눠요."

준호는 장걸과 말을 이어갈 짬을 주지 않았다. 장걸은 준호 손에 이끌려 안방으로 들어갔다. 장걸이 어어어, 하며 자영에게 눈인사를 했고 미닫이문이 턱, 소리를 내며 닫혔다. 안방이 지저분하지 않았나 신경이 쓰였지만 들어가버린 뒤라 어쩔 수가 없었다. 고기 구울 준비를 하는데 미닫이문이 열리고 장걸이 고개를 내밀었다.

"준호가 청소를 하자고 하네요. 괜찮죠?"

"청소를요?"

"네. 청소."

나쁠 거야 없지, 하고 말을 끄는데 상걸이 준호에게 말했다.

"누나가 된대. 하자."

"응!"

창문 열리는 소리가 들렸고 준호가 욕실에 널어둔 걸레를 들고 안방으로 들어갔다. 잠시 뒤 진공청소기 소리가 들리기 시작했다. 진공청소기 소리 사이로 야야, 준호야, 저기. 여기? 아니, 거기 말고 저기. 여기 말고 여기? 하는 두 사람의 목소리가 들렸다. 자영은 식탁을 차리다 말고 안방을 들여다보았다.

준호가 진공청소기의 바닥 노즐을 떼어버리고 기다란 연결 봉만으로 집 안 구석에 고인 먼지를 제거하고 있었다. 장걸은 안방 바닥에 둥근 궤적을 그리며 손걸레질을 하고 있었다. 곰 한 마리가 엎드려서 앞발을 허우적거리는 것 같았다. 둘이 좁은 방 안을 정성 들여 청소하는 모습에 자영은 자기도 모르게 소리 내어 웃고 말았다.

자영은 두 사람을 향해 말했다.

"10분 안에 끝내요. 배고프겠다."

"네. 잠시만요" 하는 대답과 "응!" 하는 소리가 동시에 울렸다.

17. 장걸

"아파트 주민 여러분들께서 마음을 조금만 열어주시면 어떨까 합니다. 함께 사는 세상이니까요. 저도 이 사안에 각별히 관심을 두고 있다는 점을 말씀드리고 싶습니다."

5분가량 이어진 강정혜의 연설이 끝났다. 특수학교 건립 찬성 측에서 박수를 보냈으나 썰렁한 분위기가 대세였다. 강정혜는 예상했다는 것처럼 아무렇지도 않아 했다. 강정혜는 자영과 장애 학생 학부모들에게 인사와 격려를 보내고 다음 일정이 있다며 토론회장을 바삐 떠났다. 강정혜는 떠나기 전 강당 입구 근처에 서 있는 장걸에게 다가와 말했다.

"너무 걱정 말아요. 주민들이 반대해도 될 일은 되는 겁니다."

장걸은 고개를 주억거리며 "감사합니다"라고 말했다. 강정혜 의원은 장걸과 헤어지기 전 "혹시 뭐 없죠?" 하고 지나가듯

물었다. 장부에 관해 묻는 거였다. 장걸이 아무것도 없었다고 하자 강정혜 의원은 무거운 표정으로 고개만 끄덕였다. 장걸은 준호와 함께 강정혜 의원을 배웅하고 다시 토론회장으로 돌아왔다.

특수학교 건립 찬반 토론회에 모인 사람들은 어림잡아 300명이 넘어 보였다. 교육청에서 학교 강당을 빌려 주최한 토론회였다. 대부분이 다산아파트 주민이었는데 특수학교를 드러내놓고 찬성하는 사람들은 소수였다. 장애인 관련 시민단체 쪽 사람들이 강당 입구에서 지주회 소속 주민들과 실랑이를 벌였다. 시민단체 사람들은 강당 입구에서 피켓을 들고 전단지를 나눠주고자 했고 지주회 소속 동대표들은 그걸 못하게 하려 들었다. 장걸은 준호와 함께 강당 뒤편 구석에 서서 무대 위에 차려진 토론 테이블을 바라보았다. 오른쪽에서 세 번째 자리에 자영이 앉아 있었다. 자영을 발견한 준호가 한 손을 번쩍 들고 누나! 누나! 하고 소리쳤다. 장걸은 준호의 손을 가만히 쥐었다가 놓았다. 준호는 씩 웃고는 손을 내리고 오가는 사람들을 구경했다.

장걸은 옆에 선 준호를 내려다보았다. 녀석의 해맑은 얼굴에 자기도 모르게 웃음이 나왔다. 준호의 앞날이 걱정이었다. 스물다섯이어도 여전히 아이였다. 불쌍한 녀석이라고만 생각했는데 의외로 부러운 면이 있기도 했다. 준호는 자신이 중요하게 생각하는 몇 가지 요구 사항만 들어주면 즐겁게 잘 지냈다. 잘 웃었고 맛있는 걸 좋아했다. 산책길에 함께 걷다 보면 장걸도 덩달아 기분이 좋아지곤 했다.

준호는 자신이 정리한 순서대로 일상을 살면 그것으로 만족하는 아이였다. 조금씩 변화를 받아들이는 모습을 보이기도 했다. 어제 저녁에는 준호가 버스를 타자고 했는데 장걸은 버스는 이제 지겨우니 동물원에 가자고 했다. 준호는 "응" 하고 순순히 받아들였다. 자영은 준호의 말을 듣고는 꽤 놀라는 눈치였다. 왜 그러느냐고 묻자 자영은 잔잔히 웃으며 말했다. 준호가 저보다 장걸 씨를 더 좋아하는 것 같다고.

셋이 함께하는 식탁은 늘 좋았다. 어릴 적 식탁은 혼자였다. 어머니와 같은 식탁에서 밥을 먹었던 적이 있었으나 일상은 아니었다. 공사장 인부들끼리 술자리를 하다가도 장걸은 먼저 일어섰다. 저 먼저 가보겠습니다, 하고 말하면 아무도 장걸을 붙잡지 않았다. 혼자 집에 돌아와 침대에 누워도 헛헛하지 않았다. 부성애, 모성애, 형제애, 우정 같은 것들은 다른 사람들의 이야기였고 굳이 그런 감정들을 원하지도 않았다. 그러나 자영과 준호와는 달랐다. 두 사람과 함께 있으면 더운밥을 채운 것처럼 뱃속이 뜨끈뜨끈했다. 오랜 시간 비어 있던 자리에 무언가가 스며드는 중이었다. 몰랐던 욕심이 생겨버렸다는 생각이 들었다.

장걸은 강당 화장실 앞에서 다산아파트 주민들과 인사를 나누는 임창현을 쳐다보았다. 경비원 유니폼을 입은 임창현은 마치 선거에 출마한 사람처럼 과장된 태도로 웃고 사람들의 손을 맞잡았다. 임창현에게 다가가 인사를 건네고 허리를 젖히며 웃는 사람들도 있었다. 겉보기에는 따뜻하고 마음 좋은 사람처럼 비쳤으나 실상은 아니었다. 아까 강당 입구에서 마주쳤을 때, 임창현은 장걸을 알은체도 하지 않았다. 며칠 전, 지주회에 들어오라는 제안을 거절했기 때문이었다. 임창현은 싸늘한 목소리로 "미친 거냐?" 하고 내뱉고는 크악! 소리를 내며 전화를 끊었다. 정신이 얼떨떨할 만큼 독한 기운이 서린 목소리였다.

사회자가 특별 발제가 있다며 임창현을 무대로 불러올렸다. 임창현은 강당 무대에 올라 마이크를 잡았다. 특수학교 건립 반대 측 사람들이 환호성을 올리며 손뼉을 쳤다. 임창현은 마이크에 대고 아아, 하고 소리를 냈다. 안녕하세요. 경비원 임창현입니다,라고 말하며 쑥스럽다는 얼굴로 허리를 숙이자 박수가 다시 터져나왔다. 간단한 인사말을 한 뒤 임창현은 입을 열었다.

"아파트라는 게 말입니다. 존재 자체로 나라에 공헌을 하는 겁니다. 나라가 뭘 해야 합니까? 발전을 시켜야죠. 사람 살기 좋은 곳으로 이 땅을 가꿔야 한다, 이겁니다. 아파트 단지가 턱 하고 들어서보세요. 우리가 우리 돈으로 집 짓고 길 내고 공원 만들잖아요. 단지 하나 들어서면 주변에 상권이 살아나요. 각종 부대 시설도 들어서니까 세수도 더 늘어난단 말이지요. 거기에 나라가 뭘 보태줍니까? 기껏해야 아파트 단지로 들어가는 길만 내주면 그만인 거죠. 우리들은 이미 이 나라에 큰 공헌을 한 애국자다,라는 게 제가 드리고 싶은 말씀입니다."

옳소! 잘한다! 하는 소리가 이어졌다. 임창현은 만족스러운 얼굴로 말을 이었다.

"나라 좋은 일만 할 수 있나요? 나라는 꿩 먹고 알 먹었잖아요. 우리는 뭐 바봅니까? 우리도 도랑 치고 가재 잡아야죠! 저는 우리 다산아파트의 가치가 제대로 평가받아야 한다고 생각합니다. 너무 저평가되어 있어요! 그동안 우리가 이 땅에 들인 돈과 땀을 생각해보세요. 특수학교요? 저도 반대는 안 합니다. 어딘가에는 있어야죠. 하지만 그게 우리 아파트 앞에 들어서는 건 솔직히 싫습니다. 만에 하나 아파트값이 떨어지면 어떻게 할 겁니까? 당장은 영향이 없을지도 모르죠. 하지만 특수학교가 들어서면 우리 아파트에 그렇고 그런 사정 있는 분들이 많이 모일 거예요. 아시겠지만 입소문이 무섭습니다. 그때는 어떻게 감당하려고 그러십니까? 내쫓을 겁니까? 더 상황을 악화시킬 수도 있는 거예요. 아파트 앞에 특수학교를 짓는다는 거 자체가 말이 안 돼요. 다른 데가 정녕 없을까요? 행정 하시는 분들이 조금만 애쓰면 이 넓은 대한민국에 더 좋은 입지를 찾지 못할 리가 없습니다. 저의 이야기가 얼마나 영향이 있을지 모르겠습니다만, 부디 모쪼록 서로서로에게 좋은 방향으로 다가 결론이 났으면 하는 바람입니다. 그리고 마지막으로 우리들이 의리를 지켰으면 하는 작은 희망 정도를 말씀드려봅니다."

임창현이 연설을 마무리하자 박수갈채가 쏟아졌다. 장걸은 실소했다. 의리를 중요하게 여겼다면 어머니를 그렇게 두어서는 안 됐다. 임창현을 보면 묘한 이질감이 들었다. 본능적인 거부감이 일었다. 두 달 전 모텔 공사장 앞 차 안에서도 그랬다. 임창현이 혈육 운운하는데도 희한하다 싶을 만큼 아무 느낌이 없었다. 지주회 후계자가 되라는 제안이 달콤하긴 했다. 다시 없을 기회라는 임창현의 말도 맞는 것 같았지만 임창현의 자리에서 임창현처럼 살고 싶은 마음은 없었다.

장걸은 뒤에 서서 토론회를 지켜보았다. 앞에서 마이크를 잡은 찬성 측 학부모가 울면서 말하면 누군가가 "쇼하지 마라!" 소리를 질렀다. 우리에게 정말로 필요한 것은 문화센터라는 말에는 박수와 환호성이 올라왔다. 찬성 측 시민단체 사람이 마이크를 잡고 차분히 말을 이어가다가 설핏 원망과 분노를 내비쳤다. 몇 마디 말에 격분한 한 주민이 무대 위로 뛰어올라갔고 미리 대기하고 있던 경찰과 드잡이를 했다.

자유 토론에서 다시 마이크를 잡은 자영은 감정을 가라앉히지 못했다. 토론회장 뒤에서 사람들이 웅성거리며 자영을 두고 이죽거렸다. 장걸은 그들 목소리에 섞인 비열한 기운을 견디기 어려워서 준호를 데리고 자리를 피했다.

예전이었다면 무슨 상황이 벌어지든 팔짱 끼고 구경을 했을 것이었다. 지금은 달랐다. 장걸은 자기 옆에 서 있는 준호가 신경 쓰였다. 반대 측 사람들이 내뱉는 말을 준호가 알아듣고 마음 상하면 어쩌나 싶었다. 특수학교 건립을 반대하는 사람들이 야속했다. 가끔은 반대 측 사람들이 내지르는 소리에 자기가 찔린 것처럼 움찔거리기도 했다. 하필이면 우리가 장애인들을 책임져야 하는 것이냐, 다른 지역도 많은데 어째서 우리가 피해를 봐야 하는 것이냐, 하는 말을 들으면서 장걸은 부아가 치밀었다. 동요하는 자신이 낯설었다. 적은 월급과 공사장 안전시설 문제로 동료들이 투덜거릴 때도 입을 닫았던 장걸이었다.

토론회의 전반적인 분위기는 반대 측이 압도했다. 논리나 명분보다 당장의 이익이 줄어들 거라는 불안이 더 강했다. 찬성 측은 머릿수에서 상대가 되지 않았다. 특수학교 건립을 찬성하는 다산아파트 사람들이 있다손 치더라도 저녁 시간에 토론회까지 쫓아 나와 불안해하는 이웃들과 편치 않은 관계를 맺고 싶지 않았을 터였다. 절박한 사람들이 나오는 자리였다.

준호에게도 특수학교가 필요했다. 성인 치료 교육 프로그램이
나 직업 교육 과정이 생기면 준호에게도 도움이 될 터였다.

토론회가 끝나고 사람들이 빠져나갔다. 자영과 특수학교 학
부모들은 강당에 남아 쓰레기를 줍고 마이크를 정리하기 시작
했다. 교장으로 보이는 남자가 청소하는 학부모들에게 다가와
인사를 건네는데 한 여자가 우뚝 선 채 울음을 터트렸다. 다른
이가 다가가 어깨를 감싸 안았고 이내 같이 울기 시작했다. 장
걸은 강당 문 옆 모퉁이에 몸을 숨기고 자영을 바라보았다. 자
영은 "이럴 줄 알았잖아요. 괜찮아요! 싸움은 길어요. 명분도
그렇고 법적으로도 우리가 꿀릴 게 없어요. 힘내요. 힘!" 하고
학부모들을 달랬다.

준호가 자영에게 걸어갔다. 장걸은 검정 가죽 재킷에 손을
꽂고 자영과 준호를 바라보았다. 특수학교 학부모들이 준호를
반갑게 맞아주었다. 그들 속에서 준호는 전혀 도드라지지 않
았다. 괜스레 민망하다는 듯 눈길을 돌리거나 자리를 피하는
사람도 없었다. 자영은 준호의 양 뺨을 잡고 무어라 말을 걸었
다. 멀리서도 자영이 웃고 있다는 걸 알 수 있었다. 준호가 장
걸을 손가락으로 가리켰고 자영도 장걸을 향해 손을 흔들었
다. 장걸도 마주 손을 흔드는데 속에서 뜨끈한 기운이 훅 올라
왔다.

믿을 만한 여자였다. 쉽게 구부러지거나 주저앉거나 포기하

거나 배신하거나 지쳐 나가떨어질 사람이 아니었다. 극복하고 이겨내고 견뎌낸 사람에게서나 풍기는 매력이 자영에게는 있었다. 무엇보다 눈빛이 특별했다. 쓰고 단내 나는 시간을 진득이 견뎌낸 사람이 비치는 눈빛이었다. 곱게 자란 사람은 풍기지 못할 매력이었다. 장걸은 가까이에서 자영의 눈을 바라보고 싶었다. 충동처럼 갑작스레 솟구친 마음이었다.

준호가 무대에 올라가 마이크를 잡고 걸그룹 노래를 불렀다. 자영의 동지들이 손뼉을 치며 웃었다. 사람들이 다 빠져나가고도 남아 있던 몇몇 다산아파트 주민들이 자영에게 다가와 인사를 건넸다. 특수학교 학부모들과 그들의 아이들이 장걸의 옆에서 서성거렸다. 장걸은 코르덴 바지를 입은 한 노인을 바라보았다. 회색 머리칼에 볼살이 홀쭉하게 빠진 남자였다. 노인 옆에는 딸로 보이는 여자와 손녀인 듯한 분홍 원피스의 아이가 서 있었다. 막바지에 이른 자유 토론 무대에서 노인은 느릿느릿한 목소리로 말했다.

"반대하시는 분들의 마음을 저도 이해합니다. 집값이 계속해서 오르고 있으니까요. 같은 수준으로 내 집값이 올라주지 않으면 뒤로 밀리는 기분이 들 겁니다. 맞습니다. 하지만 집 한 채 있는 사람들 입장에서는 집값이 올라봐야 좋을 게 없습니다. 이사를 가거나 좀 더 넓은 집으로 가려면 또 그만큼의 돈을 내야 하니까요. 집 없는 사람들에게는 피박이고 집이 두 채

넘게 있는 사람들에게는 대박인 게 이놈의 집값입니다."

웃는 소리가 잠시 일었으나 강당은 이내 조용해졌다. 노인은 말을 이었다.

"내 손녀딸은 말을 잘 못합니다. 자폐라는 거라더군요. 처음에는 나을 줄 알았습니다. 지금은 아니고요. 완전히 나아지면 좋겠다는 희망은 버린 지 오랩니다. 조금만 더 나아지면 좋겠다고 생각할 뿐이지요.

장애가 있는 가족이 있다는 건 정말 서러운 일입다. 나도 겪어보기 전에는 몰랐어요. 누구에게나 벌어질 수 있는 일이라는 걸 나는 몰랐습니다. 내 딸이 장애가 있는 아이를 키우게 되리라는 것을 나는 알지 못했어요. 특수학교를 반대하시는 분들에게도 마찬가지입니다. 여러분들의 자녀나 친척이나, 나처럼 한 다리 건넌 후손에게도 일어날 수 있는 일인 겁니다. 장애가 있는 가족을 돌보며 살아야 하는 일은 누구에게나 일어날 수 있는 일인 겁니다."

그러니 아량을 베풀어달라고, 노인은 정중히 허리를 숙였다. 잠깐이나마 강당에 숙연한 기운이 돌았다. 노인의 마지막 말이 아니었다면 반대 측이 밀어붙이는 분위기로 토론회가 끝났을 것이다. 장걸이 보기에 토론회에서 가장 영향력이 있었던 사람은 임창현도 강정혜도 아니었다. 장걸은 굵은 주름이 잡힌 노인의 얼굴을 바라보았다. 백내장이 있는지 눈이 탁했다. 준호가 노래를 부르는 모습을 바라보면서 노인이 싱겁게 웃었다. 쓸쓸해 보이는 그 웃음이 좋았다. 언젠가는 닮고 싶은 얼굴이었다.

장걸은 자영과 준호를 기다렸다. 자영이 사람들과 함께 출구로 나오면서 장걸에게 저 기다린 거예요? 하고 말해주었으면 했다. 옆에 선 자영의 동지들이 자영 씨 남친인가봐요? 하고 웃음 섞인 말을 던져주었으면 했다. 강당 무대 쪽에서 자영과 준호가 손을 잡고 장걸을 향해 걸어오고 있었다.

3부

18. 자영

금요일 밤부터 일요일 밤까지 준호를 맡아달라는 자영의 말에 장걸은 눈만 껌벅였다. 겨울방학이라 제주도에 친구들과 놀러가기로 했다고 말했다. 부탁이 아닌 통보였고 제주도에 간다는 건 거짓말이었다. 장걸은 잠시 가만히 있다가 걱정 말고 다녀오라고 했다. 사정을 묻지 않는 그를 보며, 자영은 마음이 아팠다.

자영은 현관 앞에서 장걸과 준호를 돌아보았다. 장걸은 덤덤한 얼굴로 "잘 다녀오세요" 하고 말했다. 준호는 알아들을 수 없는 말을 중얼거리며 싱크대와 식탁 사이를 왔다 갔다 했다. 일부러 복지관에 준호를 맡길 수 없는 토요일, 일요일을 골라 여행 계획을 잡았다. 목적지 따윈 정하지도 않았다. 아무데나 가서 시간이 흐르길 기다릴 작정이었다. 아무리 장걸이 준호를 잘 받아준다고 할지라도 혼자서 준호와 함께하는 건 또 다른 문제였다.

장걸은 실패할 것이다. 그를 떼어내는 데는 준호만 한 카드가 없었다. 장걸과의 관계는 지금까지 자영을 좋아했던 다른 남자들과 비슷한 절차를 밟게 될 터였다. 이쯤에서 그만 선을 긋고 거리를 두어야 했다. 자신도 모르는 사이에 장걸에게 마음이 기울어진 건 어쩔 수 없었지만 그와 미래를 그린다는 것 자체가 안 될 일이었다. 그럴 수는 없었다.

자영은 현관문을 닫고 엘리베이터를 타고 내려왔다. 하늘은 어둑했고 가로등에 불빛이 들어오기 시작했다. 아파트 상가도 간판에 불을 밝혔다. 자영은 하얀 패딩 지퍼를 목 아래까지 바짝 올렸다. 헛헛해져버린 마음이 좀처럼 자리를 잡지 못했다.

아파트 정문으로 걸어가면서 자영은 뒤를 돌아보았다. 503동 1407호로 눈길이 올라갔다. 지금은 장걸이 사는 곽 회장님의 집이었다. 아파트를 나서다 뒤를 올려다보면 베란다 창을 열고 자신을 내려다보는 곽 회장님을 볼 수 있었다. 오른손을 위로 쭉 뻗어 흔들면 곽 회장님은 한 손을 팔랑거리며 마주 인사를 해주었다.

"누나!"

위에서 준호의 목소리가 들렸다. 집 앞 복도에서 준호와 장걸이 자영을 향해 손을 흔들고 있었다.

"누나! 잘 놀다 와!"

준호의 목소리가 아파트 단지에 메아리쳤다. 자영은 손을 번쩍 들어 마주 흔들었다. 준호 옆에 선 장걸이 잘 다녀오라는 손 인사를 하고 있었다. 자영은 억지로 미소를 지었다. 다른 사람에게 사흘씩이나 준호를 맡기는 데 하나도 불안하지 않았다. 신기한 편안함이었고 그래서 무서웠다. 자영은 몸을 돌려 아파트 정문을 향해 걸음을 재촉했다.

자신의 반경 안으로 불쑥 들어온 장걸에게 죄책감이 들었다. 곽 회장님의 죽음에 대한 책임은 자신에게 있는 거나 다름없었다.

작년 10월 16일이 시작이었다. 강정혜 의원과 함께한 두 번째 국회 토론회가 끝난 그날 밤, 곽 회장님은 임창현에게 폭행을 당했다. 그것도 상처를 남기지 않는 교묘한 방식으로. 폭행과 괴롭힘은 하루로 끝나지 않았다. 임창현은 하루에도 몇 번씩 곽 회장님 집을 찾아가 폭행과 괴롭힘을 이어갔고 곽 회장님은 완전히 무너져버렸다. 그리고 폭음이 시작됐다. 매일 밤, 곽 회장님은 술병을 기울였다. 침대와 거실과 주방에 각종 술병이 즐비했다.

처음엔 몰랐다. 곽 회장님이 갑자기 왜 이러는지. 몇 번은 준호를 데리고 가서 같이 마시기도 하고 안주를 챙겨주기도 했지만 술을 물처럼 들이켜는 모습은 아무래도 정상이 아니었다. 술에 적당히 젖어 있을 때는 거실 벽에 기대어 초점 없는 눈으로 어딘가를 올려다보기만 했으나 일정 선을 넘기면 그때부터는 다른 사람이 된 것처럼 변했다. 생의 의지를 다 놓아버린 얼굴로 눈물만 흘리기도 했고 컴컴한 얼굴로 창밖을 쏘아보기도 했다. 곽 회장님이 풍기는 불길한 기운에 주변의 사물까지 검은 색감을 띠는 것 같았다. 때로는 고함을 지르거나 그릇을 깨고 벽지를 뜯어냈다. 다 죽어! 다 죽어버려! 하고 악을쓸 때는 무서워서 도망치고 싶었다. 곽 회장님은 자영에게 폭언을 쏟아붓다가 목놓아 울기도 했다. 그렇게 많은 술을 들이켜고도 다음날 또 술병을 딸 수 있다는 게 신기할 지경이었다.

10월의 마지막 날이었던 그날 저녁에도 곽 회장님은 술에 취해 정신을 차리지 못했다. 무슨 이유 때문인지 그날의 곽 회장님은 다른 날과 달랐다. 느낌이 심상치 않았다. 자영은 준호를 장애인활동지원사의 집에 맡기고 곽 회장님 집에서 저녁과 밤을 보내기로 했다.

자영은 곽 회장님에게 말했다.

"지금부터 딱 한 잔만 더 마시고 그만 마셔요. 나랑 같이. 괜찮죠?"

곽 회장님은 물기 젖은 눈으로 자영을 쳐다보았다. 무슨 이유로 갑자기 폭음을 시작한 것인지 알 수 없어 답답했다.

"대체 왜 이러는 건데요? 회장님, 정신 차려요. 이러다 정말 무슨 일 나겠어. 혹시 임창현 때문이에요? 그 자식이 무슨 짓이라도 한 거예요? 임창현 때문이면 나한테 말해요. 내가 정말 가만두지 않을 테니까."

곽 회장님은 비통한 표정으로 입술을 달싹였다.

"임창현은…… 죽이지 않을 거라면 복수해서도 안 되는 상대야."

뜻밖의 말이었다. 자영이 눈을 껌벅거리자 곽 회장님은 쓰게 웃으며 말했다.

"내가 재밌는 얘기 들려줄까?"

그날 밤, 곽 회장님은 자영에게 자신의 이야기를 모두 들려주었다. 기가 막힌 이야기였다. 곽 회장님은 임창현의 아들을 낳고 임창현의 재산을 불려주면서 노예처럼 살았다. 감금과 폭행이 일상이었고 임창현에게서 벗어나려다 결국 붙잡혀 끌려온 것도 여러 번이었다. 겁을 주기 위해 곽 회장님 앞에서 사람을 폭행하거나 손가락을 자르기도 했다고 했다. 곽 회장님이 다섯 잔, 여섯 잔, 일곱 잔을 비우는 걸 말릴 수가 없었다. 자영도 같이 취해버렸다.

곽 회장님은 불콰하게 달아오른 얼굴로 말했다.

"내 복수는 내가 죽는 걸로 시작되는 거야. 그러니까 내가 죽더라도 너무 실망하지 마."

곽 회장님은 작은방으로 자영을 데려가 캐비닛과 금고를 열

었다. 자신이 30여 년간 적어온 장부들을 보여주었고 검은 장
부 두 권과 백색 상자도 열어 보여주었다. 상자 안에는 녹음테
이프와 각서와 사진, 이면 계약서 같은 것들이 가득했다. 곽
회장님이 알려준 임창현의 재산 규모는 취한 중에도 뇌리에
박힐 만큼 엄청났다. 우청식과 임창현 사이에 이루어진 거래
도 그때 들었다. 백색 상자와 검은 장부가 무엇을 의미하는
지도.

곽 회장님은 의미심장한 얼굴로 자영을 쳐다보며 말했다.

"이거 다 너한테 줄 수도 있어."

"이걸요? 왜요?"

곽 회장님은 흐느적거리는 손으로 검은 장부 한 권을 자영
의 얼굴 앞에 들이댔다.

"이것들만 잘 써먹으면 너 정말 크게 한몫 잡을 수 있어. 돈
걱정 따위 없이 살 수 있을 만큼. 아, 준호 데리고 멀리 호주 같
은 데 가서 편안히 살 수도 있어. 정말 좋겠지?"

곽 회장님은 그렇게 말하면서 배시시 웃음을 흘렸다. 와인
에 취했기 때문일까. 이야기가 비현실적이었기 때문일까. 자
영은 속에서 튀어나오는 대로 말해버렸다.

"그럼 이걸 우청식한테 넘겨요. 검은 장부요."

"뭐?"

"우청식한테 장부 넘겨버리고 임창현을 없애달라고 하면 되

잖아요. 임창현이 몰래 그쪽 약점을 쥐고 있었다고 알려주면 바로 빡치지 않겠어요?"

곽 회장님은 와인잔 속에서 출렁이는 와인을 쳐다보며 빙긋 웃었다.

"그럴까? 손 안 대고 코 풀어볼까?"

"깔끔하게 끝내버려요. 그 악마 같은 새끼. 우청식 걔들 총도 쓰고 그러지 않으려나? 마피아처럼 팡팡팡. 우리 한 잔 더 할까요?"

거기서라도 멈췄어야 했다. 다음 잔에서 곽 회장님은 술에 먹혀버렸다. 미친 사람처럼 샤또 오 브리옹을 찾았다. 말리고 말렸는데도 택시를 타고 와인 전문점에 가서 기어이 샤또 오 브리옹을 사왔다. 이렇게 마셔대면 죽고 말 거라고 했지만 자영의 힘으로는 말릴 수가 없었다. 감정이 격해진 두 사람은 몸 싸움을 했다. 곽 회장님은 안방에 들어가 문을 잠그고 와인을 들이켰고 새벽녘에 정신을 잃고 쓰러졌다. 자영은 119를 불러 곽 회장님을 병원으로 이송했다. 병상에서 곽 회장님은 퀭한 눈으로 자영을 쳐다보며 말했다.

"혹시…… 내가 그랬니?"

자영의 멍든 얼굴을 보면서 한 말이었다. 자영이 아무 대답을 하지 못하자 곽 회장님은 팔뚝으로 눈을 가리고 흐느껴 울었다. 자영도 곽 회장님을 붙들고 소리내어 울었다.

그날, 곽 회장님은 말했다.

샤또 오 브리옹을 다시 먹는 날은 내가 죽는 날이 될 거라고.

자영은 캐리어를 끌고 버스 정류장을 향해 걸었다. 아파트 모퉁이를 돌아가는데 검은 승합차 한 대가 자영 옆으로 다가왔다. 자영은 걸음을 멈추었다. 검게 번들거리는 승합차 옆구리에 황금색 글자가 보였다.

「마이다스 화원」

우청식이 운영하는 꽃집 이름이었다. 자영은 소스라치게 놀랐다. 캐리어 손잡이를 쥔 손이 뻣뻣해졌다. 조수석 차창이 내려왔고 한 번도 본 적 없는 남자가 고개를 내밀었다. 검정 야구 모자에 선글라스를 낀 얼굴이었다.

선글라스 남자가 말했다.

"최자영 씨, 타시죠."

남자의 말과 함께 승합차 문이 열렸다. 차 안에는 단단한 체구의 남자 두 명이 보였다. 아는 얼굴이었다. 11월의 첫날, 우청식의 마이다스 화원에서 보았던 이들이었다. 자영이 말했다.

"어디로 가는데요?"

남자가 말했다.

"그냥 가시면 됩니다. 제주도는 내일 가시고."

자영은 눈을 빠르게 깜박였다. 제주도에 가겠다는 말을 다른 사람에게 한 적은 없었다. 도망칠 수 있는 상대가 아니었다. 피할 수도 없었다. 잠시 주저하던 자영은 캐리어를 안고 승합차에 올랐다. 조수석의 남자는 뒷좌석에 앉은 자영에게 손을 내밀었다. 자영이 남자의 얼굴을 쳐다보자 흐릿한 미소를 올리며 입을 열었다.

"핸드폰요. 혹시나 몰라서. 괜한 염려는 마시고요."

자영을 태운 승합차는 고속도로를 타고 경기도 외곽으로 돌았다. 국도로 빠져나올 즈음에는 사위가 어둠에 잠겼다. 도심을 벗어나자 아스팔트 도로가 콘크리트 도로로 바뀌었고 가로등마저 없는 길로 접어들었다. 한 단계 한 단계 고립되어가는 기분이었다. 이제 보이는 건 전조등이 밝히는 흙길뿐이었다. 승합차는 주차장이 딸린 조립식 창고 건물 앞에 멈춰 섰다. 전조등이 주차장과 창고 벽을 비추었다. 시멘트 주차장 바닥의 갈라진 틈에서 돋아난 풀들이 바싹 말라 있었다.

자영이 물었다.

"여긴 어딘가요?"

검은 모자 남자가 말했다.

"저번에 왔던 데요."

검은 모자 남자는 자영을 쳐다보며 피식 웃었다.

"아, 그때는 볼 수가 없으셨지."

자영은 떨리는 입술을 힘주어 다물었다. 옆에 앉아 있던 남자가 자영의 캐리어를 들고 내렸다. 자영이 말했다.

"캐리어, 놓고 갈게요."

남자는 캐리어와 자영을 번갈아 쳐다보고는 픽 웃어버렸다. 자영은 승합차에서 내려 창고 건물로 따라 들어갔다. 캐리어를 들고 가던 남자가 창고 문을 열었다. 백열등이 켜져 있는 공간 양옆에 나무 선반이 있었고 칸칸이 농기구와 목공기구, 빈 화분이 놓여 있었다. 벽에 기대어놓은 알루미늄 사다리 옆에 문이 하나 더 보였다. 문 너머로 텔레비전 소리가 들렸다. 캐리어를 든 남자가 문을 열자 자영의 얼굴로 흰빛이 쏟아졌다. 갑작스러운 빛에 자영은 손으로 눈을 가렸다.

창고 안은 바닥과 벽이 온통 하얀색이었다. 지붕을 지탱하는 천장의 삼각형 철골 구조물과 창문을 가린 암막은 암적색이었다. 교실 여섯 개를 이어붙인 것 같은 넓은 공간에 싱크대와 냉장고, 탁자, 6인용 식탁, 의자가 놓여 있었다. 소파와 텔레비전도 보였다. 천장에 매달린 형광등 빛이 창고 공간을 넘치도록 채웠다. 하얀 표면에 반사된 빛에 눈이 아플 지경이었다. 온풍기 두 대가 낮은 소음을 내며 창고를 덥히는 중이었다.

백색 공간 한가운데 검정 소파에 앉은 우청식이 보였다. 보라색 운동복 차림의 그는 뉴스를 보면서 컵라면을 먹고 있었다. 선글라스를 쓴 채로.

우청식이 자영을 보고는 손을 들었다.

"가시죠."

자영의 뒤를 따라오던 남자가 말했다. 자영이 소파 옆에 서자 우청식은 라면 국물을 호로록거리며 자영에게 말했다.

"제주도만큼은 아니지만 여기도 꽤 괜찮죠? 아, 맞다. 두 번째죠? 여기 온 거."

자영은 할 말을 고를 수가 없었다. 그때를 생각하자 속이 울렁거렸다. 곽 회장님을 병원에 입원시키고 온 날, 자영은 검은 장부에 적힌 우청식의 연락처로 전화를 걸었다. 마이다스 화원으로 찾아가 우청식을 만난 뒤 끌려온 곳이 여기였다.

우청식이 말했다.

"저의 프라이빗 룸 같은 곳이에요. 공간이 터무니없이 넓긴 하지만 여러 용도로도 쓰이는 곳이라."

프라이빗 룸이라는 우청식의 설명은 사실인 듯했다. 소파도 고급스러웠고 텔레비전을 받친 드레스 탁자 위에는 꽤 신경 써서 고른 걸로 보이는 음향 시스템이 갖춰져 있었다. 작은 진공관 앰프도 보였다. 끌려왔을 때는 그런 것들을 눈에 담아둘 경황이 없었다.

우청식이 우물거리며 말했다.

"컵라면은 말이죠. 깨끗하게 비우는 게 제맛이더라고요. 면

다 먹고 국물도 먹어요. 양적 즐거움이라는 게 있으니까요. 포인트는 한입에 넘길 국물을 남겨두는 거예요. 젓가락으로 건더기를 긁어서 마지막 국물에 잘 모으는 거죠."

우청식은 고개를 뒤로 젖혀 컵라면을 입으로 기울였다. 자영은 남자가 든 캐리어로 돌아가는 시선을 애써 붙들었다. 우청식은 크으, 하는 소리를 내며 손바닥으로 입가에 묻은 라면 기름을 닦고 턱을 맷돌 갈 듯 움직였다. 우청식이 웃는 얼굴로 말했다.

"그리고 이렇게 한입에 싹."

자영이 입술을 뗐다. 왜 부른 거냐고 물어보려고 했다. 우청식은 젓가락을 좌우로 흔들었다.

"아, 잠깐만요."

우청식은 텔레비전에 시선을 두었다. 시사 쟁점을 다루는 토론 프로그램이 방영되고 있었다. 주제는 토지보유세였다. 붉은 옷을 입은 강정혜가 상대 패널에게 자기 입장을 설명하는 중이었다. 강정혜는 비스듬히 올린 손날을 허공에 탁탁 짚어가며 강한 어조로 토지보유세 법안을 설명하고 있었다.

"부동산 불로소득과 그에 따른 지가 상승이 양극화와 출산율 저하 문제의 근본 원인입니다. 새로운 사업을 해보려고 해도 부동산 가격에 걸려 시작도 못하는 게 오늘날의 현실입니다. 매년 수백조 원의 부동산 불로소득이 발생합니다. 다주택

자나 부동산 과다보유자들이 그 불로소득을 가져갔습니다. 그 돈이 어디에서 생겼을까요? 부동산이 없거나 집 한 칸 마련한 사람들이 땀 흘려 번 돈입니다. 이 불로소득을 차단, 환수할 수 있는 가장 좋은 장치가 바로 토지보유세입니다."

우청식은 소파에 등을 기대고 주황색으로 물든 나무젓가락으로 텔레비전 화면 속 강정혜를 가리켰다.

"어떻게 생각해요? 저 여자."

자영은 입도 열지 못했다.

"우리가 모시는 분들은 대개 재계에 있는 분이지만요. 경제랑 정치가 어디 둘로 나뉠 수가 있나요? 그분들이 관리하는 사람들 중엔 국회의원도 제법 돼요."

우청식은 소파에 등을 기대고 한숨을 내쉬었다.

"저 여자만 보면 정말 재수가 없어. 징글징글한데 만만하지도 않거든요. 저런 여자가 검은 장부를 알고 있다는 건 재앙이나 다름없어요. 아마 지금도 뭔가 수작을 벌이고 있을 겁니다. 묵히고 쌓고 데코레이션까지 해서 완전체 미사일 같은 걸 만들고 싶어 할 거예요. 야심이 대단하죠."

텔레비전 속 강정혜는 결연한 표정으로 말했다.

"부동산 불로소득을 방치하는 건 자본주의 경제체제를 망치는 일입니다. 사람들의 노동 의욕을 떨어트립니다. 청년 세대를 위해서라도 우리는 부동산 불로소득을 잡아야 합니다. 정부와 국회가 적절한 세금 정책을 펼쳐야 합니다. 지금이 아니면 늦습니다. 언제나 늦었고 내일이면 더 늦습니다. 회복 불가능한 시기가 곧 오고 말 겁니다."

강정혜의 말을 듣고 있던 우청식이 픽 웃으며 중얼거렸다.

"역시 똑똑해. 이 세상의 뇌관이 어딘지 아는 거죠. 우리 쪽 사람이었으면 크게 됐을 텐데……. 어쨌든 그분들 인내심도 이젠 한계예요. 요즘 너무 날뛰거든요. 강정혜 말하는 거 봐요. 목소리에 무슨 자신감 같은 게 넘치잖아요? 꼭 손에 핵폭탄 같은 거 하나 들고 있는 것처럼요. 곽중선이가 사진 파일 말고도 뭔가를 더 준 게 분명해요. 그래 보이지 않나요? 강정혜한테서는 별다른 말이 없었죠?"

자영이 대답했다.

"무슨 사진 파일요? 곽 회장님이 강정혜 의원한테 사진 파일을 줬어요?"

우청식이 쩝쩝거리며 말했다.

"내가 얘기 안 했나요? 예전부터 강정혜가 내 뒤를 캐고 다녔다고. 곽중선이 핸드폰 보니까 전송한 흔적이 있더라고요. 장부 사진 찍은 거요."

모르는 일이었다 곽 회장님은 대체 무슨 생각으로 강정혜에게 장부를 보여준 걸까. 우청식은 리모컨으로 텔레비전을 끄고 양 무릎에 팔꿈치를 댔다. 자영은 자신을 쳐다보는 우청식을 마주 보며 정신을 가다듬었다. 겁먹은 모습을 보이는 건 좋을 게 없었다. 우청식은 깍지 낀 손을 꼼지락거리며 자영을 향해 말했다.

"아직도 10억이 필요해요? 그거면 정말 되겠어요?"

자영은 두려움을 누르며 천연덕스레 말했다.

"임창현만 처리하시면 500억이 넘는 돈도 만지실 텐데요. 그 정도는 요구할 수 있다고 생각해서요."

우청식은 클클거리다가 자영을 올려다보며 입을 열었다.

"임창현을 처리하고, 자영 씨랑 동생도 구해주고, 10억도 받고?"

자영은 말을 받았다.

"임창현 처리하고 10억 주시면 바로 드릴게요. 검은 장부."

"에이, 자영 씨. 그 500억이 무슨 금괴 같은 겁니까? 사람이 서른 명이나 얽혀서 아휴, 정리하려면 시간 꽤나 걸릴걸요? 물론 10억은 금방 줄 수 있어요. 현금으로다가. 그런데 서두르지 맙시다. 이런 일은 차근차근 정확히 해나가야 하니까. 아, 그리고 나는 말이죠. 우리 자영 씨를 10억 푼돈 주고 털어버릴 생각이 없어요."

"네?"

"우리 같이 일 좀 해봅시다."

"일요?"

"거절할 생각은 말아요. 임창현을 처리해야 할 이유가 뭐겠어요? 그 장부에 적힌 숫자와 글자들 때문이잖아요. 곽중선 회장을 처리한 이유가 뭡니까? 역시 그 장부 때문이죠. 강정혜를 끌어들이려고 장부의 일부를 유출할 만큼 위험한 사람이었으니까요."

우청식은 자영을 빤히 올려다보며 말했다.

"우리 자영 씨라고 손톱만큼이라도 다른지 모르겠어요. 과연 우리에게 위협이 안 될까요?"

자영은 더듬거리며 말했다.

"전 달라요. 알려드렸잖아요."

"깜찍하시네. 알맹이는 자기가 갖고 있으면서."

우청식은 클클거리며 말했다.

"사실 이게 선택의 여지가 없는 제안이에요. 우리랑 일 같이 하자는 거. 무슨 말인지 알죠?"

우청식은 리모컨으로 텔레비전을 껐다. 잠시 아무 말이 없던 우청식은 나른한 목소리로 말했다.

"자영 씨는 이번 프로젝트의 일원이 됐어요. 축하받을 일이죠. 오케이?"

"프로젝트요?"

우청식은 빙긋 웃으며 "그 전에" 하고 말했다. 옆에 선 남자에게 고갯짓을 하자 남자가 자영의 캐리어를 열어 바닥에 펼쳤다. 자영은 얼어붙은 채 남자가 자신의 짐을 풀어헤치는 걸 처다만 보았다. 캐리어 구석에서 옷에 싸인 검은 장부가 모습을 드러냈다. 자영은 눈을 질끈 감았다. 발밑이 허물어지는 기분이었고 몸이 와들와들 떨렸다. 눈물로 앞이 흐릿했다.

남자는 검은 장부를 꺼내 들어 우청식에게 넘겼다.

"있는 건 사진뿐이라고 하시더니만, 거짓말도 잘하시고. 이걸 대체 언제 훔치셨을까. 그 착한 얼굴에 도둑 기질이 있는 줄은 몰랐어요."

우청식은 장부를 펼쳐 내용을 훑어본 뒤 자영을 올려다보았다.

"아, 너무 겁먹지 말아요. 사본 있나요? 사진 찍어둔 거 같은."

자영은 울먹이며 말했다.

"다른 사람한테 넘기려던 건 아녜요. 정말이에요. 제가 그런 마음을 먹을 수는 없는 거잖아요. 사진도 없어요. 정말이에요."

우청식은 자영을 향해 검은 장부를 흔들며 말했다.

"말했잖아요? 이것 때문에 자영 씨를 쓰겠다는 게 아니라니까요? 내가 자영 씨 협박에 흔들릴 사람으로 보여요? 괜찮아요. 괜찮아. 우리 자영 씨 덕분에 세련된 작전 하나 짤 수 있게 됐으니까."

우청식은 자영에게 다가와 빳빳하게 굳은 어깨를 주물렀다.

"아무튼 잘해봅시다. 우린 이미 한배를 탄 거니까요. 하지만 잊지는 말아요. 이 배에 먼저 오르겠다고 찾아온 건 자영 씨라는 거."

19. 창현

 창현이 아파트 관리사무소로 들어서자 직원들이 의자를 뒤로 밀며 일어섰다. 창현은 고개를 끄덕여 인사를 받았다. 안쪽 사무실에 있던 관리사무소장이 잰걸음으로 나와 허리를 숙였다. 창현은 경비원 모자를 벗고 검정 패딩을 벗었다. 여직원이 재빨리 따라붙어 창현의 패딩 점퍼와 모자를 받아 옷걸이에 걸었다. 관리사무소 한쪽에는 최자영과 특수학교 학부모들이 걸었던 플래카드와 아파트 게시판에 붙인 대자보, 전단지들이 수북이 쌓여 있었다. 토론회 뒤로 특수학교 찬성 측은 별러왔다는 듯 움직이기 시작했다.

 창현의 인상이 구겨지는 걸 알아차린 관리사무소장이 변명하는 투로 말했다.

 "저희가 열심히 걷어내기는 하는데요. 저쪽도 여간 끈질긴

게 아니라서요. 떼어내는 족족 다시 붙이고 그럽니다."

창현이 말했다.

"들어가서 얘기할까요?"

관리사무소장은 소장실의 문을 열고 사무실 직원들을 향해
커피를 내오라며 손짓을 했다. 창현은 "아침부터 커피는 무슨"
하고 중얼거리며 소장실로 들어갔다. 뒤에서 관리사무소장이
따라 들어와 소리 나지 않게 문을 닫았다. 창현은 소파에 기대
어 앉아 왼편에 앉은 관리사무소장을 쳐다보았다.

창현이 말했다.

"대처가 시원치 않네요?"

관리사무소장은 머리를 조아린 채 말을 잇지 못했다. 창현
은 그의 반쯤 빈 머리를 보며 아랫입술을 잘근잘근 씹었다. 건
설 쪽 공무원으로 퇴직한 자라고 해서 냉큼 받아쓰셨던 게 실수
였나 싶었다. 더 화끈한 일 처리를 주문해도 관리사무소장은
공무원의 한계에서 늘 허덕였다. 채근이 아니라 채찍이 필요
한 부류였다.

"경비들을 더 부지런히 돌리세요. 필요하면 몸싸움도 불사
해야죠. 더 악착같이 닦아세우라 이겁니다. 경비들이 다 노친
네들 아닙니까. 누구 하나 다치면 그보다 더 좋은 호재는 없어
요. 내 말이 무슨 말인지 정말 몰라요?"

예예, 알겠습니다. 관리사무소장은 마주 잡은 손을 주무르

224

며 어쩔 줄 몰라 했다. 말해봐야 뭣 하나, 중얼거리며 창현은
혀를 찼다.

"새로운 문제가 생겼다는 게 뭡니까? 대체 뭐예요?"

관리사무소장이 말했다.

"저를 고소한답니다. 최자영이가요."

창현은 관리사무소장을 쳐다보았다.

"뭘로요?"

"사문서 위조로요."

"뭡니까? 그게."

"시에서 아파트 보도블록 교체를 지원해주는 사업 있잖습니
까. 4천만 원 정도 받는 거요. 말씀하신 대로 제가 신청했는
데요."

"그런데요?"

"입주자대표회장 직인을 찍어야 하거든요. 신청서에."

"그래서요."

"최자영이가 입주자대표회장이잖습니까. 그런데 제가 최자
영이한테 얘기를 안 하고 직인을 찍어서 신청을 했거든요. 회
장 직인도 사무실에 보관해왔고요. 지금까지 쭉 그런 식으로
일해와서 그렇게 했던 건데, 최자영이가 그걸 걸고넘어졌습니
다. 자기 허락 없이 직인을 찍었다고요."

"그게 불법이라 이겁니까?"

"고소한다고 해서 변호사와 얘기를 해봤는데요. 그게 걸면 걸리는 거랍니다. 벌금이 나올 거랍니다. 입주자대표회장과 합의를 보는 게 제일 좋다고 합니다. 그런데 최자영이가 합의를 해줄 리가."

"내세요. 벌금. 돈 없단 소리는 못 하실 텐데."

"그게 아니라."

관리사무소장은 깍지 낀 손을 꼼지락거렸다.

"저번에 최자영이가 개정한 아파트 관리 규약에요. 저도 자세히 안 봐서 몰랐는데, 아파트 관리사무소장이 아파트 관리와 관련된 위법행위를 하면요."

"하면요."

"자동 해임이 되도록 해놨더란 말입니다. 임 대표님, 이대로면 제가 직장을 잃습니다."

창현은 이를 악물었다. 최자영의 의도는 명확했다. 그동안 창현의 수족 노릇을 해왔던 관리사무소장을 쳐내려는 것이었다.

최자영은 전략을 짜고 입주자대표회장 선거운동에 뛰어들었다. 최자영은 입주자들의 동의를 얻어 입주자대표회장 선출 방식을 동대표들이 뽑는 간선제가 아닌 입주자들이 직접 뽑는 직선제로 바꾸었다. 입주자대표회장 후보로 출마한 뒤에는 본격적으로 선거운동을 했다. 공약을 만들어 홍보 전단을 돌렸고 그동안 임창현의 지주회 동대표들이 벌인 일들을 하나하나 까뒤집어 게시판에 붙여버렸다. 친목회, 워크숍, 결산 회의 같은 명목으로 놀러 나갔던 일들이 엘리베이터에 붙었다. 큰돈도 아니었다. 한 번 놀러갈 때마다 아파트 예산에서 40만 원, 50만 원씩 빼서 썼을 뿐이었다. 최자영은 그 지출이 불법이라고 했고 국토부에 질의도 했다. 그런 식의 공금 유용이 불법 지출이라는 국토부의 답변을 이곳저곳에 써 붙였다. 지주회 소속 동대표들을 고소할 계획이라고 떠벌렸다. 그리고 입주자대표회장으로 선출되었다.

입주자대표회장에 오른 뒤 최자영이 가장 먼저 했던 일은 입주자대표회의에서 오고 간 이야기를 토씨 하나 빼지 않고 기록해 다산아파트 홈페이지에 올린 일이었다. 자신에게 욕설을 퍼부은 지주회 소속 동대표를 명예 훼손과 업무 방해 혐의로 고소했다. 다산아파트의 입주자대표회의 장면을 녹화해서 언론사에 보냈다. 다산아파트는 저녁 뉴스를 탔다. 다산아파트 뉴스 마지막에 강정혜 의원의 인터뷰가 붙었고 앵커는 후속 보도를 하겠다고 약속했다. 창현은 위기감마저 느꼈다.

최자영은 토론회 뒤로 창현과 지주회를 궁지에 몰아넣었다. 특수학교 건립이 절차대로 진행되지 않는다며 정부에 민원을 넣었다. 출근 시간에 아파트 정문에서 특수학교 건립이 절실하다는 전단지를 나눠주었고 퇴근 시간에는 선거운동을 하는 사람처럼 어깨띠를 두르고 정문으로 들어오는 사람들에게 90도로 허리를 숙여 인사를 했다. 지역 언론에 최자영의 인터뷰가 실렸고 서울시 공보처에서 최자영을 만나고 돌아갔다.

예전 같았으면 국회의원 몇몇이 달라붙었어도 눈 하나 깜짝하지 않았을 창현이었다. 지금은 아니었다. 가진 것들이 파악되지 않았고 가진 것을 사용할 방도도 알 수가 없었다. 어딘가에서 구멍이 생겼을 텐데 구멍이 어디인지도 알 수가 없었다. 곽중선이 죽은 지 석 달이 지났는데도 장부의 행적은 묘연했다. 뉴스가 나간 뒤로 지주회 형제들도 동요하는 것 같았다. 지금까지는 없었던 일이었다.

자꾸만 최자영이 걸리적거렸다. 교활하고 속을 알 수 없는 여자였다. 마음 같아서는 죽여버리고 싶었다. 김 실장을 시켜 사고사나 자살로 꾸미는 것으로 깔끔히 덮어버리고 싶었다. 그러나 최자영은 창현과 관련이 있었다. 너무 많은 시선이 최자영에게 쏠려 있는 것도 부담이었다.

창현은 버려야 할 카드인 관리사무소장을 쳐다보았다. 이참에 아파트 관리 용역 업체와 경비용역 업체도 싹 다 바꿔버릴까 생각했으나 또다시 입주자대표회장인 최자영이 걸렸다. 창현은 관리사무소장을 쳐다보았다. 그동안 임창현의 지시를 충실히 이행했으니 그에 걸맞은 보상을 해주어 입단속을 해야 했다. 그 생각도 다음으로 넘어가지 못했다. 중선과 장부 없이는 관리사무소장의 입단속도 마음먹은 대로 할 수가 없었다.

창현은 말했다.

"너무 걱정 마세요. 제가 누굽니까. 방법을 생각해보죠."

소장은 연거푸 고개를 숙이며 고맙다는 말을 연발했다. 창현은 직원들의 배웅을 받으며 관리사무소를 나왔다. 503동 모퉁이를 돌아 아파트 정문으로 나가려는데 최자영 패거리들이 어깨띠를 두르고 아파트 주민들에게 전단지를 나눠주는 게 보였다. 최자영은 보이지 않았다. 창현은 바지 주머니에 손을 꽂고 정문을 바라보았다.

얌전히 전단지를 받아가는 사람들도 있었지만 받은 전단지를 바닥에 버리거나 외면하는 사람도 있었다. 웃으면서 주먹을 불끈 쥐어주는 사람은 몇 되지 않았다. 최자영 패거리들은 격려하는 사람들에게는 마주 웃었고 외면하는 사람들에게는 씁쓸한 표정을 지었다. 웃는 얼굴이나 굳은 얼굴이나 감정이 요동치지 않았다. 좋은 반응일 때도 조금만 좋아했고 나쁜 반응일 때도 조금만 어려워했다. 그러면서도 얼굴에 빛을 잃지 않았다. 일종의 긍지 같은 거였다. 저런 기운은 초장에 밟아주지 않으면 걷잡을 수 없이 번질 수 있다는 것을, 창현은 경험으로 알았다.

공격해야 할 것은 분명했다. 머리가 빠르게 회전하기 시작했고 여러 경우의 수들이 떠올랐다가 사라졌다. 일을 추진하는 과정에서 주의해야 할 점들이 목록으로 차르륵 나열되었다. 핸드폰을 꺼내어 날짜를 정하고 장소를 물색했다. 이 그림을 완성하려면 사전계획을 꼼꼼히 세워 점검까지 마쳐야했다. 지주회 형제들이 맡은 역할도 나눠야 했다. 잘만 되면 최자영을 완전히 누를 수도 있었다. 마침내 최종 공격 방침을 정리한 창현은 김 실장에게 전화를 걸었다.

"사람 하나 쓰자. 말 잘 듣고 뒤탈 없을 여자애로."

김 실장의 대답은 간명했다. 창현은 전화를 끊고 자신이 세운 계획을 다시 점검했다. 간만에 경험하는 짜릿한 기분에 흥이 났다.

그때, 경비복 안쪽에 넣어두었던 폴더폰이 진동했다. 창현은 품을 뒤져 폴더폰을 꺼냈다. 우청식으로부터 온 문자 메시지였다. 만나자는 말이었다.

*

이번에도 사우나였다. 도로변이기는 했지만 산골이나 다름없는 곳이었다. 창현은 운전석에 앉아 '24시 불가마 사우나'라고 적힌 붉은 네온사인을 올려다보다가 시계를 확인했다. 새벽 1시였다. 앞뒤를 살펴보았으나 우청식의 차는 보이지 않았다. 약속 시간을 30분이나 넘기는 것은 우청식과 거래를 시작

한 뒤로 처음 있는 일이었다. 초조하고 불안했다. 지난주부터
는 숙면 취하기가 힘들었다. 꿈속에서도 장부를 찾아 헤맸다.
김 실장이 최자영의 배에 사시미 칼을 밀어넣는 모습을 흐뭇
한 얼굴로 지켜보기도 했다. 꿈속은 뒤죽박죽이었다. 어젯밤
에는 벌거벗은 우청식이 자신의 목을 조르는 꿈을 꾸기도
했다.

강정혜를 흔들라는 우청식의 지시는 계속해서 수위가 높아
졌다. 강정혜 의원이 주관하는 토지 정책 관련 토론회를 훼방
하라고 했고 패널로 참여하는 시민단체 간부와 교수들의 주변
을 어지럽게 만들라고 했다. 우연과 사고를 가장한 위협을 가
하라고 했다. 현관문에 협박장을 붙이거나 차량을 파손하거나
전화로 욕설을 퍼부을 것을 지시했다. 우청식은 강정혜의 보
좌관 집에 불을 지를 것도 주문했다. 전기 합선으로 인한 사고
로 위장했고 불도 잘 붙었다. 그 와중에 보좌관의 노모와 어린
딸이 질식사했던 것은 계획에 없었던 일이었다. 우청식은 화
재 사고 얘기를 하며 혀를 찼다. 아무리 그래도 죽일 필요는 없
었는데 말이죠, 하고.

우청식은 두루뭉술하게 작업을 지시하지 않았다. 타깃 리스
트를 만들고 지시한 작업들이 이행됐는지 꼼꼼히 체크했다.
가끔은 창현에게 의견을 구하기도 했다. 전방위적인 압박을
가한다는 측면에서 창현이 기획했던 작전들과 비슷했으나 규

모가 달랐다. 창현은 우청식의 일에 끌려다니면서 텔레비전 뉴스를 챙겨 보았다. 강정혜 의원이 주도하는 토지보유세 화두를 에워싸고 거대한 카르텔이 움직이는 게 눈에 읽혔다. 우청식이 말했던 '그분들'의 위력일 거라고 창현은 생각했다. 가늠하기 어려운 힘이 강정혜를 향해 움직이는 게 눈에 들어왔고 자신 또한 그 움직임의 일부라는 생각이 들었다. 우청식의 손아귀에 잡혀버린 것 같아서 기분이 더러웠으나 저항할 마음은 나지 않았다. 창현은 우청식이 필요했다. 다산아파트 재건축 승인과 이룡산 타운하우스가 들어설 땅의 지목 변경에도 우청식과 그분들의 힘이 필요했다. 우청식과 연결된 그분들의 힘은 확인하면 할수록 불안하면서도 든든했다.

창현은 핸드폰을 만지작거렸다. 우청식에게 전화를 걸까 하다가 그만두었다. 적적하고 무료했다. 초조한 기분이었다. 창현은 김 실장에게 전화를 걸었다. 신호가 두 번 가기 무섭게 김 실장이 전화를 받았다.

"별일 없어?"

김 실장의 잠긴 목소리가 들려왔다.

"특이사항 없습니다."

"자는 거 아니지?"

친근한 기운을 섞어 농담조로 건넨 말이었으나 "아닙니다" 하고 대답한 김 실장의 음성은 말 섞을 분위기가 아니었다.

"내가 들어간 다음에 한 시간이 지나도 안 나오면 김 실장도 들어와. 들어와서는 상황에 맞게 알아서 행동하고. 주변에 어슬렁거리는 사람 있는지도 잘 살펴봐. 티 내지 말고."

"네."

창현은 전화를 끊었다. 흠잡을 데가 없는 녀석이었다. 창백한 얼굴에 말수가 적었다. 어딘지 모르게 섬뜩한 구석이 있는 것도 마음에 들었다. 단둘이서 김 실장과 같은 공간에 있을 때는 창현도 은근히 부담스러울 정도였다. 몇 다리 건너 소개받은 사람치고는 만족스러웠다. 함께한 5년 동안 김 실장은 창현을 단 한 번도 실망시키지 않았다. 표적을 협박하거나 고문하는 일에서 김 실장은 특별히 수완이 좋았다.

도로 저편 너머에서 자동차 전조등이 보였다. 과속 방지턱을 밟았는지 불빛이 위아래로 출렁거렸다. 창현은 사우나 주차장으로 들어가는 차를 확인했다. 우청식의 차가 분명했다. 창현은 갓길에 댔던 차를 주차장으로 옮긴 뒤 차에서 내렸다. 현관 유리문 너머로 우청식의 뒷모습이 보였다. 주변을 둘러보았으나 특별한 위험 요소는 없어 보였다. 창현은 입장권을 끊고 탈의실에서 옷을 갈아입었다. 옷을 벗고 몸을 돌리는데 벌거벗은 우청식이 눈에 들어왔다.

우청식은 웃는 얼굴로 말했다.

"사람이 없네요. 같이 들어가죠."

허물없는 우청식의 태도가 어색했다. 사우나실에 들어가면 지친 얼굴로 유리창만 바라보고 있었던 우청식이었다. 아, 네 네. 하고 말을 받으며 우청식과 나란히 샤워를 했다. 거품이 일도록 비누칠을 하고 탕에 들어가 몸을 풀었다. 우청식은 날씨 얘기를 꺼냈고 어제 다녀온 맛집 얘기를 했다. 창현도 적당한 말로 대꾸했다. 우청식과 창현이 나누는 말이 목욕탕에 울렸다. 둘의 대화가 끊어질 때는 물방울 떨어지는 소리와 부글거리며 공기 거품 올라오는 소리만 들렸다. 우청식은 어어, 좋네요. 하고 말하면서 눈을 감았다.

　"무슨 부귀영화를 보겠다고 밤중에 여기까지 나와서 이러는 건지 모르겠어요."

　우청식은 말꼬리를 올리며 창현을 쳐다보았다. 친절한 낯빛이었다. 창현은 시선을 떨구고 말했다.

　"하고 싶은 게 많아서 그런 거 아니겠습니까. 열심히 살지 않으면 몸이 괴로우니까요."

　"싶은 게 많다……" 우청식은 손으로 김이 오르는 수면을 찰박거리며 위를 올려다보았다. 빈공간에 우청식의 나지막한 목소리가 울렸다.

　"욕망은 사람에게 이룰 것 같은 착각만 줘요. 착각, 딱 거기까지죠. 욕망은 결코 스스로를 다 채우는 법이 없어요. 욕심부릴 것이 사라지면 욕망이 뒈져버리거든요."

혼잣말처럼 하는 소리여서 딱히 대꾸할 말이 없었다. 우청식은 창현을 향해 고개를 돌렸다.

"지난번 일 처리 말입니다."

창현은 저절로 고개가 수그러들었다. 강정혜의 보좌관 집에 불을 지른 일을 말하는 터였다. 노모와 어린이집 다니는 딸이 사망했던.

"그분들께서 흡족해하십니다. 그에 대한 보답을 하는 게 좋겠다고 하셨어요. 임 대표님의 골치를 썩이는 문제가 혹시 있다면 적극적으로 해결해주라고 하셨죠. 일종의 보너스 같은 거라고 생각하세요. 좀 더 그분들께 가까이 다가섰다는 의미도 되고요."

"네. 감사합니다."

우청식이 낮은 소리로 웃으며 말했다.

"말씀을 해보세요. 한 가지만 이야기하세요. 두 개는 안 됩니다. 아, 이룡산 지목 변경은 우리 사이에 이미 얘기가 된 거니까 다른 걸 주문하세요. 아까 말했듯이 보너스니까요."

창현은 재빨리 머리를 굴렸다. 골치를 썩이는 문제는 셋이었다.

곽중선이 죽은 뒤 사라진 장부.

세상 무서운 줄 모르고 날뛰는 최자영.

후계자 자리를 거절하는 곽장걸.

창현은 무엇을 말할까 잠시 고민했다. 장걸을 우청식 손에 맡길 수는 없었다. 최자영은 직접 해결하고 싶었다. 무엇보다 중요한 것은 장부였다. 고민하고 고를 문제가 아니었다.

창현은 말했다.

"혹시 물건을 하나 찾을 수 있을까요?"

우청식은 눈썹을 위로 올리고 창현을 쳐다보았다. 창현은 장부에 대해서 설명했다. 창현의 이야기를 묵묵히 듣고 있던 우청식은 입꼬리를 양쪽으로 당기며 빙긋이 웃었다.

"그런 거면 미리 말씀을 하시지. 알고 있었어요. 임 대표님 사정. 뭘 잔뜩 잃어버리셨다고요."

섬뜩했고 두려웠다. 검은 장부 두 권에는 우청식과의 거래 내역도 적혀 있었다. 자신의 상황에 대해 우청식이 어디까지 알고 있는 것인지, 어떻게 파악한 것인지 알 수가 없어서 마음이 졸아드는 것 같았다. 창현은 우청식을 흘끗거렸다. 눈을 감고 긴 숨을 토하는 모습이 느긋해 보였다. 우청식이 검은 장부에 대해 알고 있었다면 이렇게 나오지는 않았을 것 같았다.

창현이 말했다.

"회계장부가 어디 있는지 아십니까? 제가 관리하던 사람이 갖고 있던 건데 어디 갔는지 이것 참."

"알죠."

"어디에 있습니까?"

"강정혜 의원 집에 있어요."

"예?"

"얼마 전에 뭔가 잔뜩 강정혜 집으로 배달됐더라고요. 아마…… 곽중선이가 뭔 수를 쓴 거겠죠? 하여간 다들 속을 알수가 없어. 대체 그게 뭐길래 다들 난리랍니까?"

생각지 못했던 장소였으나 그럴 수 있겠다 싶었다. 곽중선은 작년부터 강정혜와 연락을 주고받았다. 강정혜가 주최하는 토론회에 두 번이나 발제자로 참여해서 아파트 문제를 떠들기도 했었다. 강정혜가 다산아파트 특수학교 문제에 관심을 갖고 있다고 했으니 자신이 모르는 모종의 관계가 있었을 법도 했다.

우청식은 말했다.

"제가 강 의원 집이 비는 날을 알려드릴 테니까 밤에 그 집을 다녀오세요. 장부를 어디에 보관했는지는 저도 모릅니다. 집에 있는 것은 분명해요. 아, 잘됐네요. 뒷정리는 신경 쓰지 마시고 마구 뒤지세요. 도둑이 들었다는 것처럼요. 위협하는 거죠. 콱콱."

우청식과의 미팅은 그게 끝이었다. 평소처럼 우청식이 먼저 나갔다. 창현의 옷장에는 프랜차이즈 제과점의 쇼핑백이 들어 있었다. 창현은 주위를 두리번거리며 쇼핑백 안을 들여다보았다. 파운드케이크 상자가 두 개 들어 있었고 안에는 5만 원권 현금이 차곡차곡 담겨 있었다.

창현은 픽 웃었다. 우청식은 며칠 안에 강정혜 의원이 집을 비우는 시간을 알려주겠다고 했다. 며칠만 더 기다리면 장부를 손에 넣을 것이고 다시 사업을 시작할 수 있을 터였다. 속이 뚫리는 것 같았다. 무슨 일이든 시작하기만 하면 잘될 것 같았다. 창현은 옷을 갈아입으며 최자영을 생각했다.

20. 장걸

    전라도에서 서울로 올라온 장걸은 다산아파트를 향해 차를 몰았다. 자정에 가까운 시각이었다. 내일모레 발파작업이 예정되어 있기는 했으나 자영이 전한 상황을 듣고도 한가하게 숙소에서 휴식을 취할 수는 없었다.

    준호가 사라졌다.

    오후 늦게 온 자영의 문자 메시지에는 준호에게서 전화 온 거 없었느냐는 말이 적혀 있었다. 아무 연락 없었다고, 무슨 일이냐고 문자 준호를 잃어버린 것 같다고 했다. 장걸은 바로 전화를 걸었다. 자영의 목소리는 불안했다. 장애인활동지원사와 복지관에 갔는데 복지관을 나온 뒤로 준호가 사라졌다고 했다. 주차장에서 복지관 프로그램 끝나기를 기다리던 장애인활동지원사가 준호를 만나지 못했다며 자영에게 전화를 했고 지금은 장애인활동지원사와 복지관 근처에서 준호를 찾고 있다고 했다.

준호의 실종은 금방 수습되지 않았다. 장걸의 전화에 자영은 떨리는 목소리로 준호가 보이지 않는다고 말했다. 경찰에 신고하겠다고 하기에 장걸은 알겠다고 했다. 그리고 바로 서울로 차를 몰았다. 자영이 먼저 전화를 준 것이 고마웠다. 자영이 제주도 여행을 다녀온 뒤로 일주일 만에 듣는 목소리였다.

장걸은 자영이 느닷없이 부여한 임무를 완수했다. 금요일 밤과 토요일, 그리고 자영이 돌아오는 일요일 자정까지 준호와 함께했다. 금요일 밤, 준호는 잠을 이루지 못했다. 자영이 없어서인지 전에 없이 불안해했다. 텔레비전도 끄고 불도 다 껐으나 새벽 2시가 될 때까지도 준호는 장걸 옆에서 알아들을 수 없는 소리를 중얼거렸다. 장걸은 준호에게 동요를 불러주었다. 한 시간 남짓 동요를 부르자 목이 붓고 신경이 곤두섰다. 자칫하면 화를 쏟아버리게 될 것 같아서 마음을 다잡아야 했던 적이 한두 번이 아니었다. 준호는 새벽 3시가 되어서야 잠이 들었다.

둘째 날인 토요일에는 종일 밖에서 돌았다. 준호는 아침부터 버스를 타러 가자고 했다. 두 시간쯤 돌고 오면 되겠지 싶어서 준호를 앞세우고 나갔는데 밤 10시가 넘어서야 집으로 돌아올 수 있었다. 장걸과 준호는 서울의 북쪽과 남쪽을 고루 돌았고 인천도 다녀왔다. 버스를 탄 시간만으로는 부산을 왕복하고도 남을 시간이었다. 점심을 먹으러 식당에 갔는데 준호는 메뉴가 마음에 들지 않는다며 시켜놓은 음식에 퇴짜를 놓았다. 준호는 한번 당해보라는 것처럼 장걸을 끌고 식당 네 군데를 들락거렸다. 그렇게 돌아다니고 나서 선택한 메뉴가 떡볶이여서 장걸은 울화가 치밀었다. 둘째 날 밤도 준호는 잠을 이루지 못했고 장걸은 다시 노래를 불렀다. 알고 있던 동요가 이렇게 많았나 싶었다.

셋째 날인 일요일은 조금 나았다. 준호는 오전 11시까지 늘어지게 잤다. 점심으로 짜장 라면을 끓여 먹었다. 정말이지 장걸은 밖으로 나가고 싶지 않았다. 그러나 집에서도 준호와 딱히 할 일이 없었다. 밥하고 설거지하고 빨래를 하고 마늘을 까고 집을 치웠다. 밖으로 나가 버스를 타자고 준호가 칭얼거리는데 정말 환장할 것 같았다. 좁은 집 안에만 있기 갑갑했는지 준호는 장걸에게 집적거렸다. 가까이 다가와 장걸의 팔꿈치를 살살 만졌다. 무슨 생각을 한 건지 설거지를 하는 장걸의 등판으로 뛰어올라 두 팔로 목을 감았다. 한두 번은 그냥 내버려 두었으나 나중에는 준호가 가까이 다가오기만 해도 긴장이 됐다. 장걸은 참을 수 있을 때까지 참았다. 자영에게 전화하고 싶은 것도 참았다. 어쩔 수 없이 밖으로 나왔는데 겨울비가 내리고 있었다. 장걸은 준호와 우산을 쓰고 하염없이 걸었다. 그

렇게 시간을 보냈는데도 오후 4시였다. 준호는 집으로 돌아오
자마자 노래를 불러달라고 했고 추위에 지쳤는지 금방 낮잠에
빠져들었다.

장걸은 잠든 준호 옆에 앉아 자영이 떠나기 전에 했던 말을
생각했다. 준호가 아마 유난스럽게 굴 거라고, 그리고 그건 준
호가 불안해서 하는 행동들이라고, 자영은 말했다. 불안해서
그랬단 말이지. 불안해서. 이렇게 25년을 살았단 말이지. 이렇
게 지금까지 살았고 죽을 때까지 이런 식으로 살아야 한단 말
인가. 자영은 이런 동생을 책임져야 하는 거였다. 자영과 관계
를 맺는다는 건 준호에 대한 책임을 함께 진다는 의미였다. 갑
자기 두려움이 허를 찌르는 것처럼 찾아왔다.

장걸은 자신에게 찾아온 두려움을 가만히 내려다보았다. 두
려움은 장걸에게 익숙한 감정이었다. 마음을 휘감은 그것에는
냉랭한 눈길을 주어야 했다. 두려워하는 자신을 측은히 여기
다 보면 결국 감정에 잠겨 허우적거릴 뿐이었다. 장걸은 자신
에게서 눈을 돌려 곱게 낮잠을 자는 스물다섯 살 준호의 얼굴
에 시선을 두었다.

장걸은 자신이 지난 며칠 동안 어머니와 임창현에 대한 생
각을 거의 하지 않았다는 것을 알아차렸다. 울분과 쓴 기억으
로부터 자신이 놓여났었다는 것을 깨달았다. 지치기는 했어도
소진된 기분은 아니었다. 힘겹기는 했으나 첫째 날보다는 둘

째 날이 나았다. 이어지는 날들은 더 나을 것 같았다. 쳇바퀴처럼 도는 일상이었어도 시간은 허투루 흐르지 않았다. 혼자서 궁상을 떠는 것보다 갑절은 나은 시간이었다. 장걸은 아, 하고 나직이 탄성을 질렀다.

여기에 자영이 있다면.

여기에 자영이 있다면 완벽할 것이다. 준호를 재운 뒤에 자영과 함께 자리에 누울 수 있다면 바랄 것이 없을 것이다. 하루를 돌아보며 투덜거리고 지긋지긋해하고 사소한 일로 등을 돌리고 화를 낼 수 있다면, 오래간만에 찾아온 좋은 일이나 웃긴 동영상을 함께 보며 키득거릴 수 있다면 얼마나 좋을 것인가. 장걸은 안방 벽에 머리와 등을 대고 다리를 접었다. 준호의 호흡은 편안했다. 평온히 잠든 준호의 얼굴을 내려다보는데 행복하다는 문구가 가슴으로 파고들었다. 근육과 뼈가 욱신거릴 정도로 분명한 느낌이었다. 나는 행복할 수 있을 것 같아. 그렇게 중얼거리는데 느닷없이 눈물이 돌았다. 다시 느껴보고 싶은 감정이어서 장걸은 입으로 소리 내어 말했다. 나는 행복할 수 있을 것 같아,라고.

501동 앞에 하얀 롱패딩 차림의 자영이 보였다. 주차장에 지프를 대고 자영에게 달려갔다. 자영은 반쯤 넋이 나간 얼굴이었다. 장걸이 물었다.

"준호는요?"

"없어요. 연락 온 데도 없고요."

그때, 아파트 방송으로 행진곡 같은 음악이 터져나왔다. 자영이 입주자대표회장이 된 뒤로 한동안 들리지 않았던 미국 국가였다. 자정이 넘은 시간이었다. 아파트 방송 인트로 음악 치고는 방송되는 시간이 길었다. 곧이어 아파트 전체에 안내 방송이 나왔다.

「안녕하십니다. 다산아파트 관리사무소입니다. 최자영 입주 자대표회장의 남동생 최준호. 최준호. 최준호 군을 보았거나 보호하고 계신 주민이 계시면 아파트 관리사무소로 전화해주시기 바랍니다. 늦은 시간에 몹시 죄송합니다만 다시 한번 부탁을 드립니다. 최준호 군을 보호하고 계신 주민께서는 연락해주시길 부탁드립니다.」

방송은 다시 미국 국가로 마무리됐다. 방송이 끝나고 난 뒤 아파트 곳곳에 불평하는 소리가 들렸다. 개 짖는 소리, 아기 우는 소리가 여러 곳에 울렸다.

자영은 아랫입술을 물고 방송을 견디고 있었다.

"제가 부탁했어요. 방송해달라고요."

그렇다 하더라도 아파트 방송 내용과 방식은 의도한 게 있었다. 자영에게 톡톡히 창피를 주고 아파트 내에서 입지를 위태롭게 만들려는 수작 같았다. 만약 누군가가 자영을 궁지에 몰아넣기 위해 술수를 쓰고 있는 거라면 그 누군가는 임창현일 것이었다. 장걸은 502동을 올려다보았다. 17층 베란다에서 한 남자가 장걸과 자영을 내려다보고 있었다.

"여기서 기다려요."

자영이 장걸을 올려다보았다.

"왜요? 무슨 일 있어요?"

장걸은 가슴이 아렸다. 언젠가는 임창현과 어머니, 그리고 자신 사이에 얽힌 관계를 자영에게 이야기해야 했다.

"잠깐만 기다려요. 다녀올 데가 있어서요."

장걸은 자영을 뒤에 두고 502동으로 들어갔다. 엘리베이터에 타고 올라가 1701호 앞에 섰다. 지금까지 한 번도 가보지 않았던 임창현의 집이었다.

임창현은 문을 열지 않았다. 초인종을 눌러도 "꺼져라." 하는 소리만 돌아왔다. 장걸이 핸드폰으로 전화를 했으나 임창현은 그마저도 받지 않았다. 임창현이 준호를 어찌했을 거라는 증거는 없었으나 막연한 감은 또렷했다. 자영을 괴롭히는 것으로 장걸을 조종하려 드는 것일 수도 있었다.

장걸은 다시 초인종을 눌렀다. 인터폰에서 비웃음 섞인 목소리가 들려왔다.

"꺼지라고 했는데 아직도 있네?"

"준호 어디 있습니까?"

"걔를 왜 나한테서 찾나?"

"알고 있을 것 같아서요."

인터폰 스피커에서 차가운 대답이 돌아왔다.

"알아도 날 무시하는 네놈에게 말해줄 수는 없지."

속에서 무언가가 갈라지는 것 같은 기분이었다. 임창현의 목소리가 엘리베이터 앞에 울렸다.

"자영이 그년과 붙어먹는 게 그렇게 좋다면 같이 침몰해버려. 압도적인 힘의 차이가 무언지 알게 해주지. 내 제안을 무시한 게 얼마나 처절한 실수였는지 깨닫게 될 거야. 늙고 병들고 머리가 더 둔해졌을 때 내가 너에게 주려고 했던 것이 무엇인지 기억해봐. 자영이 그년은 속이 구렁이 같은 년이야. 옆에 있으면서도 그걸 모르겠어? 눈빛을 봐. 독기 어린 게 읽히지 않는단 말이냐? 언젠간 네 등에 칼을 꽂고 말 거다. 자영이 년 편을 드는 한 너는 나의 적이야. 저며버려도 시원치 않을 자식 같으니라고."

속에서 확 불길이 올랐다. 장걸은 주먹을 쥐고 망치질하는 것처럼 현관문을 쳤다. 육중한 소리와 함께 현관문이 바르르 떨었다. 장걸은 다시 주먹을 치켜들고 철문의 한복판을 쳤다. 방금보다 더 큰 소리가 울렸다. 임창현은 반응이 없었다.

소리라도 지르려는데 자영에게서 전화가 왔다.

"준호 찾았어요."

"찾았어요? 어딥니까?"

"경찰서래요."

"경찰서요?"

자영의 목소리는 혼란스러웠다.

"무슨 말인지 모르겠어요. 경찰이 지금 오래요. 준호가 경찰서에 붙잡혀 있대요. 현행범이래요."

자영과 장걸은 경찰서로 들어갔다. 유치장으로 당장 달려가려는 장걸과 자영을 경찰이 막아섰다. 면회 절차를 지켜야 한다고. 변호사가 아니라면 9시 이후로는 면회가 안 된다고 했다. 자영이 동생의 사정을 설명하는데도 경찰은 같은 말만 반복했다. 자영이 떨리는 목소리로 면회만 하게 해달라고 부탁했지만 경찰은 특별한 이유라도 있는 것처럼 꼼짝도 하지 않았다. 장걸과 자영은 담당 경찰의 자리로 갔다.

준호의 혐의는 미성년자 성매매였다. 담당 경찰은 얼굴에 유난스레 점이 많은 남자였다. 충혈된 눈을 손등으로 문지르며 자영에게 체포 경위를 설명했다. 신고를 받고 출동한 경찰이 시내 모텔을 급습했다. 성매매 현장에서 바로 검거되었다. 준호와 성관계를 했던 여자아이는 경찰서로 데려오는 중에 도망쳤다. 그게 다였다. 담당 경찰은 미성년자 성매매의 경우 10년 이하의 징역이나 2천만 원 이상 5천만 원 이하의 벌금형을 받는다고 말했다. 장걸은 경찰서를 둘러보았다. 야근하는 경찰관들이 장걸을 흘끔거렸다. 준호의 실종과 검거가 임창현의 기획으로 이루어진 것이리라 장걸은 짐작했다.

사정을 다 들은 자영은 담당 경찰의 책상 앞으로 빈 의자를 끌어와 앉았다.

자영이 담당 경찰에게 말했다.

"성매매를 했다는 걸 어떻게 알았죠?"

"본인이 그렇게 얘기를 했으니까요."

"뭐라고 했는데요?"

"했다고 하더라고요."

"뭘요?"

담당 경찰관은 어색하게 웃으며 대꾸했다.

"섹스요. 돈 줬냐고 물어보니까 줬다고 했고요."

"준호가 알고 대답했을지 의문이네요."

"그 여자애가 미성년자인 줄 알고 그랬냐고 제가 물어봤어요. 알고 그랬다고 하던걸요?"

자영은 계속해서 물었다.

"그 여자애는 어디 있어요?"

"도망쳤죠. 좀 전에 말해드렸는데."

"미성년자라는 근거가 뭐죠? 여자애가 도망쳤다면서요."

담당 경찰은 말을 끌더니 장걸과 자영을 쳐다보았다.

"제가 봤죠. 보면 나이 대충 알잖아요. 그리고 신고가 그렇게 들어왔어요. 미성년자 성매매가 그 모텔 613호실에서 진행 중이라고요."

"굉장히 친절한 신고네요?"

"그런 편이죠."

"여자애를 놓친 것도 그쪽이시고요."

"동생분이 하도 난리를 피워서 말이죠."

"물증 있어요?"

"물증요? 피의자가 자백했는데요? 정황도 상당하고요."

"제 동생요. 자폐장애예요. 준호랑 잤다는 여자애는 어디 있는지도 모르고 물증도 없어요. 그런데 자백만 가지고 애를 유치장에 넣어요? 보호자도 없이 받은 자백으로요?"

담당 경찰은 무덤덤한 얼굴이었다. 자영은 말을 이었다.

"준호가 혼자서 모텔을 가요? 준호가 여자애를 어떻게 만났다는 거죠? 말이 안 되잖아요. 준호는 현금 거의 없어요. 돈을 주기는 무슨 돈을 줘요? 제가 준호한테 얼마 줬냐고 물어볼까요?"

"말씀드렸는데요. 규정이 그렇고 절차가 그렇습니다. 오늘은 돌아가세요."

장걸이 말했다.

"신병인수서 주시면 제가 보증을 하겠습니다."

담당 경찰은 장걸을 올려다보았다.

"설령 준호가 현행범이라고 해도 초범이니까요. 사정도 그렇고 하니 일단 데리고 나가게 해주시죠."

담당 경찰은 건조한 투로 말했다.

"안 됩니다."

자영이 말했다.

"준호 혼자서 밤에 못 버텨요. 이거야말로 인권 침해 아닌가요?"

"저희 경찰서에는 장애인용 유치장이 따로 있습니다. 인권 침해는 걱정 마세요."

자영의 눈 밑이 실룩거렸다.

"그러면," 자영은 간신히 말을 이었다.

"제가 유치장에 들어갈게요. 준호랑 같이 있게 해주세요."

"남자와 여자는 따로 수용합니다. 그게 규정이에요."

장걸이 말했다.

"그럼 제가 들어가겠습니다."

"안 됩니다. 유치장에는 아무나 들어갑니까?"

"저, 경찰 아저씨."

그렇게 입을 뗀 자영은 다음 말로 넘어가지 못했다. 자영의 굳은 어깨를 내려다보던 장걸은 조용히 가죽점퍼를 벗었다. 장걸의 우람한 상반신을 본 담당 경찰이 눈을 깜박거렸다. 장걸은 경찰이 앉아 있는 의자를 뒤로 밀었다. 뭐 하는 겁니까? 하고 경찰이 물었으나 장걸은 대꾸하지 않았다. 그리고 책상 위에 있던 것들을 팔로 모조리 쓸어버렸다. 책꽂이와 서류철이 둔탁한 소리를 내며 바닥에 쏟아졌다. 장걸은 서랍도 하나 빼내 탈탈 털듯이 뒤집어버렸다. 클립, 자, 필통, USB 메모리칩, 스테이플러 같은 것들이 요란한 소리를 내며 떨어졌다. 경찰이 뭐 하는 거냐며 목소리를 높였지만 장걸을 말리지는 못했다.

장걸은 담담한 투로 말했다.

"이제는 유치장에 들어갈 자격이 되는 것 같은데."

담당 경찰은 질린 얼굴로 장걸과 자영을 번갈아 보았다.

자영은 장걸을 올려다보며 어이없다는 듯 웃었다. 장걸은 자영의 웃음이 가슴 뻐근하도록 좋았다. 장걸 앞에 그어두었던 자영의 경계선이 흐릿해지는 것 같았다.

그때, 장걸의 핸드폰이 울렸다. 새벽 1시가 넘은 시간이었고 모르는 번호였다. 받을까 말까 잠시 고민했지만 장걸은 전화를 받았다. 전화 속 목소리도 모르는 남자였다.

남자는 말했다.

"곽장걸 씨?"

장걸은 대답했다.

"그렇습니다만. 누구시죠?"

남자는 늘어지는 목소리로 "그건 알 거 없고" 하고 말하며 웃음을 흘렸다. 장걸은 말했다.

"전화 끊습니다."

남자가 재빨리 말했다.

"지금 전화 안 받으면 후회할 텐데? 이쪽으로 와야 할 일이 있어서 말이야."

"못 가. 유치장에 들어가야 하거든. 그만 끊지."

남자는 허탈한 웃음을 흘리며 "유치장? 뭔 소리야?"라고 말했다. 장걸은 전화를 그대로 끊어버렸다. 끊자마자 전화가 다시 왔다. 좀전의 그 번호였다. 장걸은 다시 전화를 받았다. 핸드폰에서 남자의 목소리가 흘러나왔다.

"곽중선 씨가 왜 죽었는지 궁금하지 않나?"

21. 창현

창현은 거실 커피 테이블에 핸드폰을 올려두고 소파에 앉았다. 벽에 걸어둔 디지털시계의 빨간 숫자가 12시 50분으로 넘어갔다. 경찰 쪽 지주회 형제에게 아침에는 최자영의 동생을 풀어주라고 일렀다. 장걸은 어떻게 하냐고 묻기에 그놈도 풀어주라고 했다. 다음 순서는 재건축 관련 정보를 공지하기 위해 아파트 주민들을 모아놓은 채팅방에 「최자영 회장 동생이 미성년자 성매매로 현장 체포되었다네요. 입건됐는데 장애인이라는 이유로 풀려났다던데요?」라는 메시지를 올리는 것이었다. 그 뒤로는 메시지가 알아서 돌아다니며 자기 역할을 할 터였다. 물어뜯고 포장하고 살을 붙이고 감정을 섞을 것이었다. 이 정도면 제법 괜찮게 만든 그림이었다. 최자영 패거리들의 얼굴에서 보았던 빛은 단숨에 꺼질 터였다. 최자영이 반박과 해명을 하겠으나 사람들 마음에 남은 인상은 그대로일 테니까.

여고생을 사서 모텔로 데려가는 장애인.

창현은 자기가 만든 그림을 생각하며 조용히 웃었다. 결정타까지는 아니어도 분위기를 바꾸는 데 상당히 도움이 될 것이다. 이 일을 수습하는 과정에서 최자영이 지게 될 정신적 스트레스는 덤이었다. 도덕성에 흠집을 내면 최자영 같은 부류의 사람들은 예상했던 것보다 더 많이 힘들어했다. 대가 센 여자이기는 해도 별수 없을 것이었다. 임창현이 기획한 전방위적인 압박을 버텨낸 사례는 없었다. 앞으로 더 자근자근 밟아줄 생각이었다.

창현은 중얼거렸다. 괘씸한 쌍년.

최자영 같은 것에게 빠진 장걸에게 화가 났다. 바보 천치 같은 성미는 제 어미를 쏙 빼닮았다. 장걸이 자신을 등진 이유를 몇 가지 상상해보았으나 어느 것 하나 납득 가지 않았다. 생각하면 생각할수록 부아가 치밀었다. 아까 자정쯤 장걸이 찾아와서 현관문을 두드릴 때는 녀석의 아가리에 폭약을 꽂아넣고 터트려버리고 싶었다. 그래도 힘 하나는 확실한 놈이었다. 현관문을 쾅쾅 쳐댈 때마다 집 전체가 흔들리는 것 같았다. 천장에 달아놓은 샹들리에가 짤랑거렸고 텔레비전 벤치에 올려둔 난초들이 떨렸다. 오함마 같은 것으로 내리치는 줄 알고 현관 위에 달아둔 방범 카메라를 확인했는데 맨손으로 치는 것이어서 순간 기가 질렸다.

장걸을 내버릴 수는 없었다. 어쨌든 아들이었다. 몇 년 뒤면 이룡산 타운하우스를 완공할 수 있을 터였다. 음지에 속하는 사업들을 정리해서 그야말로 번듯한 가업을 이룰 생각이었다. 자신이 생각한 그림들이 다 완성되려면 10년은 더 지나야 할 것이다. 일흔을 넘겨서도 지금처럼 머리가 돌아갈지, 건강할지 알 수 없었다. 거기서 10년이 더 지나면, 그리고 거기에서 다시 10년이 지나면.

언젠가는 죽을 것이다.

찾아오고 말 죽음을 생각하면 늘 기분이 더러웠다. 억울하고 분통 터지는 일이었다. 어렵게 모은 땅과 돈을 죽는 것으로 흩어버리고 싶지 않았다. 아들에게 물려주지 않으면 놓치게 되는 재산이었다. 거추장스럽다는 이유로 결혼하지 않았던 것이 은근히 후회됐다. 마음에 드는 자식이 아들이건 딸이건 하나만 더 있었어도 지금처럼 심란하지는 않았을 것이었다. 어쨌든 재산을 지켜야 했다. 그러려면 중선이 강정혜에게 넘겨버린 장부가 필요했다.

그동안 거래해온 금전 기록과 사업 내역도 중요했지만 정말 중요한 것은 백색 상자였다. 백색 상장에는 차명으로 구입한 것임을 증명하는 이면 계약서와 각서, 녹취록, 녹취 테이프 같은 것들이 차곡차곡 쌓여 있었다. 창현이 살아 있을 때는 감히 배신하는 지주회 형제가 없겠으나 자신이 죽고 나면 차명이라는 것을 숨기고 자기 재산인 양 행세할 수 있었다. 이면 계약서 등은 그때 필요한 증거자료였다. 벌금을 내더라도 이면 계약서와 녹음테이프를 들이밀면 자신의 뒤를 잇는 후계자가 그 재산들을 자기 명의로 돌릴 수 있었다. 이면 계약을 한 자신은 이미 죽고 없을 테니 법적 책임을 물을 수도 없을 것이었다.

검은 장부도 빨리 회수해야 했다. 아직까지 강정혜가 검은 장부를 세상에 공개하지 않은 게 다행이라면 다행이었다. 아직까지 특별한 일이 벌어지지 않은 게 의아했다.

뉴스에서 보곤 했던 무슨 무슨 게이트가 중선의 검은 장부에서 시작될 수 있었다. 상황에 따라서는 재산을 압류당할지도 몰랐다. 지주회 형제들을 경찰에 내주는 것으로 사태를 매듭짓는 것도 한계가 있을 터였다. 감당 못할 세금과 벌금, 추징금이 들어오고 창현이 감옥에 가는 일이 벌어질 수도 있었다. 정치판으로 사태가 확대되고 언론까지 타게 된다면 창현의 능력으로는 수습 자체가 불가능했다.

우청식은 말했다. 오늘 밤 강정혜의 집은 비어 있을 거라고.

직접 가야 하는 일이었다. 다른 사람을 시켰다가는 일이 깔끔하게 끝나지 않을 수 있었다.

갑자기 속이 끓어지는 것처럼 아팠다. 창현은 주방으로 걸어가 약장에서 위염약을 꺼내 털어넣고 물을 들이켰다. 금방 증상이 나아지지 않을 것 같아서 제산제를 입안에 짜 넣었다. 창현은 속을 달래며 베란다로 걸어갔다. 약 기운이 빨리 퍼질까 싶어서 제자리 뛰기를 했다. 속쓰림이 가시는 것 같았으나 불쾌한 기분은 여전했다. 중선이 죽은 뒤로 모든 게 엉망이었다.

창현은 베란다에 서서 다산아파트를 내려다보았다. 발아래 펼쳐진 다산아파트의 풍경이 정겨웠다. 시세를 올리기 위해 수년간 공들여 살뜰히 가꿨던 아파트였다. 이제 그 열매를 수확할 때가 다가올 것이었다. 재건축으로 부수기에는 아까웠지만 돈에 비할 감상은 아니었다. 30년이나 살았으니 정이 들기도 했다. 반드시 높은 가격으로 팔아치워 이룡산 타운하우스 건설과 새로운 사업의 토대를 이룰 밑거름으로 삼아야 했다.

창현은 북한강 맞은편 이룡산의 옆구리 산자락에 조성된 자신의 성을 상상했다. 그 땅의 흙 맛이 떠올라 입에 침이 고였다. 그리스 어느 곳에 있다는 바닷가 마을이 떠올랐다. 사진으로 보았던 수백 채의 집들은 온통 하얀색이었다. 대문과 지붕만 시원한 파랑이어서 감탄이 절로 나왔다. 마을의 이름은 기억나지 않았으나 사진 아래에 적혀 있던 '빛에 씻긴 마을'이라는 문구는 기억에 선명했다.

빛에 씻긴 마을이라면 당연히 하얀색이어야지.

창현은 소리내어 중얼거렸다.

"화이트 타운."

오랫동안 고심했던 이룡산 타운하우스의 이름이 명명되는 순간이었다. 화이트 타운. 화이트 타운. 창현은 입에 부드럽게 감기는 자기 성의 이름을 반복해서 읊조렸다. 지붕의 색깔은 집마다 다르게 하더라도 벽과 담장은 온통 흰색으로 칠하고 싶었다.

창현은 눈 앞에 펼쳐진 화이트 타운을 바라보았다. 이룡산 아래 흐르는 북한강에 노을이 아른거렸다. 능선 아래로 태양이 가라앉으며 찬란한 빛 자락을 화이트 타운에 드리우고 있었다. 황금빛으로 물든 눈부신 하얀 벽이 벅차도록 아름다웠다. 입술 끝과 손끝이 저렸다. 코끝이 시큰해지면서 눈물도 돌았다. 드디어 눈앞에 다가온 창현의 세계였다. 지략으로 마왕을 물 먹이고 마침내 거머쥔 창현의 성이었다.

창현은 가만히 미소 지으며 입술을 달싹였다.

"화이트 타운."

운명처럼 찾아온 이름이었다.

22. 창현

창현은 자신의 벤츠를 타고 다산아파트를 빠져나와 김 실장
과 약속한 곳에 차를 댔다. 어둑한 골목길에서 김 실장의 윤곽
이 드러났다. 창현은 차에서 내려 뒷좌석에 앉았다. 운전석으
로 들어온 김 실장이 운전대를 잡았다.

창현이 물었다.

"차가 고장 났다고?"

김 실장은 송구스럽다는 듯 고개를 숙였다. 창현이 말했다.

"그럼 그냥 바꿔. 김 실장한테 내가 뭘 못해주겠어."

김 실장은 짧게 고개를 숙여 대답을 대신하고는 서울 남쪽
으로 차를 몰았다. 강을 건넜고 도심을 지났다. 새벽의 거리는
음습했다.

차를 타고 가는 내내 김 실장은 말이 없었다. 말없이 일에 집

중하는 모습이 마음에 들었다. 장걸이 자신의 후계자 되기를
거부한다면 김 실장은 어떨까 생각했다. 김 실장이 자기 뒤를
잇는다면 화이트 타운과 지주회는 어떤 모습이 될까 그려보았
다. 김 실장은 머리도 좋고 힘도 제법이었다. 지주회 형제들 중
드물게 대학물을 먹은 사람이기도 했다. 성실하고 꼼꼼한데다
도박이나 여자, 술, 어느 것에도 빠져들지 않았다. 자기 멋대로
귀하게 모은 땅과 돈을 허비해버릴 것 같지는 않았다.

창현은 창밖 풍경을 바라보며 눈가를 찌푸렸다. 김 실장이
마음에 든다 해도 안 될 일이었다. 화이트 타운의 후계자는 양
지의 사람이어야 했다. 김 실장의 눈을 보면 악어의 눈이 떠올
랐다. 배가 고픈지 고프지 않은지, 화가 났는지 안 났는지 가
늠할 수 없는 무감정의 눈. 무수한 이빨 때문에 자기도 모르게
무섬증에 떨게 만드는 얼굴이었다. 시킨 일을 잘했다고 김 실
장을 후계자로 세울 수는 없었다. 김 실장은 화이트 타운으로
이주가 시작될 즈음 한 몫 쥐여주고 인연을 끊어야 했다. 장걸
은 달랐다. 음울하면서도 자상한 구석이 있었다. 태어나면서
부터 눈빛이 순한 녀석이었다. 당장은 손에 들어오지 않더라
도 언젠가는 자기 아래에 두고 싶었다. 무엇보다 장걸은 자신
과 피로 이어진 유일한 사람이었다. 피가 끌린다는 것이 이런
감정이었나, 생각하며 창현은 쓴웃음을 지었다.

창현의 벤츠는 고속도로에서 빠져나와 서울과 성남의 경계

로 들어섰다. 아파트 단지를 하나 지난 뒤 산속 도로를 탔다. 드문드문 산골 마을이 나타났다. 강정혜의 집은 마을에서 동떨어진 곳에 자리 잡은 단독주택으로, 근처에는 고가도로의 거대한 교각뿐이었다.

김 실장은 길가에 차를 대고 도로에 내렸다. 창현도 따라 내렸다. 주변은 온통 산이었다. 하늘의 어둠보다 산의 윤곽이 더 검었다. 서울 도심에서 멀지 않은 곳인데도 하늘에 보이는 별의 개수가 달랐다. 김 실장은 창현이 가져오라고 한 빈 가방 네 개를 양손에 들고 배낭을 멨다.

김 실장이 말했다.

"이쪽입니다."

창현은 고개를 끄덕였다. 진입하는 길 양옆은 눈 쌓인 밭이었다. 김 실장의 입에서 허연 입김이 나왔다. 창현은 장갑을 끼고 패딩 점퍼의 지퍼를 끝까지 올렸다.

창현은 걸으면서 계획을 점검했다. 강정혜의 집에 아무도 없는지 확인한다. 문 여는 것은 김 실장이 알아서 할 것이다. 집 안을 뒤져 검은 장부와 백색 상자와 회계장부들을 찾는다. 집에 강도가 침입한 흔적을 남긴다. 창문을 깨고 옷장과 책장을 엎어버린다. 주방의 그릇들을 깨버린다. 불을 지르면 효과가 확실할 텐데 우청식의 주문에는 그런 게 없었다. 남의 일에 넘치는 공을 들일 필요는 없었다. 창현은 김 실장과 강정혜의 집으로 접근했다.

적색 벽돌로 담장을 두른 집이었다. 달빛에 비친 대문은 검은색으로 보였다. 집은 고요했다. 불빛도 없었다. 단독주택이어서 개라도 있을까 싶었으나 그것도 없었다.

창현이 말했다.

"안전한가?"

김 실장이 대답했다.

"낮에 답사했습니다. 방범 카메라 같은 건 없습니다. 보안 설비도 없고요."

"딸이 없는 것도 확실하지?"

"며칠 전에 할머니 집으로 갔습니다. 화재 사건 때문인 듯합니다."

그럴 법했다. 보좌관의 집에 화재가 나고 노모와 딸이 죽었으니 겁을 먹었겠지. 창현은 집 근처를 한 바퀴 돌았다. 작은 텃밭과 주방으로 연결된 LPG 가스통, 실외 창고가 보였다. 쓰레기를 텃밭에서 태우곤 했는지 창고 옆 텃밭에는 검은 자국과 타다 만 잔해들이 널려 있었다. 사람도 카메라도 동작감지 센서 같은 것들도 없었다. 김 실장의 말대로 걱정할 일은 없어 보였다.

김 실장이 말했다.

"담을 넘겠습니다."

창현은 김 실장을 향해 웃었다. 그러지 않아도 될 것 같은데? 하고 말하며 철문 앞에 섰다. 사는 집을 보면 사람을 알 수 있었다. 강정혜는 권력욕에 눈이 멀어 겁을 상실한 사람이었다. 창현은 철문을 손으로 슬쩍 밀었다. 역시 대문은 잠겨 있지 않았다.

"가자고. 현관문이나 따."

김 실장이 현관문 앞에 쪼그리고 앉아 잠금장치를 열었다. 창현은 김 실장에게 실외 창고와 집 주변을 다시 한번 살펴보라고 일렀다. 망을 보고 있다가 자신이 부르면 집으로 들어오라고 했다.

창현은 손전등을 켜고 조심스럽게 문을 열었다. 난방을 해두었는지 따뜻한 기운이 얼굴에 닿았다. 창현은 현관 앞에 아무렇게나 나뒹구는 신발들을 손전등으로 비춰보았다. 정리 정돈과는 거리가 먼 여자인 것 같았다. 닫힌 커튼 사이로 괴괴한 달빛이 들어왔다. 거실에는 3인용 소파와 텔레비전, 오래되어 보이는 책장 같은 것들이 놓여 있었다. 지난밤에 라면을 끓여 먹었는지 소파 앞 커피 테이블에는 라면 가닥이 늘어진 냄비가 놓여 있었다. 집 안은 냉장고 소음이 전부였다. 사람이 있는 기색은 없었다. 창현은 주방을 훑어보고 안방까지 확인했다. 서재와 다목적실까지 열어보고 사람이 없다는 것을 확인한 창현은 본격적으로 집 안을 뒤지기 시작했다.

서재 책장에 꽂힌 책들을 바닥에 쏟아버리고 책상 밑과 책꽂이 뒤도 확인했다. 강도가 침입한 흔적을 남기는 일이었으니 조심할 필요가 없었다. 주방 싱크대와 찬장을 뒤졌고 거실의 서랍과 화분 뒤도 들여다보았다. 창고처럼 쓰이는 작은방도 다 살펴보았다.

장부는 보이지 않았다.

창현은 집 안의 불을 다 켜버렸다. 관자놀이 아래로 흐르는 땀을 닦았다. 장부들은 눈에 띄지 않게 감춰둘 수 있는 부피가 아니었다. 땅에 묻어둔 게 아니라면 이쯤에서는 찾았어야 했다. 창현은 냉장고와 김치냉장고까지 열어보았다. 바닥에 숨겨둔 비밀 창고 같은 게 있을까 싶어서 카펫과 주방 장판까지 들춰보았다. 거실의 서랍장을 빼서 탈탈 털었다. 창현은 안방 문을 열고 불을 켰다. 화장대 서랍을 뒤지고 침대 밑에 손전등을 비춰보았다. 침대 밑에 뭔가 반짝이는 게 보였다.

금테 안경이었다. 장부 같은 건 보이지도 않았다. 창현의 시선은 옷장에 멈추었다. 딸과 둘이 사는 사람에게는 어울리지 않는 큰 옷장이었다. 문에 양각한 포도 문양이 반질거렸다. 빛바랜 자개 문양 때문에 옷장은 더 낡아 보였다. 창현은 호흡을 고르며 옷장 앞에 섰다.

찾아볼 만한 곳은 다 찾아보았다. 이제 이 옷장이 아니라면 강정혜의 집에 장부는 없다고 판단해야 했다. 창현은 땀을 닦고 숨을 크게 들이쉬었다.

창현은 포도나무를 아로새긴 옷장 문을 하나 열었다. 서랍까지 뒤졌으나 옷뿐이었다. 창현은 두 번째 옷장도 열었다. 잡다한 옷과 가방 따위만 잔뜩이었다. 남은 것은 옷장 두 통뿐이었다. 이제는 지쳐가는 기분이었다. 머리 한쪽이 찌그러지는 것처럼 아팠다. 창현은 폭이 좁은 세 번째 옷장 손잡이를 잡고 양쪽으로 열어젖혔다.

옷장 안에 이상한 것이 있었다.

창현은 본 것을 얼른 알아보지 못했다. 시큼하고 꿉꿉한 냄새가 났다. 창현은 고개를 기울여 옷장 안을 들여다보았다. 몸을 적신 땀이 빠르게 식었고 온몸이 바늘로 찌르는 것처럼 따끔거렸다. 윙윙거리는 소리, 왕왕거리는 소리, 씨잉 하는 이명이 한꺼번에 울렸다. 창현은 헉, 하고 달라붙는 소리를 내뱉고 말았다. 그것은 여자였다.

옷장 안에는 거꾸로 처박힌 여자의 몸이 들어 있었다. 살아있는 사람이라면 도저히 취할 수 없는 자세였다. 세운 무릎 사이에 목이 박혀 있었고 끌어모은 채 굳어버린 팔이 얼굴을 가리고 있었다. 창현은 거칠어지는 호흡을 가까스로 눌렀다. 여자는 죽은 것 같았다. 누구인지 알아보려고 다가서는 순간, 옷장에 박혀 있던 시신이 방바닥으로 떨어졌다.

"으악!"

창현은 비명을 지르며 뒤로 물러서다가 침대 모서리에 걸려 뒤로 자빠졌다. 시체로부터 짐승의 신음 같은 소리가 들리더니 어깨와 허벅지가 서서히 움직였다. 접혀있던 몸이 천천히 펴지면서 마침내 반듯하게 누운 자세가 되었다. 창현은 여자를 알아보았다.

이 집의 주인. 강정혜였다.

강정혜는 검게 변색된 얼굴로 밭은기침을 했다. 뒤에서 인기척이 나기에 돌아보니 김 실장이 서 있었다.

"김 실장, 여기 좀 봐봐. 이거 뭐야?"

김 실장은 대꾸하지 않았다. 마음에 들지 않는다는 얼굴로 강정혜를 내려다볼 뿐이었다. 김 실장은 고갯짓으로 창현에게 자리를 비켜달라고 했다. 창현은 엉겁결에 김 실장이 시키는 대로 했다. 김 실장은 강정혜의 머리맡에 쪼그리고 앉아 "실수네 실수" 하고 웅얼거렸다. 김 실장은 끙, 소리를 내며 일어서더니 창현을 흘끗 돌아보고는 가소롭다는 듯 코웃음을 쳤다. 그리고 침대에 놓인 베개로 강정혜의 얼굴을 꾹 눌렀다.

잠잠하던 강정혜가 꿈틀거리기 시작했다. 팔다리가 방바닥에 연달아 부딪히면서 찰박찰박 소리를 내다가 서서히 움직임을 멈추었다. 김 실장은 베개를 침대 위에 던져놓고 강정혜의 머리맡에 무릎을 꿇고 앉았다. 강정혜는 허옇게 치뜬 눈으로 허공 어딘가를 쳐다보고 있었다. 김 실장은 손끝으로 강정혜의 경동맥을 더듬었다. 벌어진 강정혜의 입에 귀를 대고 창현을 올려다보았다. 잠시 뒤 김 실장은 만족스러운 얼굴로 일어서서 핸드폰을 꺼내 들었다.

어딘가로 전화를 건 김 실장은 상대와 짧은 대화를 주고받았다. 네. 아닙니다. 어떻게 할까요? 하고 말했다. 순서에 따라 일을 처리하는 것처럼 차분하고 진지한 태도였다. 창현은 무언가 잘못됐다는 것을 깨달았다. 대화가 끝을 맺었는지 김 실장이 "네. 알겠습니다" 하고 말했다. 명료하고 건조한 목소리였다. 창현이 지시를 내릴 때 들곤 했던 김 실장의 목소리였다. 김 실장이 핸드폰을 배낭에 넣으며 말했다.

"모시고 오랍니다."

"누구를?"

"임 대표님을요."

"누가? 대체 누가?"

김 실장의 무덤덤한 얼굴에 조소하는 빛이 스쳤다.

"사장님께서요."

사장? 누구? 그렇게 되물었으나 이미 알고 있었다. 무대를 꾸민 자는 우청식이었다. 방금 김 실장이 통화한 사람도 우청식일 것 같았다. 강정혜가 왜 죽었는지, 강정혜가 죽은 현장에 자신이 왜 와 있는 것인지도 알 수 없었다. 함정이라는 직감은 분명했다.

김 실장은 등에 멘 배낭에서 무언가를 꺼냈다. 창현은 김 실장이 손에 든 물건을 보고 눈을 크게 떴다. 아무리 생각해도 느닷없는 물건이었다. 김 실장이 천천히 두 손으로 배낭 안에서 꺼낸 건 붉은 포장지로 감싼 원통형 막대였다.

창현이 떨리는 목소리로 물었다.

"김 실장, 그건 왜?"

김 실장이 든 것은 흰 도화선을 심은 폭약이었다. 김 실장은 곧 시작될 쇼를 기다리는 아이처럼 혀로 볼을 불룩하게 만들고는 만족스러운 한숨을 내쉬었다. 김 실장은 침대 위에 나무 젓가락 굵기의 도화선이 박힌 폭약을 하나하나 늘어놓았다. 모두 여덟 개였는데 폭파 시간을 계산했는지 도화선의 길이가 저마다 달랐다. 김 실장은 강정혜의 옷섶 안쪽에 폭약을 밀어 넣고 허리춤과 등 아래에도 폭약을 꽂았다. 도화선을 한 줌으로 모은 뒤 배낭을 멨다. 나머지 다섯 개 폭약의 도화선까지 한 손에 모아쥐고 지퍼 라이터를 꺼냈다.

"불붙이면, 아시죠?"

"미쳤나? 뭐 하는 거야!"

김 실장은 라이터를 치켜들고 카운트다운을 했다.

"셋."

창현은 김 실장에게 달려들었다. 손에 쥔 라이터를 빼앗으려 했으나 소용없었다. 김 실장은 왼발을 뒤로 슬쩍 빼면서 라이터를 쥔 주먹으로 끊어치듯 주먹을 날렸다. 타점은 창현의 코였다. 창현의 머리가 뒤로 넘어갔고 등에 닿은 안방 문이 퉁, 하고 가벼운 소리를 냈다. 방바닥에 후드득 코피가 쏟아졌다.

창현이 헐떡이며 말했다.

"자네, 왜 이러나. 뭐가 불만이야? 이유라도 알려줘. 대체 이게 무슨 일이야?"

"둘."

김 실장이 라이터돌을 돌렸다. 찰칵 소리와 함께 불꽃이 튀었고 작고 귀여운 불이 핥을 것을 찾는 것처럼 너울거렸다. 김 실장이 한쪽 입꼬리를 올리며 말했다.

"하나."

창현은 앞뒤 가리지 않고 문밖으로 달아났다. 장부를 찾느라 엉망이 된 거실을 지나 현관 밖으로 튀었다. 현관 계단을 내려오면서 발이 꼬여 바닥을 뒹굴었다. 얼굴부터 바닥에 찍었으나 창현은 스프링 팅기듯 일어서 대문 밖으로 내달렸다. 달려야 했다. 폭약보다 무서운 것은 김 실장이었다. 폭발이야 피하면 그만이었으나 김 실장과 김 실장 뒤에 있을 우청식, 우청식을 수족으로 부리는 그분들이 자신을 가만두지 않을 것이다. 이유는 몰라도 위협감만큼은 선명했다.

창현은 논 사이에 난 콘크리트 포장 도로를 달렸다. 100미터쯤 앞에 가로등이 띄엄띄엄 박힌 2차선 도로가 있었고 거기에서 다시 50미터쯤 가면 창현의 차가 있었다. 창현은 달리면서 스마트키를 꺼내 자동차 잠금장치를 해제했다. 차에만 타면 김 실장은 따돌릴 수 있을 터였다. 숨이 할딱거렸고 입에서 피 냄새가 돌았다. 뛰면서 돌아보니 김 실장이 뒤따라 질주해오고 있었다.

김 실장은 90도로 꺾은 양팔을 힘차게 앞뒤로 내저으며 추격해왔다. 달려오는 기세가 무시무시했다. 밭 사이에 난 길을 벗어나지도 못했는데 뒤에서 김 실장의 달리는 소리가 들려왔다. 창현은 다시 뒤를 돌아보았다. 김 실장은 달리면서 한쪽 팔을 쭉 뻗어 삼단봉을 길게 뺐다. 창현은 자기도 모르게 비명을 질렀다.

"으악! 으아악!"

그때, 연이어 육중한 폭발음이 울렸다. 강정혜의 집 창문으로 화염이 터져나왔다. 폭발한 가스통이 위로 솟구치면서 사위가 훤해졌다. 창현은 뜀박질에 다시 힘을 실었다. 조금만 더 가면, 김 실장이 발을 헛디뎌 넘어지기라도 한다면, 밭에서 괴물이라도 튀어나와 김 실장을 낚아채 가기라도 한다면, 지진이라도 나서 갈라진 땅이 김 실장을 삼켜버리기라도 한다면, 창현은 도망칠 수 있었다. 몸에 폭약을 세 개나 꽂고 있던 강정혜는 어찌 되었을까, 생각하는 순간, 머리에 강한 충격이 들이닥쳤고 정신이 꺼져버렸다. 아픔을 느낄 새도 없었다.

23. 창현

송곳으로 후벼파는 것처럼 머리가 아팠다. 그다음으로 느낀 것은 추위였다. 눈을 떴으나 시력이 돌아오는 데는 시간이 걸렸다. 눈앞에 어른거리는 사람의 형체를 창현은 한참 동안 노려보았다. 무언가 부서지고 터지는 소리, 베이는 소리와 갈라지는 소리, 기합 소리와 비명 소리가 들렸다. 의자에 앉은 남자가 손에 무언가를 들고 만지작거리고 있었다. 사람의 형체는 김 실장이었다.

검은 점퍼 차림의 김 실장은 양 엄지를 핸드폰 화면에 바삐 두드리며 게임을 하고 있었다. 사방에서 쏟아져들어오는 형광등 빛에 창현은 눈이 아팠다. 직사각형 공간에는 김 실장과 창현뿐이었다. 실내 공장 용도로 지은 조립식 건물 같았는데 모든 벽이 하얀색이었다. 수십 개의 형광등이 줄지어 달려 있었고 창문은 암적색 천으로 막혀 있었다. 지금이 언제인지, 여기가 어디인지 알 수가 없었다. 들리는 소리라고는 김 실장의 핸드폰 게임 소리뿐이었다. 몸을 움직여보려 했으나 움찔거리는게 전부였다. 의자 팔걸이에 얹힌 손목은 노란 공업용 테이프로 두껍게 휘감겨 있었다. 창현은 자신이 아무것도 입고 있지 않은 채 의자에 묶여 있다는 것을 알아차렸다.

김 실장이 창현을 흘끗 쳐다보았다. 창현은 자기도 모르게 눈길을 피했다. 김 실장은 미간을 찌푸리고는 "죽었잖아. 씨발" 하고 중얼거렸다. 게임이 원하는 대로 풀리지 않은 것이 창현 탓이라는 투였다.

창현이 물었다.

"김 실장."

목이 바싹 말라서 쉰 소리만 새어나왔다.

"여기가 어딘가?"

김 실장은 손톱으로 귀 뒤를 긁으며 따분하다는 표정을 지었다.

"자네, 나한테 왜 이러나? 돈이 부족했나? 서운한 게 있었어?"

김 실장은 의자에서 일어나 창현의 주위를 한 바퀴 돌았다. 혹시 문제 될 게 있는지 빈틈없이 살피는 것 같았다.

창현을 살핀 김 실장이 말했다.

"기다려."

김 실장은 창현을 두고 문 쪽으로 걸어갔다.

"김 실장! 이보게 김 실장!"

김 실장은 문을 열고 밖으로 나갔다. 열린 문틈으로 햇빛이 새어 들어오다가 끊어졌다.

몸이 괴로워서 견딜 수가 없었다. 몸이 접힌 곳까지 한기가 스며들었고 벌거벗은 몸이 덜덜 떨렸다. 추위도 추위였지만 무엇보다 목이 말랐다. 창현은 밭은기침을 하며 흐느꼈다. 이 대로 죽는가 싶어 두려웠다. 그때 문이 열리고 함께 구둣발 소리가 들렸다.

우청식이 보였다. 베이지색 트렌치코트 차림에 검정 장갑을 낀 모습이었다. 검은 배낭을 멘 우청식과 김 실장이 낮은 소리로 이야기를 나누며 창현을 향해 다가오고 있었다. 무슨 대화를 나누는지 알고 싶었으나 들린 소리는 "수고 많으셨네요" 하는 우청식의 인사말뿐이었다. 뒷짐을 지고 서 있는 우청식과 김 실장의 가지런한 태도가 무서웠다.

창현에게 다가온 우청식은 얼굴 한쪽을 가볍게 찡그렸다. 우청식의 반응을 알아차린 김 실장이 자신의 점퍼를 벗어 창현의 사타구니 위를 덮었다. 김 실장의 체온이 스민 점퍼가 고마웠다. 창현은 아래턱을 떨면서 겨우 입을 뗐다.

"저한테 왜 이러시는 겁니까."

우청식은 트렌치코트 주머니에 손을 꽂고 고개를 옆으로 뉘었다.

"잠깐이긴 했지만 임 대표님이랑 잘해볼까 생각도 했어요. 그냥 쓰다가 버릴 사람은 아니다 싶었죠.

우청식은 창현의 얼굴을 찬찬히 살피다가 혀를 찼다.

"욕심을 정도껏 부리셨어야지. 규칙을 어길 필요는 없잖아요?"

규칙이라니. 대체 무슨 규칙. 무슨 소리인지 알 수가 없었다. 우청식은 창현 앞에 놓인 의자에 앉았다. 창현이 입을 열었다.

"제 땅과 제 돈이 탐나셨습니까? 그것 때문에 저한테 이러시는 겁니까?"

우청식은 눈을 껌벅거리며 창현을 쳐다보다가 별안간 웃음을 터트렸다. 옆에 서 있던 김 실장도 조용히 웃었다. 우청식은 낄낄거리다가 쿡쿡거렸고 웃음이 잦아들 즈음에는 손으로 눈가를 찍었다.

"아뇨. 아뇨. 무슨 말씀을. 빼앗긴 제가 뭘 빼앗아요. 뭐가 있어야 빼앗기라도 하지."

우청식은 개운한 얼굴로 말을 이었다.

"임 대표님한테는 제가 탐낼 뭔가가 없어요. 임 대표님의 재산은 다산아파트 한 채, 지주건설, 시시껄렁한 땅 얼마, 건물 한두 개가 전부죠. 설사 그런 걸 빼앗는다고 해서 저한테 눈을 부라릴 일은 아니라고 보는데요."

속에서 화가 치밀어올랐다. 모독당한 기분이었다. 중선에게서 보고받은 창현의 재산은 600억 원이 넘었다. 10여 개의 사업체와 서른 채가 넘는 다산아파트, 임대 상가와 묻어놓은 의정부와 동탄의 아파트들이 모두 창현의 소유나 다름없었다. 평생을 걸쳐 일군 창현의 땅이었다. 문득 우청식이 자신을 모른다는 데 생각이 미쳤다. 우청식은 내가 흥신소나 운영하는 퇴물 조폭인 줄 아는 거다. 나의 가치를 우청식이 알게 된다면 당장의 위기를 넘길 수 있을 것이다. 창현은 생각했다.

창현은 목청을 가다듬고 입을 열었다.

"저를 그분들께 데려다주십시오. 직접 뵙고 말씀을 드리고 싶습니다."

우청식이 물었다.

"왜요? 무슨 말씀을 하시려고."

창현은 힘을 짜내어 당찬 목소리로 말했다.

"충성을 바치겠습니다. 저의 미약한 힘들이나마 모두 그분들께 바치겠습니다."

우청식은 의자 위에 책상다리를 하고 앉았다. 양 무릎에 팔꿈치를 대고 턱을 깍지 낀 손 위에 얹었다. 오호, 이것 봐라, 하는 얼굴이었다.

창현은 힘을 내어 말을 이었다.

"개가 되겠습니다. 물라면 물고 짖으라면 짖겠습니다. 부디 그분들에게 한 말씀만 전해주십시오. 저는 아주 쓸모 있는 자입니다. 언제든 거리낌 없이 쓰실 수 있는 망치와 톱이 되겠습니다. 사장님이 생각하시는 것보다 가진 것도 많습니다. 장부만 찾으면 저의 재산과 저의 사람들을 모두 바치겠습니다."

우청식은 왼손으로 얼굴 반쪽을 가리고는 "이거 정말 미치겠네" 하고 중얼거렸다. 우청식은 책상다리를 풀고 의자에 꼿꼿이 앉아 팔짱을 꼈다.

"이면 계약서랑 녹음테이프 같은 거 말하는 거죠? 하얀 상자에 담겨 있던 거. 그리고 30년 넘게 손으로 적은 회계장부 수십 권. 그리고 검은 장부 두 권. 아아, 이거 정말 난감하군요."

창현은 우청식을 올려다보았다. 직접 본 사람들이나 할 법한 말이었다.

"그것들 나한테 있어요. 곽중선 씨가 죽던 날 밤에 가져왔죠. 검은 장부 한 권은 따로 받았지만."

무언가가 정지되는 것 같았다. 설명이 필요한 말이었다. 강정혜의 집에 장부가 있다고 했던 말은 거짓말이었던 거였다. 일부러 자신에게 거짓 정보를 흘린 이유가 짐작도 가지 않았다.

"대단한 장부이긴 했어요. 30년도 넘는 기록이었으니까요. 우리 쪽 회계사들도 검토하면서 아주 감탄에 감탄을 연발하더군요. 예술의 반열에 도달한 장부라나? 그런 소리를 하기도 했어요. 그런 장부에 수기로 적힌 건 재판에서도 증거능력을 가질 수 있다고 하더군요. 그런데 말이죠. 그 장부요. 임 대표님에게는 엉터리예요. 아무것도 증명할 수 없는 엉터리."

우청식의 말이 물 흐르듯 이어졌다.

"물론 다 엉터리라는 말은 아녜요. 아까도 말했듯이 대단한 거였다니까요? 임 대표님이 자기 재산이라고 생각할 만한 것들의 기록만 조금씩 틀려요. 주소와 거래 금액, 거래 날짜 같은 것들도 달라요. 임대한 사람의 이름이나 판매한 사람들의 이름이 맞지가 않죠. 예를 들면 이런 거예요. '임창현에게 양도했다'라고 적혀 있어야 할 곳에 '임창혁에게 양도했다.' 이렇게 적혀 있더라고요. 한두 개가 아니에요. 이면 계약서에 찍힌 도장이랑 이면 계약서 당사자 이름도 달라요. 이면 계약서 자체가 그냥 낙서인 거죠. 30년 기록 전부가 죄다 이런 식이라 손쓸 방법이 없다더군요. 아무튼, 장부로 임 대표님이 증명할 수 있는 것은 아무것도 없어요."

창현은 벌어진 사태가 얼른 이해되지 않았다. 우청식이 자신을 속여야 할 이유가 있는지 생각해보았으나 잡히는 것은 없었다. 장부가 의미 없다면 차명으로 지주회 형제들에게 나뉘준 땅과 집과 사업체들은 오롯이 그들의 것이었다.

중선의 수작이었다.

무언가가 허공으로 날아가버린 것 같았다. 격렬한 허탈함이 영혼을 빨아들이는 기분이었다. 중선의 얼굴이 떠올랐는데 이 상하게도 배신감은 들지 않았다. 오래된 기습을 알아차리지도 못했다는 생각이 들 뿐 감정은 오히려 차갑게 식었다. 창현은 띄엄띄엄 이어지는 생각들을 붙잡았다. 수습할 방책을 생각했다. 지주회 형제들은 모르는 상황일 테니 이면 계약서를 다시 작성하면 괜찮지 않을까 생각했다. 땅들과 사업체들을 지금이라도 자기 이름으로 돌리면 될 것 같았다. 중선이 지주회 형제들과 친분이 있는 것도 아니었으니 말만 적당히 꾸며대면 상당한 손실을 감수하는 것으로 사태를 수습할 수 있을 것 같았다. 그렇게 생각하자 기운이 났다. 일단 여기만 나가면. 여기에서 살아나갈 수만 있다면.

"신경질 날 정도로 정확한 것도 많더군요."

우청식은 샐쭉한 눈으로 창현을 내려다보았다.

"예를 들면 저와 임 대표님이 그동안 거래했던 내역들과 작업 내용들 같은 거요. 그런 걸 다 일일이 기록하셨더라고요? 번거롭게 말이죠. 약속을 깬 거잖아요. 내가 좋아하지도 않는 사우나에서 임 대표님을 만난 게 다 뭣 때문이라고 생각해요? 지저분한 흔적이나 흔적이 남을 여지를 차단하기 위한 거였잖아요."

우청식은 차가운 투로 말을 이었다.

"곽중선 씨가 강정혜 의원에게 부탁을 했더군요. 다산아파트 앞에 특수학교가 지어지게 도와달라고요. 강정혜 처음 반응은 떨떠름했어요. 그런 부탁 정말 많이 받거든요. 그러자 곽중선이⋯⋯"

우청식은 창현을 노려보았다. 우청식의 의도를 알아차린 김 실장이 창현의 뺨을 후려쳤다. 정신이 잠시 꺼졌다 들어올 만큼 강한 충격이었다.

우청식이 말했다.

"임 대표님은 자기 사람 관리를 그렇게밖에 못해요? 곽중선이 내 이름을 불었어요. 내 이름을! 곽중선은 장부 사진 두 장을 강정혜에게 주었어요. 강정혜를 그런 식으로 끌어들인 거죠. 검은 장부에 내 이름만 있는 게 아니던데요? 자칫했다가는 그분들까지도 번거로워질 수 있는 증거였어요. 임 대표님, 이런 불편한 상황으로 그분들을 몰아넣고도 무사하기를 바라나요? 너무 염치없는 거 아녜요?"

창현은 정신을 차렸다. 여기에서 우물거리면 정말 죽을 것 같았다. 창현은 눈에 기운을 모았다. 우청식의 말을 끊어야 했다. 이대로 내버려두면 "그만 죽어줘야겠어요" 하는 말로 치달을 것 같았다. 이렇게 죽을 수는 없었다. 여기에서만 살아나갈 수 있다면 다시 일어설 수 있었다.

창현은 또렷한 목소리로 말했다.

"그래서 저를 여기까지 끌고 온 겁니까? 강정혜를 죽인 것도 그것 때문입니까? 저한테 덮어씌우시려는 겁니까? 그건 그다지 효율적이고 합리적인 선택이 아닙니다. 폭약을 써서 시체를 없애자는 제안을 누가 했는지 모르겠습니다만 너무 지나칩니다. 조용히 넘어갈 수 있는 일이 아닙니다. 이 문제는 저같은 사람들이 잘 압니다. 저에게는 사람들이 있습니다. 제 말한마디로 죽은 시늉도 할 만큼 충성스러운 사람들입니다. 혹시 경찰이 사장님을 캐기 시작한다면 대타를 내보내서 아무문제 없이 일을 마무리하겠습니다."

우청식은 웃으면서 김 실장을 돌아보았다. 김 실장은 수줍게 웃으며 고개를 슬쩍 숙였다. 우청식이 말했다.

"뭔가 완성되는 기분이에요. 그런 기분 알죠? 복잡한 상황들이 하나로 정리가 되면서 마침표가 딱 찍히는 느낌. 이렇게 개운한 느낌을 주다니 임 대표님은 제게 특별한 선물을 주셨어요. 경찰이 왜 저를 찾겠어요? 찾을 사람은 따로 있죠."

우청식이 창현의 코를 살짝 건드리며 장난스레 말을 이었다.

"바로 우리 임 대표님."

창현이 힘을 내어 말했다.

"저요? 저를요? 강정혜를 죽인 자를 찾는데 왜 저를 찾습니까? 경찰이 저를 찾을 이유가 없습니다. 제가 왜 강정혜를 죽이겠습니까? 저와 강정혜 의원은 아무 관계가 없습니다."

우청식이 클클거리며 말을 이었다.

"경찰은 당연히 임 대표님을 찾지요."

무슨 소리냐고 되물으려다 창현은 입만 벌렸다.

"강정혜 의원과 임 대표님이 왜 아무 관계가 없습니까. 강정혜가 준비했던 토지 관련 법안들 하나하나가 다 임 대표님을 겨냥한 거나 마찬가지잖아요. 그래서 임 대표님이 강정혜 의원 쪽 사람들에게 협박을 하신 거 아닙니까. 폭파해버리겠다. 폭약도 나는 충분하다, 이러면서요. 그것도 수차례에 걸쳐서.

컴퓨터로 직접 쓰신 협박문이 예술이더군요. 정말 제정신 아닌 사람 같았어요. 불을 질러서 사람을 죽이기까지 하셨으니 너무 잔인하신 거 아닙니까? 보좌관네 노모와 여자애는 대체 무슨 죄랍니까? 경찰은 어제부터 임 대표님을 수사선상에 올렸어요. 증거야 차고 넘치죠. 증인들도 있을걸요? 그렇지? 김 실장?"

김 실장이 고개를 끄덕였다. 창현은 아무 말도 할 수가 없었다. 그리고 말이죠. 하고 말하며 우청식은 자신만만한 표정을 지었다.

"그분들은 강정혜가 테러로 죽었다는 걸 사람들이 추측하길 원해요. 강정혜 같은 사람들은 더더욱 그런 의심을 했으면 좋겠어요. 의심하다 보면 무서워질 테니까요. 임창현이 정말로 강정혜를 죽였을까? 정말? 진짜? 혹시 배후세력이 있는 건 아닐까? 그런 의심이 토지 개혁 어쩌고 하는 사람들에게 심겼으면 하신단 말이죠. 음모론 같은 게 돌았으면 하시는 거죠. 이미 다 끝난 얘기예요. 하나만 빼고요."

우청식은 완성된 요리법을 알려주는 사람처럼 친절했다. 창현의 턱이 자기 의지와 무관히 떨렸다. 우청식은 쪼그려 앉아 창현과 눈높이를 맞추었다. 우청식의 스킨 냄새가 창현의 코에 감겼다.

우청식이 물었다.

"사본이 있나요? 복사하거나 사진으로 찍어서 파일로 만들어둔 거 같은."

창현은 다급히 말했다.

"모릅니다. 하지만 찾아보겠습니다. 중선이네 아파트를 저는 아주 잘 알거든요."

우청식은 피식 웃었다.

"거긴 우리가 다 찾아봤죠. 문제는 디지털화한 자료예요."

창현은 김 실장을 올려다보았다. 창현이 신뢰했던 무감정의 얼굴은 이 상황에서도 여전했다. 아무런 도움도 기대할 수 없는 얼굴이었다. 김 실장이 언제부터 우청식의 사람이 되었을까 궁금했지만 이 마당에 와서 그런 게 뭐가 중요한가 싶었다.

우청식이 엄지와 검지로 딱딱 소리를 내며 다시 물었다.

"임 대표님? 사본 있느냐고요. 안 들려요?"

"최자영이에게 있습니다."

우청식은 고개를 비스듬히 꼬았다.

"최자영이요? 입주자대표회장 최자영?"

당장 살려면 못할 거짓말이 없었다.

"네. 곽중선이 죽기 전에 그런 얘기를 했습니다. 죽기 보름 전쯤에 제가 그 집엘 갔거든요. 중선이가 그랬습니다. 장부를 찍어서 따로 보관했다고요. 그걸 최자영에게 주었다고 했습니다."

"그으래요? 디지털화된 자료가 있다?"

우청식은 파도를 타는 것처럼 목소리를 가라앉혔다가 올렸다. 그리고 김 실장에게 말했다.

"밖에 와 있죠? 확인 한번 해볼까요?"

김 실장은 뒤로 돌아서서 전화를 했다. 잠시 뒤 창고의 문이 열렸고 누군가 천천히 걸어 들어왔다. 청바지에 흰색 롱패딩 차림이었다. 창현은 걸어 들어오는 사람을 향해 시선을 모았다. 지친 눈이 초점을 맞추지 못해서 가까이 올 때까지 누구인지 분간할 수 없었다.

우청식은 손을 들어 상대를 맞이했다.

"아, 어서 와요. 추운데 밖에서 기다리느라 고생이 많았어요. 아직 몇 가지 절차가 남아서."

우청식은 들어온 사람의 어깨에 팔을 두르고 가볍게 흔들었다. 그리고 창현을 내려다보며 말했다.

"굿 애프터눈, 인사를 할 시간이네요? 인사해요. 지주회의 새로운 후계자가 될 분이니까."

창현은 우청식 옆에 서 있는 사람을 올려다보았다.

최자영이었다.

최자영은 창백한 얼굴로 창현을 쳐다보고 있었다. 창현과 같은 처지가 아니라는 것은 분명했다. 최자영은 묶여 있지도 않았다. 강제로 끌려온 분위기도 아니었다.

우청식이 싱긋 웃으며 말했다.

"이번에 우리도 배운 게 많아요. 임 대표님이 만들었던 지주회 아이디어 말인데요. 그게 사실 꽤 괜찮거든요. 없애버리기는 좀 아깝고요. 사업은 확장하라고 있는 거 아니겠습니까. 지주회를 발전시켜서 시민단체 같은 걸 만들 거예요. 사단법인으로 등록도 하죠. 이름은 뭐로 할지 모르겠어요. 전국아파트 동대표자 협의회? 부동산세 납부자 연합? 아무튼 그런 걸 만들 거예요. 정부에서 토지 정책과 관련된 시책을 발표하면 시위도 하고 성명서도 내는, 그런 시민단체 같은 걸 하는 거예요. 어때요. 대한민국은 민주공화국이니까. 그럴싸하잖아요?"

우청식은 싱글거리는 얼굴이었다.

"지주회로 엮어놓은 재산들도 사실 아깝죠. 이대로 임 대표님을 날려버리면 임 대표님이 형제 어쩌고 했던 지주회 아저씨 아줌마들만 좋은 거 아닙니까. 돈은 모름지기 가치 있는 일에 써야죠."

우청식은 뿌듯하다는 얼굴로 최자영을 바라보며 말했다.

"임 대표님은 아무래도 자리 지키시기가 어려울 것 같아서 새로운 리더를 세우기로 했죠. 바로 여기!"

우청식은 무대에 사람을 올리는 것처럼 최자영을 향해 두 손을 펼쳤다.

"최자영 씨! 임 대표님 같은 사람이랑 싸울 정도로 근성도 있고, 사람들을 끌어모을 정도로 리더십도 있고! 우리와 거래를 틀 정도로 배짱도 있고! 무엇보다 젊고 유능하잖아요. 머리도 좋고 장애인들의 누나라는 이미지도 좋고!"

창현은 겨우 말을 꺼냈다.

"그게 무슨 소립니까?"

"우리 자영 씨가 아니었으면 아주 큰일날 뻔했어요. 곽중선의 장부에 대해서 알려준 게 바로 여기 이 최자영 씨. 곽중선 문제를 해결한 것도 우리 최자영 씨. 이러니 제가 임 대표님보다 우리 자영 씨를 신뢰할 수밖에요."

창현은 최자영을 쳐다보았다. 최자영이 우청식을 안다는 것은 창현의 모든 것을 알고 있었다는 말이기도 했다. 어떻게 알았을까. 누구에게서 들었을까. 창현은 눈을 감았다.

중선이 알려주었을 것이다. 칼날을 버리고 벼려 최자영에게 쥐여주었을 것이다. 그래도 선뜻 이해가 가지 않았다. 모든 것의 시작은 중선의 자살이 아니었던가. 창현은 중선의 자살이 어리둥절했다. 중선은 살고 싶어 했다. 그것도 사는 것처럼 살고 싶어 했다. 요리를 배우고 자영과 살갑게 지내고 창현에게 반항하고 강정혜의 토론회 자리에 나갔다. 그걸 꺾기 위해 오랜만에 중선을 찾아갔었다.

우청식은 최자영에게 물었다.

"자영 씨, 여기 임 대표님이 말씀하시길 자영 씨에게 장부 사본이 있다고 하는데, 사실인가요? 컴퓨터 파일로요. 사진 찍거나 스캔한 거."

최자영은 창현을 똑바로 쳐다보며 대답했다.

"거짓말이에요. 없어요."

"사실 자영 씨에게 사본이 있어도 상관은 없어요. 어차피 자영 씨나 우리나 다 같은 바운더리 안에 있는 거니까요. 문제는!"

우청식은 가슴에 모은 손을 비비며 말을 이었다.

"임 대표님 아드님이죠. 임 대표님이나 곽중선 씨 입장에서는 자기 아들에게 뭔가를 남겨주고 싶었을 수도 있잖아요? 장부를 찍어서 디지털 자료화한 게 있다고 임 대표님이 그랬죠?

내가 제일 걱정하는 게 그거거든요. 어쩌면 예약 메일 같은 걸로 적당한 때에 아드님한테 자료가 가도록 할 수도 있고."

우청식은 장난기 어린 눈으로 최자영과 창현을 번갈아 보면서 싱긋 웃었다.

"아, 자영 씨, 곽장걸 씨는 다른 사람들이 처리합니다. 알고는 계세요."

"네?"

최자영이 홉뜬 눈으로 우청식에게 물었다.

"……처리 ……라뇨?"

우청식은 당연하다는 투로 대답했다.

"곽장걸 씨를 그냥 둘 수는 없는 노릇이라서요."

최자영은 더듬거리며 말했다.

"그, 그런, 얘기는, 전혀 없었잖아요. 왜죠?"

우청식은 당연한 걸 묻는다는 듯 대꾸했다.

"아까 다 얘기했잖아요. 그 친구에게 장부 사본이 혹시라도 있다면 문제가 완전히 달라져요. 없애는 게 깔끔합니다. 자영 씨는 임 대표님을 죽이세요. 김 팀장은 카메라로 잘 찍고."

우청식은 김 실장에게 말했다.

"김 팀장 뭐 해? 자영 씨한테 기술 가르쳐드려야지. 어린애도 할 수 있다며?"

김 실장은 검은 배낭에서 비닐 주머니와 노란 공업용 테이프를 꺼냈다. 창현은 눈을 감았다. 발악을 해도 이 자리에서 도망칠 수 있을 것 같지 않았다. 더는 할 말도 없었다.

그때, 김 실장의 핸드폰으로 전화가 들어왔다. 우청식에게 양해를 구하고 전화를 받은 김 실장은 작은 소리로 통화를 했다. 말해. 왜. 기다려라. 같은 짤막한 말이 들렸다. 전화를 끊자 우청식이 물었다.

"왜요? 무슨 일 있어요?"

김 실장은 우청식에게 다가와 귀에 대고 속삭였다. 우청식은 불만스러운 투로 말했다.

"여기로요?"

24. 장걸

　장걸은 집에 돌아와 뜨거운 물로 샤워를 했다. 뜨거운 물이 머리에서 발끝으로 흘러내리자 몸속에 배어 있던 한기가 서서히 풀리는 것 같았다. 유치장에서 밤을 보냈기 때문인지 몸이 찌뿌드드했다. 장걸은 몸을 닦고 나와 옷을 갈아입었다. 고개가 자영의 집 쪽으로 돌아갔다. 자영과 준호는 집에서 잘 쉬고 있을까.

　준호와 유치장에서 밤을 보낸 장걸은 경찰서 앞으로 마중 나온 자영을 만났다. 준호가 누나! 누나! 하며 뛰어가 자영을 얼싸안았다. 집으로 가는 차 안에서 자영은 유독 말이 없었다. 복잡한 심경이 어린 눈으로 차창 밖을 쳐다보는 게 전부였다. 말이 없기는 장걸도 마찬가지였다. 유치장에 들어가기 직전 장걸에게 걸려온 전화 때문이었다.

전화 속 목소리는 말했다.

곽중선 씨가 왜 죽었는지 궁금하지 않나?

어머니가 죽은 이유를 알려주겠다는 모르는 남자의 말은 건조했다. 운전면허 갱신 절차를 알려주는 사람들이 낼 법한 목소리였다. 어머니와 친분이 있었던 사람이라면 그런 목소리로 어머니의 죽음을 입에 담지 않았을 것이었다. 누군지는 몰라도 그에게 어머니는 남이었다.

장걸은 베란다로 향했다. 흐린 하늘 아래 다산아파트와 도시의 풍경은 을씨년스러웠다. 어머니가 보았을 풍경이었다. 비록 장걸과 의절한 사이로 지냈지만, 어머니와의 의절이 정당하다고 느낄 만큼 지독하긴 했지만, 그래도 어머니는 어머니였다. 사랑을 받아본 기억은 없었어도 사랑받고 위로받고 의지하고 싶었던 기억은 분명했다. 장걸에게는 어머니가 필요했다.

장걸이 이해한 어머니의 삶은 억울했다. 임창현에게 복종하는 삶이었다. 어머니는 그런 삶을 몹시 싫어했으면서도 무슨 이유 때문인지 그렇게 살았다. 임창현을 싫어했고 아들인 장걸에게도 애정을 주지 않았다. 첫 손주를 기다릴 나이에 이르러서야 어머니는 자영과 준호에게 정을 붙였다. 거기에서 어머니는 구원을 얻었을 것이었다. 영정 속 어머니의 웃는 얼굴은 자영과 준호 덕분이었을 터였다. 그랬던 어머니는 갑자기 왜 죽었을까.

문득, 회계장부를 본 적 없느냐고 묻던 창현의 얼굴이 생각났다. 모텔 공사장 앞에서, 임창현은 자신의 후계자가 되라고 하면서 자신의 자산 규모를 장걸에게 자랑했다. 터무니없이 큰 액수여서 믿음이 가지 않았다. 600억이 넘는다니. 퇴물 조폭이 끌어모을 수 있는 재산이 아니었다. 장걸의 눈썹이 안쪽으로 가파르게 모였다. 600억 원이 넘는 검은돈의 한복판에 어머니가 있었다면 죽음의 이유가 복잡할 수 있었다.

어머니가 죽은 지 석 달이 지난 시점이었다. 모르는 사람이 어머니가 죽은 이유를 알려주겠다고 말했다. 그것은 장걸이 짐작조차 하지 못한 일들이 물밑에서 진행되고 있었다는 의미였다.

손에 들고 있던 핸드폰에서 벨소리가 울렸다. 어제 새벽에 걸려왔던 번호였다. 전화를 받자 남자의 목소리가 울렸다.

"유치장에서 나왔지? 이제는 올 수 있겠지?"

"싫은데."

"뭐?"

상대는 말을 잇지 못했다.

"그러지 말고 우리 집으로 와. 어딘지 알지 않나?"

남자가 기가 막힌다는 듯이 웃으며 말했다.

"죽고 싶나?"

"너는 죽고 싶고?"

장걸은 전화를 끊고 집을 뒤지기 시작했다. 어머니의 죽음과 관련된 어떤 단서가 숨겨져 있을지도 몰랐다. 비밀이 담긴 장부라면 눈에 닿지 않는 곳에 감췄을 가능성도 있었다. 강정혜 의원이 말한 대로 USB 저장 장치나 외장하드 같은 게 있을 수도 있었다. 장걸은 드라이버로 화장실 천장을 열었고 옷장 뒤를 살폈다. 벽을 두드려보고 신발장 사이의 남는 공간도 전동 드라이버로 뜯어보았다. 거울 뒤와 손이 잘 닿지 않는 보일러실 구석, 다목적실 안쪽까지 하나하나 모두 살폈다. 다목적실에서 전에는 찾지 못했던 와인병이 스무 병 넘게 나왔을 뿐 장부나 감춰둔 디지털 저장 장치 같은 것은 없었다.

장부는 대체 어디로 갔을까. 임창현도 장부의 행방을 찾고 있었으니 장부를 가져간 것이 임창현은 아니었다. 누군가 장부를 가져간 것이 분명했다.

누군가가 있다. 자신이 모르는 누군가가 어머니의 죽음 뒤에 있다. 그 누군가가 어머니의 죽음을 미끼로 자신을 어딘가로 불러내려 했다. 장걸은 창현의 세계에서 통용되는 규칙을 상상했다. 그 규칙 아래에서는 사람이 사람이 아니었다. 그 규칙 아래에서는 옳고 그름, 양심 같은 것들이 무용했다. 욕망이 모든 일의 첫 원칙이 되는 세상에서는 어떤 미친 일이 벌어져도 이상하지 않았다.

임창현에게 전화를 걸었으나 전원이 꺼져 있다는 응답만 돌아왔다. 장걸은 자영에게 전화를 걸었으나 자영의 핸드폰도 꺼져 있었다. 장걸은 준호에게 전화를 걸었다. 준호는 몇 번 신호가 가기 전에 전화를 받았다.

"아, 형이다."

안정된 목소리여서 장걸은 조금 마음을 놓았다. 어디냐고 묻자 준호는 복지관이라고 했다.

"누나는?"

"누나, 나갔어."

"나가? 어디를?"

"몰라."

"언제?"

"아까."

"점심 먹고 나서? 아니면 방금?"

"먹기 전에."

"어디 간다고 얘기했어?"

"아니. 몰라."

"혹시 전화 같은 거 받고 나갔어?"

"몰라. 전화는 했어."

"잘 있지?"

"응!"

장걸은 전화를 끊었다. 자영은 어디에 갔을까. 문자를 보내 보았지만 확인도 하지 않았고 답신도 없었다. 불안하고 불길했다. 어머니의 죽음에 관해 이야기하자던 남자 역시 전화를 받지 않았다. 핸드폰을 만지작거리며 갈피를 잡지 못하고 있는데 핸드폰 화면에 뉴스 속보가 떴다.

강정혜 국회의원 실종. 자택은 폭파

가슴이 두근거렸고 신경이 곤두섰다. 강정혜 의원이 실종됐다니. 장걸은 서둘러 기사를 확인했다. 비슷한 종류의 속보들이 같은 카테고리에 묶여 정리되어 있었다. 기사에 올라온 강정혜 의원의 집은 폭격당한 폐허 같았다. 담장은 바깥쪽으로 무너져 있었고 지붕의 절반은 형체도 찾기 어려웠다. 폭파 테러로 의심된다. 다이너마이트가 사용된 흔적이 있어서 과학수사대가 수사 중이다. 같은 내용의 기사가 벌써 여럿이었다. 기사를 읽던 장걸은 자신의 눈을 의심했다.

유력한 용의자 임창현

둔중한 충격에 정신이 잠시 아득해졌다. 경찰은 임창현을 공개 수배한다고 발표했다. 경찰은 강정혜 의원이 최근 토지 제도 개혁 입법과 관련된 집요한 협박을 받아왔다고 했다. 협박한 사람은 임창현. 강정혜 의원 보좌관의 노모와 어린아이가 질식사했던 방화 사건에도 임창현이 관련되어 있을 것으로 보인다고 했다.

임창현이 테러범이라니. 그럴 리는 없었다. 임창현이 이런 어처구니없는 짓을 벌일 리 없었다. 다시 자영에게 전화를 걸었으나 전화는 아까처럼 꺼진 그대로였다. 자영은 어디에 있기에 전화가 안 되는 것일까. 자영이 어머니와 가까웠으니 어쩌면 이미 자영도 이 일에 휘말려 있을 수도 있었다. 자영의 안위부터 확인해야 했다.

장걸은 자기 핸드폰의 전화번호부를 뒤져 저장해두었던 김 실장의 전화번호를 찾았다. 몇 가지 생각을 정리한 뒤 장걸은 김 실장에게 전화를 걸었다. 전화는 금방 통화상태로 바뀌었다.

"김 실장. 나는 곽장걸이다."

잠시 말 없던 김 실장은 낮은 소리로 대꾸했다.

"말해."

"자영 씨랑 같이 있나?"

김 실장은 대답하지 않았다.

"임창현 씨는?"

김 실장은 짧게 한숨을 내쉴 뿐이었다. 불길한 느낌에 속이 타는 듯했다. 장걸이 말했다.

"널 좀 봐야겠다."

"왜."

"찾는 게 있지 않나?"

"기다려라."

툭, 전화가 끊겼다. 다시 자영에게 전화를 걸었으나 역시 받지 않았다. 장걸은 현관문을 나섰다. 엘리베이터를 타고 주차장으로 내려간 장걸은 차 트렁크를 열고 폭약 상자와 공구함을 열었다. 어제 공사 현장에서 급히 올라오느라 경찰서에 반납하지 못한 폭약이 일곱 개 남아 있었다. 장걸은 가방에 긴 원통형 모양의 폭약 일곱 개와 뇌관, 도화선을 꺼내어 따로 담았다. 혹시 몰라서 발파 장치도 챙겨넣었다. 공사 현장이 아닌 곳으로 폭약과 뇌관을 가져가는 일은 처음이었다. 장걸은 속으로 중얼거렸다.

미친 짓이지만 상대도 미쳤으니까.

경찰에 신고해야 하는 일이라는 생각이 들었지만 우선은 직접 확인하고 싶었다. 임창현과 자영이 함께 있을지도 몰랐다. 자영이 붙잡힌 거라면 최대한 빨리 구해내야 했다. 준비를 마친 장걸은 운전석에 앉아 앞을 노려보았다. 김 실장의 전화가 곧 올 터였다.

25. 창현

"어떻게 할까요?"

김 실장의 질문에 우청식은 짜증스러운 얼굴로 되물었다.

"있대요?"

김 실장은 낮은 소리로 대답했다.

"말투는 그랬습니다."

우청식은 팔짱을 끼고 엄지 끝으로 입술 언저리를 문질렀다. 한동안 생각을 하던 우청식은 어쩔 수 없다는 투로 김 실장에게 말했다.

"좋아요. 여기에서 처리하죠. 어차피 직접 확인은 해야 하니까요. 단, 내가 있는 여기까지 그놈이 멀쩡하게 들어와서는 안 됩니다. 새로 구성한 팀을 가동하셔야겠죠? 바깥에서 힘 다 빼놓고 들어오게 해주세요. 시간이 얼마나 걸리죠?"

"보통 속도로는 두 시간. 빨리 오면 한 시간 반 정돕니다. 직원들에게 따라붙으라고 하겠습니다."

창현이 말했다.

"장걸이 놈에게는 없습니다."

우청식은 들은 척도 하지 않고 핸드폰 화면을 두드렸다.

"차근차근하죠. 뉴스가 이제 떴네요? 임창현 씨는 수배자가 됐고."

창현은 쉰 목소리로 다시 말했다.

"장걸이 놈에게는 없어요. 뭐가 있었다면 벌써 뭔 짓이든 벌였을 겁니다."

우청식은 빙그레 웃으며 말했다.

"그럴 수도 있지만 아닐 수도 있잖아요. 그걸로 판단은 끝난 겁니다. 근데 뭡니까? 뒤늦게 아들 사랑이라도 피어나신 건가?"

격심한 무력감이 밀려왔다. 할 수 있는 게 없었다. 우청식은 창현에게 다가와 다시 한번 물었다.

"아무튼, 사본이 우리 임 대표님한테는 없다, 이거죠? 이제는 있어도 소용없지만 그래도, 확인차랄까."

우청식은 쪼그리고 앉아 창현을 들여다보았다. 창현의 표정과 눈빛을 면밀히 관찰하는 것 같았다. 창현은 우청식의 눈을 들여다보며 말했다.

"청명에 죽으나 한식에 죽으나."

"뭐라고요?"

"너도 죽고 말거다. 언젠가는."

언젠가는? 하고 중얼거리던 우청식은 푹 웃었다. 우청식은 턱을 치켜세우고 위를 올려다보다가 짝, 소리가 나도록 손뼉을 쳤다. 그리고 김 실장을 돌아보며 명랑한 목소리로 말했다.

"없다네요."

창현은 지친 눈으로 주변을 둘러보았다. 공교롭게도 눈에 닿는 곳엔 하얀색 천지였다. 창현에게 백색은 우월한 색이었고 높은 곳의 색이었다. 언젠가는 다다르고 싶었던 곳의 색이었다. 화이트 타운이 들어설 자리에서 보았던 해넘이가 생각났다. 한 번만 더 그 풍경을 보고 싶었다. 장걸도 한 번은 보고 싶었다.

시멘트 바닥에 넓고 질긴 비닐이 펼쳐지는 소리가 들렸다. 비닐 주머니와 노란 공업용 테이프를 양손에 든 최자영이 자기 차례를 기다리고 있었다. 살인을 저질러봤을 리는 없는데도 최자영의 얼굴은 이상하리만치 차분했다

최자영이 창현에게 다가와 나지막한 목소리로 말했다.

"지금 내가 이러는 거. 나한테는 일종의 속죄야."

맥락을 알 수 없는 소리였다. 무슨 소리냐고 물어볼까 했으나 말라붙은 입술이 잘 떨어지지 않았다.

최자영은 노란 테이프를 길게 뺀 뒤 송곳니로 끊어냈다. 뜯어낸 테이프를 창현의 어깨와 잔등, 쇄골, 뺨에 붙였다. 창현은 비닐 테이프가 피부에 닿을 때마다 움찔거렸다. 테이프를 하나씩 떼어 붙이면서 최자영은 연이어 말했다.

"곽 회장님한테 한 짓을 생각해보면 억울하지는 않을 거야."

"당신 때문에 내가 이 수렁에 빠진 거나 다름없어."

"곽 회장님이 나랑 친한 게 그렇게 싫었어? 나랑 준호를 죽여야 할 만큼?"

창현은 쉰 소리로 간신히 되물었다.

"……내가? ……너를?"

최자영을 죽여버리고 싶긴 했다. 그 말을 중선에게 했던가? 그렇게 말한 것도 같았고 아닌 것도 같았다. 누군가를 죽여 버리겠다는 말은 창현에게 입버릇 같은 말이었으니까. 테이프를 충분히 뜯어낸 최자영은 허리를 숙여 창현의 오른쪽 귀에 입술을 가까이 댔다. 그리고 떨리는 목소리로 속삭였다.

"모든 게 다 당신 때문이야. 이 모든 게."

창현의 머리 위로 두꺼운 비닐 주머니가 내려왔다. 곧 발악하게 되리라 생각했지만 창현은 저항하지 않았다. 최자영은 목 아래에 비닐 주머니를 모으고 테이프로 피부와 주머니를 접착시켰다. 야무진 손놀림으로 목둘레에 테이프를 여러 번 돌려 감았다.

금방 숨이 막혀왔다. 창현은 가쁜 호흡을 하며 눈을 떴다. 숨에 섞인 습기로 비닐 주머니가 흐릿했다.

이제 마지막이었다. 장례식장에서 찍었던 중선의 영정 사진이 떠올랐다.

그때 중선은 웃고 있었다.

26. 장걸

김 실장이 오라고 알려준 곳은 경기도 외곽이었다. 장걸은 두 시간은 걸릴 길을 한 시간에 주파했다. 고속도로를 빠져나온 뒤로는 국도가 한참 이어졌다. 간간이 색 바랜 모텔 간판이 보였고 차 옆으로 눈 쌓인 빈 밭과 비닐하우스와 버려진 축사가 지나갔다. 장걸은 산골로 이어지는 좁은 도로를 탔다.

장걸은 사이드미러에 비친 검정 세단 한 대를 주시했다. 국도를 탈 때부터 따라왔던 검정 세단은 적당한 거리를 두고 계속해서 따라붙었다. 몇 번 더 갈라지는 길이 있었는데도 차는 방향을 돌리지 않았다.

장걸은 길가 빈터에 차를 세웠다. 따라오던 차도 장걸과 적당한 거리를 두고 차를 세웠다. 장걸은 차에서 내려 검정 세단으로 걸어갔다. 장걸은 운전석 창문을 두드리며 말했다.

"창문 좀 내려봐."

잠시 뒤, 차창이 내려갔다. 차 안에는 운전사까지 세 명이 타고 있었다. 모두 거친 기운이 풍기는 남자들이었다. 뒷좌석에 앉은 남자가 어딘가로 전화를 하며 장걸을 흘끗거려다. 장걸이 말했다.

"늬들, 김 실장 애들인가?"

조수석에 앉아있던 남자가 말했다.

"아저씨, 가던 길 마저 가세요. 괜히 시비 걸지 마시고."

뒷좌석에 쇠 파이프와 야구 배트가 보였다. 손잡이에 발라둔 반창고에 손때가 묻어 있었다. 장걸을 쳐다보는 눈길에서 살의에 가까운 감정이 읽혔다. 장걸은 자기 차로 돌아와 둥근 막대 모양의 폭약 하나를 꺼냈다. 폭약에 뇌관을 박고 짧게 자른 도화선을 연결했다. 익숙한 물건이기는 했으나 어쨌든 폭약은 폭약이었다. 장걸은 이 방법 말고 다른 수는 없나 잠시 생각했다.

다른 방법 따위 없었다. 죽거나 살거나, 둘 중 하나인 상황이라는 직감이 너무도 명확했다. 지금부터는 어떤 일이 일어나도 이상하지 않았다. 무엇 때문인지 어머니의 얼굴이 떠올랐다. 입가가 비스듬히 올라가면서 피식 웃음이 새어 나왔다.

장걸은 다시 검은 세단으로 돌아가 폭약으로 뒷좌석 차창을 두드렸다. 뒷자리에 앉아 있던 남자가 귀찮다는 얼굴로 차창을 내렸다. 장걸이 폭약을 들어 보였으나 남자 셋 중 누구 하나 겁을 먹는 기색이 없었다.

장걸이 말했다.

"아, 이게 뭔지를 모르는구나. 미리 말해두는데 이게 밟거나 물을 붓는다고 꺼지는 게 아니야."

장걸은 도화선 피복을 벗기고 지퍼 라이터로 불을 붙였다. 화약이 타면서 굉장한 연기가 올라왔다. 장걸은 뒷좌석 차창에서 운전석 아래쪽으로 폭약을 던진 뒤 자신의 지프 쪽으로 달렸다. 도화선이 뿜어내는 연기가 금방 차 안을 채웠고 차 안에서 호들갑 떠는 소리가 들렸다. 세 군데 문에서 남자들이 튀어나와 사방으로 흩어졌다. 잠시 뒤, 폭약이 터졌다. 퍽석, 하고 둔탁한 소리가 들리는 것과 동시에 차창이 터져나가고 흰 연기가 올라왔다. 불까지 붙었으니 2차 폭발까지 일어날 수 있었다.

장걸은 검정 가죽점퍼 안에 폭약을 하나 넣고 손에 한팔 길이의 쇠 파이프를 들었다. 장걸은 마른 풀숲에 뒤로 나자빠져 있는 남자에게 다가가서 쇠 파이프로 어깨를 후려쳤다. 단박에 뼈가 부서질 정도로 강한 힘을 넣은 가격이었다. 비명을 지르며 옆으로 나뒹구는 남자의 멱살을 잡고 나머지 두 남자의 위치를 확인했다.

"우리 어머니가 돌아가신 이유가 뭐냐?"

"몰라. 씨발."

장걸은 주먹으로 남자의 관자놀이를 연거푸 쳐서 정신을 꺼 버렸다. 정신을 수습한 두 남자가 장걸을 향해 걸어오고 있었다. 장걸은 품 안에서 폭약을 꺼내 들었다. 왼손에는 폭약을, 오른손에는 쇠 파이프를 들고 두 남자를 향해 걸음을 내디뎠다. 그때, 터진 차가 다시 터졌다. 쾅! 하는 소리와 함께 차에서 불길이 치솟았고 폭발음이 메아리쳤다. 장걸은 움찔거리는 남자들에게 재빨리 달려들어 쇠 파이프로 바로 앞 남자의 몸통을 후려친 뒤 발등으로 무릎을 돌려 차버렸다. 쓰러지는 남자의 이마에 주먹을 내리꽂았다. 장걸의 손에 정확한 타격감이 전해졌다. 두 번째 남자까지 어렵잖게 처치한 장걸은 마지막으로 남은 남자를 향해 몸을 돌렸다. 남자는 주머니에서 단검을 꺼내어 들었다. 칼날과 손잡이에 유려한 물결무늬가 요란했다. 손잡이 위에는 검지를 거는 고리가 달려 있었다.

장걸은 손등으로 코끝에 맺힌 땀을 훔치며 말했다.

"내가 어릴 때부터 칼이 싫었거든. 그거 안 내려놓으면 넌 진짜 죽는다."

칼을 잡은 남자는 장걸을 향해 달려들었다. 장걸은 폭약을 휘둘러 칼잡이가 멈칫거리게 만든 뒤 쇠 파이프를 내리쳤다. 쇠 파이프는 마른 풀밭을 찍었다. 뒤로 몇 걸음 물러선 칼잡이는 툭 툭 팔을 뻗어 몸을 풀고 단검을 단단히 쥐었다. 왼손을 앞에 두고 단검을 쥔 오른손을 뒤에 둔 자세도 위협적이었다. 칼을 든 상대와 싸움을 벌이는 것도 처음이었다.

장걸은 폭약을 점퍼 속에 집어넣고 주머니에서 가죽 장갑을 꺼내 양손에 꼈다. 일단은 단검부터 처리해야 했다. 상대의 분위기로 보았을 때 몇 군데 베이는 것은 감수해야 할 것 같았다. 둘의 거리가 가까워졌다. 자신을 바라보는 칼잡이의 눈에서 자신감이 읽혔다. 장걸은 칼잡이와의 거리를 좁히는 것과 동시에 옆으로 쇠 파이프를 휘둘렀다.

칼잡이는 날쌔게 피했다. 장걸의 공격을 간단히 흘린 뒤 허리 아래로 파고들어 무릎 위에 자상을 입히고 재빨리 뒤로 빠졌다. 장걸은 뒤로 빠져서 자세를 잡았다. 생각보다 강렬한 통증이 일었다. 뼈나 관절을 다친 게 아닌데도 다리가 절룩거렸다. 눈썹을 넘어 흘러 내려온 땀이 장걸의 눈으로 스며들었다. 장걸은 호흡을 가다듬으며 다시 칼잡이에게 달려들었다. 장걸과 칼잡이는 몇 차례 맞붙었다.

장걸이 휘두르는 쇠 파이프는 한 번도 칼잡이에게 닿지 않았다. 장걸은 몇 번 칼을 피하다가 허벅지와 손목 언저리를 베였다. 칼날이 지나간 피부가 벌어졌고 움직일 때마다 통증이 올라와서 동작이 둔해졌다. 칼잡이가 낮은 자세로 파고들면 단검에 베이거나 찔릴 염려 때문에 자기도 모르게 뒷걸음질 치기 일쑤였다. 눈 아래와 광대뼈 사이를 베이고 난 뒤에는 자신감마저 사라졌다.

칼잡이는 혀로 볼을 볼록하게 만들며 자신만만한 표정으로 장걸의 상태를 살폈다. 단검으로 어디를 노릴지 고르는 것 같았다. 장걸은 목울대가 움직이도록 침을 삼켰다. 통증과 두려움으로 얼굴이 땀범벅이었다.

'단검을 빼앗지 못하면 나는 죽는다.'

장걸은 마른 풀숲에 쇠 파이프를 버렸다. 양손을 앞에 두고 칼잡이가 공격해오기를 기다렸다. 칼잡이는 몇 번 위치를 바꾸며 공격할 최적의 타이밍과 거리를 찾았다. 치고 빠지는 공격 패턴으로 끝을 보려는 것 같았다. 장걸이 한 발을 앞으로 내딛자 칼잡이가 칼을 앞세우고 파고들 듯이 접근했다. 몇 번 베어봐서인지 칼잡이의 움직임이 눈에 들어왔다. 장걸은 한 걸음 더 나아가 단검을 쥔 손목을 손바닥으로 쳐내고 왼손으로 상대의 얼굴을 밀었다. 걸음이 엉켜 휘청거리던 칼잡이는 이내 자세를 잡고 장걸에게 다가왔다. 위협적으로 단검을 휘두르던 칼잡이는 장걸이 움찔거리는 틈을 놓치지 않았다. 칼잡이의 눈이 번득였고 어깨와 팔이 빠른 속도로 움직였다. 목을 노리고 찔러 들어오는 공격이었다.

"큭!"

장걸은 왼 팔뚝으로 칼끝을 받았다. 칼이 피부와 근육을 뚫고 뼈에 닿는 느낌이 났지만 장걸은 오른손으로 칼잡이의 손목을 쥐는 데 성공했다. 칼이 뽑힌 팔뚝에서 피가 울컥 흘러나왔다. 장걸은 칼잡이의 손목을 우악스레 잡고 뒤로 꺾었다. 칼잡이의 주먹과 발이 얼굴과 목, 복부에 꽂혔지만 장걸은 욱신거리는 통증을 참아내면서 칼잡이의 손목을 비틀어 꺾어버렸다.

"으아악!"

칼잡이가 비명을 질렀다. 관절에서 완전히 벗어난 손이 팔에서 덜렁거렸다. 장걸은 부러뜨린 손목을 한 번 더 꺾어버렸다. 칼잡이는 고통스러운 괴성을 질러냈다. 칼을 빼앗은 장걸은 주먹으로 칼잡이의 안면을 가격했다. 칼잡이는 덤불에 양팔을 벌리고 널브러졌다. 장걸은 칼잡이의 배를 깔고 앉아 뺨을 후려쳤다.

베인 곳에서 흐른 피로 장걸의 얼굴은 이미 피범벅이었다. 자신의 얼굴과 손목, 무릎에서 올라오는 피비린내에 장걸은 정신이 아찔했다. 장걸은 비명을 지르는 칼잡이를 깔고 앉은 채 숨을 돌렸다. 그리고 가죽점퍼 안주머니에서 도화선과 몽당연필처럼 생긴 뇌관을 꺼냈다. 장걸은 숨을 가다듬으면서 은색 뇌관에 도화선을 연결했다. 그리고 코피가 터진 칼잡이 앞에서 뇌관을 흔들었다.

"군대에서 뇌관으로 수류탄 던지는 연습해봤나? 던지면 조금 있다가 터지잖아. 이게 그거야. 뇌관. 가까이에서 터지면 다쳐."

장걸은 칼잡이의 바지 속으로 뇌관을 집어넣고 도화선 끝을 잡았다.

"이제 너 하나뿐이어서 내가 시간이 좀 남거든."

칼잡이가 악을 쓰며 몸에 힘을 주었지만 거구의 장걸을 내칠 힘은 아니었다.

"김 실장 알지?"

칼잡이가 입을 다물려고 하기에 다시 뺨을 후려친 뒤 칼잡이의 재킷 안쪽에서 핸드폰을 찾아들었다. 자기 핸드폰에서 김 실장의 전화번호를 확인한 뒤 장걸은 남자의 핸드폰 통화 목록을 훑었다. 일치하는 번호가 있었다. 번호 중에는 장걸의 전화번호도 있었다. 전화한 시각까지 확인한 장걸은 입꼬리를 올리며 말했다.

"나한테 전화한 게 너였네."

장걸은 다시 칼잡이의 뺨을 후려친 뒤 지퍼 라이터를 꺼냈다.

"물을 테니까 대답해."

칼잡이의 얼굴은 피투성이였다. 터진 입술과 콧구멍에서 흐른 피로 입가와 턱이 지저분했다.

"우리 어머니가 돌아가신 이유가 뭔지 들었나?"

"몰라. 썅."

장걸은 손을 들었다가 내렸다. 더 쳤다가는 기절할지도 몰랐다. 장걸은 칼잡이의 부러진 손목을 검지로 지그시 눌렀다. 칼잡이는 길게 비명을 지르다 흐느끼기 시작했다.

"사실은 내가 꽤 다급해. 대답하지 않으면 묶어놓고 불 붙인다. 대답은 김 실장한테 들어도 되니까. 그러니까 말해. 우리 어머니는 왜 죽었지?"

칼잡이는 헐떡이다가 신음하는 것처럼 말했다.

"……술 때문이다."

장걸은 지퍼 라이터의 불을 켰다. 칼잡이는 절박한 목소리로 말했다.

"진짜야. 난 심부름만 했어. 나는 술만 갖다줬어. 그뿐이다."

장걸은 칼잡이의 눈을 내려다보았다. 간절한 눈빛이었다. 거짓말을 하는 것 같지 않았다. 장걸은 눈을 빠르게 깜박였다. 술이라니.

어머니의 집에 처음 들어갔을 때 침실에서 본 술병들이 생각났다. 장걸의 눈이 빈 공간에 꽂혔다. 온몸의 털들이 서서히 일어섰다. 받아들이기 어려운 사실이 자신 앞에 놓여 있는 것 같았다.

장걸은 한 손으로 칼잡이의 목을 눌렀다.

"대답해. 무슨 술이지?"

칼잡이는 쌕쌕거리며 대답했다.

"와, 와인이었다. 샤또…… 브리…… 어쩌고 하는."

장걸의 눈썹 사이가 좁아졌다. 샤또 오 브리옹은 어머니가 가장 좋아하는 와인이었다. 어린 시절, 어머니가 샤또 오 브리옹을 사 오는 날이면 장걸은 몇 배나 더 긴장했었다. 샤또 오 브리옹은 어머니의 폭음을 불러왔고 폭음은 감정 폭주로 이어졌다. 몇 번의 자해와 자살 시도 직전에 마셨던 와인도 샤또 오 브리옹이었다. 어머니가 지독한 우울감에 빠져 있을 때 그 와인을 집 안 어딘가에 놓아두었다면 그건 방아쇠에 손가락을 걸어준 것이나 다름없었다.

어머니의 감정이 격랑에 휩싸여 있다는 것을 알고 있는 사람.

어머니가 샤또 오 브리옹을 참아낼 수 없다는 것을 알고 있는 사람.

임창현이었다. 그러나 임창현은 아니었다. 어머니의 죽음으로 큰 타격을 입었으니 임창현은 아니었다. 자신도 아니었다. 장걸은 칼날이 파고드는 것처럼 명치가 아팠다.

장걸은 목을 내리누른 엄지에 힘을 주었다.

"하고많은 술 중에 하필이면 왜 그 와인이야? 누가 그 와인을 알려줬지? 누구야!"

칼잡이는 붉게 충혈된 눈으로 숨넘어가는 소리를 냈다. 입술만 벙긋거리기에 장걸은 힘을 빼고 숨통을 열어주었다. 칼잡이는 기침을 하다가 쉰 소리로 입을 열었다.

"……최…자…영."

"최자영?"

칼잡이가 쉰 목소리로 말했다.

"다산아파트 회장."

얼굴에 경련이 일었고 심장이 쿵쾅 소리를 냈다. 칼잡이의 얼굴을 제외한 모든 곳에 검은 안개에 잠기는 것 같았다. 검은 안개 속에서 어머니의 마지막 문장이 떠올랐다.

아무리 그래도 그렇지.

어머니가 마지막에 누구를 원망했는지 알 것 같았다. 칼잡이의 목줄을 잡은 손에 저절로 힘이 갔다. 장걸은 신음하는 소리로 말했다.

"미친놈. 그냥 죽어라."

칼잡이는 애타는 눈으로 속닥거렸다.

"진짜야. 그 여자다. 그 여자와 우리는 한 팀이었다. 타깃은 임창현. 임창현 자리에 그 여자를 앉히는 작전이야. 헤드가 누군지는 나도 몰라. 정말이야."

장걸은 두 손으로 칼잡이의 멱살을 잡고 고함을 쳤다.

"언제부터!"

"석 달 전쯤. 정말이다. 난 고용된 사람일 뿐이야. 돈을 벌려고 했을 뿐이다. 나한테도 가족이 있어."

피가 역류하는 기분이었다. 현기증과 구역질이 동시에 일었다. 장걸은 칼잡이의 멱살을 틀어쥐고 잡아당겼다. 장걸의 몸이 앞으로 수그러들었다. 칼잡이의 더운 숨결이 뺨에 닿았다. 장걸은 몸을 떨며 말했다.

"그게 지금 나한테 할 말이냐?"

장걸은 칼잡이의 양어깨를 움켜쥐고 두 손에 끓어오른 감정을 쏟았다. 칼잡이의 어깨 관절이 어긋나고 쇄골이 부서지는 소리가 들렸다. 손아귀로 끔찍한 느낌이 올라왔으나 장걸은 멈추지 않았다. 칼잡이는 비명을 지르다가 고개를 떨궜다. 칼잡이의 입에서 흐른 피가 마른 풀잎 위로 떨어졌다가 조용히 땅속에 스몄다.

칼잡이의 배 위에서 일어선 장걸은 쇠 파이프를 집어 들고 자신의 지프 쪽으로 걸었다. 검은 연기와 붉은 화염을 뿜는 검정 세단 옆을 지나가는데 아무 열기도 냄새도 느껴지지 않았다.

차 안으로 들어온 장걸은 피가 흐른 얼굴을 닦고 물을 마셨다. 단검을 받은 왼팔에는 힘이 잘 들어가지 않았다. 장걸은 기어 레버에 손을 얹었다. 몇 시간 전, 조수석에 앉아 있었던 자영의 모습이 환영처럼 보이는 듯했다. 자영은 장걸을 비웃으며 말했다.

"왜긴. 돈 말고 다른 이유가 있을 리 없잖아?"

장걸은 떨리는 손으로 자영에게 전화를 걸었으나 역시 핸드폰은 꺼져 있었다. 장걸은 운전대를 틀어쥐고 거칠게 기어를 넣었다. 김 실장을 보기로 한 곳까지는 10분쯤 남은 거리였다. 어쩌면 그곳에 장걸의 전화를 받지 않는 자영이 있을지도 몰랐다.

27. 자영

모든 사태에는 결정적인 순간이 있다.

"이게 뭡니까?"

탁자 위에 올라온 자영의 핸드폰 사진을 내려다보던 우청식은 건조한 눈으로 자영을 올려다보았다. 석 달 전 11월 1일, 마이다스 화원에서였다. 자영은 말했다.

"장부예요. 딱 한 장만 찍은 거예요."

"그런데 이걸 왜 저한테?"

자영은 검지와 중지로 핸드폰 사진을 확대했다. 핸드폰 화면에 우청식이라는 이름이 흐릿하게 보였다.

"사장님께서 우청식이라는 이름을 쓰신다고 들어서요."

우청식은 무슨 말인지 모르겠다는 얼굴로 자영을 쳐다보았다. 자영은 말을 이었다.

"임창현이라는 사람 아시죠? 그 사람 장부예요. 정확히는 그 사람 회계사가 만든 장부고요."

"그렇다 칩시다."

"이거 말고도 더 있어요. 거래 내역이랑 청부받은 내용도 다 적혀 있어요. 임창현이 적으라고 시켰대요. 나중에 쓸 일이 있을지도 모른다고요."

"……그래서요?"

"임창현을 처리해주세요. 그러면 이 장부가 어디 있는지 알려드릴게요."

"뭐라고요?"

자영은 우청식에게 곽 회장님과 동생과 자신을 임창현으로부터 구해달라고 했다. 그러다 말해버리고 말았다. 10억만 달라고.

"10억요?"

우청식은 다리를 꼬았다. 내리깐 시선으로 자영의 정강이를 쳐다보다가 피식 웃었다. 10억 얘기를 기점으로 말끔한 꽃집 사장님이 느닷없이 다른 사람으로 바뀐 것 같았다.

"이런 절묘한 타이밍이 있나. 이제야 이해가 되네."

우청식이 거리낄 것 없다는 투로 말을 이었다.

"강정혜가 어떻게 내 이름을 알았나 궁금했거든요. 여기저기 쑤시고 다닌다고 해서 의아하긴 했어요. 어디서 뭔 소리를 주워들었나 했는데 무려 물증이 있었군요."

우청식은 자영의 핸드폰 사진을 확대해서 장부에 적힌 숫자와 이름, 문장들을 확인했다. 한줄 한줄 읽어가던 우청식의 얼굴이 차갑게 굳었다.

우청식이 말했다.

"곽중선이는 왜 날 노린거지?"

우청식은 탁자에 올려놓은 자영의 핸드폰 화면을 손톱으로 톡톡 두드렸다. 그건 신호였다. 뒤에서 누군가 다가오는가 싶더니 머리 위로 검은 두건이 내려왔고 코와 입이 독한 냄새가 풍기는 천에 눌렸다. 자영은 의식을 잃었다. 다시 눈을 뜬 곳은 우청식의 백색 공간이었다. 우청식은 의자에 묶인 자영에게 말했다. 임창현과 곽중선 모두 없애야 한다고.

마이다스 화원에서 우청식의 하얀 창고로 끌려온 날, 우청식은 자영에게 검은 두건을 씌우고 의자에 묶어 하룻밤을 괴롭혔다. 아무 말도 하지 않았고 자영의 부름에도 대답하지 않았다. 추위와 공포에 완전히 지쳤을 즈음, 우청식이 자영의 검은 두건을 벗겼다.

우청식은 친절한 얼굴로 말했다.

"10억은 줄 수 있어요."

"……네?"

우청식은 눈물과 콧물로 지저분해진 자영의 얼굴을 수건을 닦아내며 말했다.

"차근차근합시다. 무턱대고 쳐들어가면 되레 문제가 생길 수 있으니까. 곽중선 회장의 동선 알려줘봐요. 혹시 먹는 약 같은 거 있나요? 손쉽고 아무도 모르게 처리할 수 있는 특별한 방법 거 있으면 더 좋고. 그거 알려주면 바로 보내드리지."

폭음으로 실려 간 병원에서 곽 회장은 말했었다. 샤또 오 브리옹을 다시 먹는 날은 내가 죽는 날이 될 거라고. 거듭된 질문과 협박을 못 이긴 자영은 말해버렸다. 그 와인의 이름을. 샤또 오 브리옹을. 준호에게 해가 갈까봐. 자신이 겪게 될 고통이 무서워서 말해버렸다. 곽 회장님이 정말로 죽을 거라고 생각하지도 않았다. 그저 어쩔 수 없어서 말해버렸을 뿐이었다. 10억을 받고 싶어서는 더더욱 아니었다.

자영은 벽에 기대어 앉아 김 실장이 임창현을 비닐에 둘둘 마는 것을 지켜보았다. 최후의 순간에 임창현은 손목을 풀었다. 머리를 덮은 비닐을 뜯고 필사적으로 탈출을 감행했다. 김 실장이 제압하기는 했으나 완전히 몸을 못 쓰게 되기 전까지 창현은 벌거벗은 몸으로 발악했다. 창고 바닥은 피투성이였다. 베이고 터지면서 흘린 창현의 피였다. 김 실장은 비닐로 임창현의 알몸을 꼼꼼히 싸맨 뒤 테이프로 말끔히 마감했다. 검정 비닐로 다시 임창현을 말아버리자 더 이상 사람 같지 않았다. 김 실장에게 목이 졸려 숨을 거두면서 창현은 자영을 향해 시선을 고정했다. 피범벅이 된 검은 얼굴에서 유난히 흰 눈자위가 도드라졌다.

불현듯 곽 회장님의 목소리가 들리는 것 같았다.

죽이지 않을 거라면 복수해서도 안 되는 상대야.
내 복수는 내가 죽는 걸로 시작되는 거야.

속에서 끔찍한 감정이 올라왔다. 자영의 뱃속에 뭔가가 드글거렸다. 지네 같기도 하고 쥐 떼 같기도 한 것들이 자영의 동맥을 타고 온몸 구석구석 쑤시고 다니는 것 같았다.

우청식의 목소리가 들렸다.

"자영 씨, 인제 그만 웃어요. 아니긴 뭐가 아니라는 거예요? 소름이 다 끼치네."

자영은 키득거리는 자신을 알아차렸다. 하얀 창고 안이었다. 김 실장이 까만 애벌레처럼 변해버린 임창현을 어깨에 둘러메고 걸어가는 게 보였다. 자영은 모질기로 마음먹었다. 조금만 더 참고 버티면 준호에게 돌아갈 수 있었다. 장걸을 살해하겠다는 우청식의 결정도 어떻게든 되돌려야 했다. 자영은 자리에서 일어섰다. 얼굴을 매만지고 청바지 바깥으로 빠져나간 옷자락을 가지런히 정리했다. 우청식이 검정 소파에 앉아 자영을 불렀다.

"그분들 슬하에 함께하게 된 것을 축하드려요. 그분들이 아무나 사람을 들이지는 않거든요. 앞으로 자영 씨는 대한민국의 메인스트림의 일원으로서 자기 역할을 부여받게 될 겁니다. 자긍심을 가져도 괜찮아요. 지금까지도 그랬고 앞으로도 그럴 거예요. 차차 알게 될 겁니다."

자영은 물었다.

"이제 다음 단계는 뭐죠?"

우청식은 싱긋 웃으며 입을 열었다.

"살던 대로 살아요. 아파트 회장 역할을 잘해주면 돼요. 특수학교도 계획대로 진행하시면 되고. 10억도 적당한 방법 찾아서 드릴 거고요. 무엇보다 좋은 평판을 얻으세요. 교사일 같은 건 그만두시고요. 본격적으로 뭔가를 해봐야죠. 강정혜 폭사 사건은 영구미제사건이 될 거예요. 유명한 미제 사건이 됐으면 좋겠는데, 그건 우리 쪽에서 알아서 잘 만들어볼게요. 그 작업이 일단락되면 지주회를 재건해야죠. 임 대표님 아래 있었던 사람들은 쫓아버리고 자영 씨 사람들로 채워야 해요. 그 과정에도 나름의 감동 스토리가 있어야 하고요. 세상 사람들이 우러러볼 성공 신화 같은 거요. 자영 씨는 그 신화의 주인공이 될 겁니다. 시민단체 하나 만들죠. 댓글 작업 같은 게 효과가 있기는 하지만 눈에 보이는 세력이 함께 따라줘야 하거든요. 그것도 공신력 있는 세력요."

우청식은 폴더폰 하나를 자영에게 내밀었다.

"전에 드린 건 김 실장한테 반납해요. 앞으로 연락은 이걸로 할게요. 항상 가지고 다니세요. 아, 그리고 그 친구분이 이리로 오신다는데 아무래도 불편할 것 같으니까 자리를 먼저 피하세요. 아까 임 대표님 처리하는 데 생각보다 시간이 오래 걸렸어요. 좀 전에 많이 놀랐죠? 서두르는 게 좋겠어요. 빠져나가는 길은 반대편을 이용하시고."

드릴 말씀이 있는데요, 그렇게 우청식의 말을 끊으려 했다. 장걸에 대한 처분을 바꿔달라고 말하려 했다. 장걸을 살릴 수만 있다면 사본이 있다는 거짓말도 해볼 참이었다. 그러나 틈이 없었다. 우청식이 아, 하며 다시 말을 이었기 때문이었다.

"자영 씨, 그런데 말이죠. 예전부터 궁금한 게 있었는데."

"네?"

우청식은 검지를 까닥거리면서 눈가를 찌푸렸다.

"그 곽중선 회장 말이에요. 자영 씨가 그랬잖아요. 샤또 뭐라는 와인을 갖다두면 죽고 말 거라고요. 시간이 좀 걸릴 뿐이라고."

그랬다. 그렇게 말했다. 우청식이 말을 이었다.

"말도 안 된다고 생각했는데 정말로 죽었어요. 시간 따윈 걸리지도 않았고요. 근데 좀 이상한 게."

"뭐죠?"

우청식은 흥미롭다는 투로 말했다.

"곽중선 회장은 손도 대지 않았다는데요? 샤또 그 와인 말이에요."

"네?"

"우리 김 팀장이 그러더라고요. 두 병 다 뚜껑도 안 땄다고요. 그래서 김 팀장이 싱크대에 다 버렸답니다. 빈 술병은 침대에 올려놓고."

자영은 순간 어지러웠다. 우청식이 말했다.

"술 먹고 죽은 게 아니었단 말이잖아요? 그럼 대체 왜 자살을 한 걸까요?"

자영의 눈에서 초점이 사라졌다. 열린 동공으로 컴컴한 거실에서 샤또 오 브리옹을 노려보는 곽 회장님의 모습이 들어왔다. 자영의 숨이 거칠어졌다. 어쩌면 곽 회장님은 무겁게 출렁이는 적색 와인 속에서 자영의 얼굴을 보았을지도 몰랐다. 검은 장부 한 권이 사라졌다는 것을 알았을지도 몰랐다. 곽 회장님은 샤또 오 브리옹을 보면서 무슨 생각을 했을까. 어떤 마음으로 몸을 던졌던 걸까.

"뭐야. 자영 씨 울어요? 아니 뭘 울기까지 하시고."

우청식이 위로하듯이 말했다. 턱이 떨렸고 뺨이 실룩거렸고 눈물이 쏟아져 내렸다. 격심하게 치솟는 감정을 견딜 수가 없었다. 멈춰야 했다. 장걸을 구해야 했다. 되돌릴 수 있다면 무슨 짓이든 해야 했다.

그때였다.

창고 밖에서 맹렬한 엔진소리와 함께 연이어 충돌하는 소리가 들렸다. 깨지고 부서지고 찌그러지는 소리가 창고 안까지 울렸다. 비정상적으로 돌아가는 자동차 엔진소리가 들렸고 다시 충돌음이 울렸다. 잠깐의 정적이 이어졌다. 밖에서 김 실장의 목소리가 들리는가 싶었는데 느닷없이 폭발이 일어났다.

폭발은 연달아 일어났다. 세 번째 폭발이 일어났을 때는 창고 건물 전체가 흔들렸다. 천으로 막아두었던 창문이 터져나가면서 깨진 유리 조각들이 창고 안으로 쏟아져들어왔다. 천장의 형광등이 전부 터져나갈 정도로 굉장한 폭발이었다. 창고 입구 쪽은 한 귀퉁이가 날아가버렸다. 터진 창문으로 바람이 들어왔고 암막이 흔들렸다. 바람이 불 때마다 창고 안이 밝아졌다 깜깜해지기를 반복했다. 우청식은 소파 뒤에 쪼그리고 앉아 숨었으나 자영은 휘청거렸을 뿐 움직이지 않았다. 손에 권총이 있다면 관자놀이에 대고 방아쇠를 당겨버리고 싶었다. 샤또 오 브리옹을 보면서 곽 회장님은 무슨 생각을 했을까.

귀에서 시잉- 하는 이명이 울렸다. 우청식의 목소리가 들렸다.

"나가서 좀 봐요. 이게 무슨 일인지!"

자영은 눈을 감았다가 떴다. 장걸이 왔음을 직감했다. 장걸은 어디까지 알고 여기에 왔을까. 어쩌자고 나는 검은 장부를 훔쳤을까. 어째서 우청식을 찾아갔을까. 10억은 왜 요구했을까. 충동적으로 장걸의 손에 죽고 싶다는 마음이 일었다.

자영이 비틀거리며 밖을 향해 걸어가자 우청식이 자영의 패딩 주머니에 김 실장의 테이저건을 넣어주었다.

"이거라도 들고 나가요. 응?"

자영은 창고 바깥으로 나갔다. 폭약은 창고 입구에서도 터진 모양이었다. 입구 왼편에 따로 칸을 내어 지은 조립식 창고가 절반은 날아간 상태였다. 자영의 차를 박은 검은 지프의 엔진룸에서 흰 연기가 올라오고 있었다. 지프의 문이 쇳소리를 내며 열렸고 장걸이 비틀거리며 내렸다.

자영을 향해 몇 걸음 걸어오던 장걸은 그대로 바닥에 주저앉았다. 온몸이 피투성이였다. 장걸이 들이받은 자영의 차는 운전석 쪽 옆구리가 심하게 휘어져 탑승조차 불가능했다. 우청식이 타고 온 차와 김 실장의 차도 비슷한 정도로 부서져 있었다. 김 실장은 폭발력에 휘말렸는지 외상이 없어 보이는데도 주차장에 엎어진 채 움직이지 않았다.

장걸이 일어섰다. 피가 흐르는 얼굴을 손등으로 닦아내고 자영을 향해 섰다. 뒷덜미가 서늘해지면 소름이 돋았다. 장걸의 눈에서 한 번도 보지 못했던 귀기가 흘렀다.

장걸은 어디까지 알고 있는 걸까. 우청식의 협박을 못 이겨 자신이 이 자리에 있게 된 것을 알아주기를 바랐다. 장걸을 죽이겠다는 우청식을 말리려 했다는 것도 알아주었으면 했다.

장걸이 조수석에서 쇠 파이프를 꺼내어 들고 자영 쪽으로 걸음을 옮겼다. 절뚝거리는 걸음을 따라 콘크리트 바닥에 쇠 파이프 끌리는 소리가 함께 울렸다. 섬뜩했다. 장걸은 밭은기침을 하고 호흡을 골랐다. 얼굴과 팔과 몸통이 피투성이였다.

장걸이 자영에게 물었다.

"왜…… 그랬어?"

"설명할게요. 다 말해줄게요. 우리 일단 여길 나가야 해요."

장걸이 부서진 차에 기대어 서서 힘겹게 말을 토했다.

"경찰에 전화하고 온 거야. 도망치려면 지금뿐이고."

자영은 자기도 모르게 뒷걸음질을 쳤다. 장걸의 허탈한 목소리가 들렸다.

"진짜였군."

자영의 왼편에서 신음 소리가 들렸다. 김 실장이었다. 김 실장은 폭발 충격에서 정신을 차리지 못하는 모습이었다. 장걸은 김 실장을 향해 절뚝거리며 빨리 걸었다. 김 실장은 버르적거릴 뿐 일어서지도 못했다. 장걸은 김 실장의 머리를 걷어차고 가슴을 발로 지그시 밟았다. 김 실장은 기침을 하다가 왈칵 검은 피를 토했다. 그 뒤로는 죽었는지 기절한 것인지 움직이지 않았다.

바람 소리가 들렸다. 찌그러진 문짝에서 부서진 부품이 쇳소리를 내며 콘크리트 바닥에 굴러떨어졌다. 장걸은 절뚝거리며 자영을 향해 몸을 돌렸다. 둘은 아무 말 없이 서로를 마주보았다. 자영은 어제와 오늘의 장걸을 떠올렸다. 경찰서에서, 돌아오는 지프 안에서, 아파트 현관에서 엘리베이터 문이 닫히기 전까지 자신과 준호를 배웅하던 장걸을 떠올렸다. 바위 같은 사람이었고 의지가 되는 사람이었다. 따듯하고 친절하고 무뚝뚝하게 상냥한 사람이었다. 지금의 장걸은 다른 사람이었다. 서 있는 장소가, 얼굴에 드리운 기운이, 자영을 바라보는 눈빛이 달랐다.

장걸이 말했다.

"어머니를 죽인 게 너라고 들었어."

자영은 간신히 대꾸했다.

"설명할 수 있어요. 복잡하지만 다 설명할 수 있어요. 회장님이 죽게 될 줄은 몰랐어요."

장걸의 빰에 턱 근육이 불룩 솟았다.

"뭐라고?"

자영은 정신을 가다듬을 수가 없었다. 신다 만 임창현의 시신이 반파된 김 실장의 차 트렁크에 반쯤 걸쳐져 있었다. 장걸이 경찰에 신고했다는 말의 진위도 알아야 했다. 경찰에 잡혀가면 자신은 어떤 처벌을 받게 될까. 준호는 어떻게 되는 걸까. 준호에게 생각이 닿자 꺼져버렸던 생의 의지가 꿈틀거렸다. 준호가 복지관에서 나왔을 시간이었다. 점심은 복지관에서 먹었을 테니 저녁을 준비해줘야 했다. 아침에 준호는 말했다. 저녁은 삼겹살 같은 걸 먹고 싶다고.

장걸이 손바닥으로 얼굴에 흐르는 피를 닦아내며 자영 쪽으로 한 걸음을 내디뎠다. 지옥의 수문장 같은 모습이었다.

"설명해. 왜 저놈들에게서 너의 이름이 나왔는지 설명해. 왜 이런 곳에 와 있는지 설명해. 왜 어머니 침대 위에 그 와인이 있었는지 설명해."

장걸이 절룩거리며 자영에게로 반걸음씩 다가왔다. 쇠 파이프를 끌면서, 피에 젖은 셔츠를 입고, 흰 이를 드러낸 피투성이 얼굴로, 장걸은 자영에게 다가왔다. 자영은 주춤거리며 뒤로 물러섰다. 아무 대답도, 설명할 말도 떠오르지 않았다. 너무도 무서웠다. 생각이 하얗게 말라 증발해버리는 것 같았다. 장걸이 거친 숨을 내쉬다가 소리를 질렀다.

"설명해!"

"오지 마!"

자영이 외치는 소리에 장걸은 절망스러운 눈빛으로 물었다.

"돈 때문이야?"

"장걸 씨, 장걸 씨 지금 제정신 아녜요. 정신 차리고 우리 나중에 얘기해요."

"언제부터 날 속인 거지?"

"우리, 병원부터 가요. 피가 엄청 나요."

"어머닌 왜 죽인 거야! 그 불쌍한 여자를!"

장걸이 지른 고함이 창고 벽을 때렸다. 자영은 자기도 모르게 주머니에서 테이저건을 꺼내어 겨누었다. 자영은 갈라진 목소리로 악을 썼다.

"오지 마! 오지 말라고 했잖아!"

장걸은 믿을 수 없다는 얼굴로 웃었다.

"그건 어디에서 났어? 너 정말 그런 사람이었던 거냐? 대체 넌 누구야!"

장걸이 성큼 다가섰고 자영은 자기도 모르게 테이저건 방아쇠를 당기고 말았다. 아무것도 발사되지 않았다. 뭔가에 걸렸는지 방아쇠가 격발 위치까지 당겨지지 않았다. 장걸은 왼손으로 자영의 멱살을 틀어쥐고 당겨올렸다. 숨통을 단박에 조이는 힘에 자영은 압도당했다. 목소리도 나오지 않았다. 턱 아래에 닿은 장걸의 손을 연달아 쳤지만 장걸은 놓아주지도 않았다. 숨이 막혔고 정신이 흐릿해졌다. 그때, 뒤에서 푸쉭! 하는 소리가 울렸고 무언가가 날아와 장걸의 뺨에 박혔다.

딱딱딱딱딱딱딱, 하는, 생경한 소리가 들렸다. 장걸은 이를 악물고 신음을 토했다. 멱살을 쥐었던 손이 제멋대로 비틀렸다. 장걸의 손에서 놓여난 자영은 콘크리트 바닥에 쓰러졌다. 쇠 파이프가 청명한 소리를 내며 바닥에 떨어졌다. 장걸의 얼굴에는 전선을 매단 작은 쇠막대 두 개가 박혀 있었다. 자영의 시선이 전선을 따라 왼쪽으로 돌아갔다.

테이저건을 쏜 것은 우청식이었다. 장걸은 부들부들 떨면서 얼굴에 박힌 테이저건의 침을 뽑아버렸다. 침의 미늘에 걸린 살점이 떨어져나갔고 울컥거리며 피가 흘러나왔다. 장걸은 가까스로 우청식 쪽으로 몸을 돌렸다.

우청식은 알아들을 수 없는 소리를 흘리며 발사한 테이저건을 던져버리고 트렌치코트 주머니에서 다른 테이저건을 뽑았다. 그리고 자영에게 소리를 질렀다.

"뭐 해요! 저 자식 막아요! 어서!"

장걸이 거친 호흡을 내쉬며 우청식 쪽으로 몇 걸음 옮겼다. 우청식은 떨리는 손으로 안전장치를 해제하고 다시 테이저건을 발사했다. 압축 공기 빠져나가는 소리와 함께 발사된 침은 장걸의 가죽점퍼를 뚫고 가슴에 명중했다. 우청식은 테이저건의 방아쇠를 힘껏 움켜쥐었다.

장걸은 버텼다. 비틀어지려는 목에 힘을 주는지 얼굴과 목의 핏줄이 툭 불거졌다. 구부러지는 무릎을 펴고, 희번덕거리는 눈을 우청식에게 고정하고, 두 주먹을 그러쥔 채 다섯 걸음을 더 걸어갔다. 장걸의 목에서 터져나오는 소리는 야수의 포효였다. 겁에 질린 우청식은 테이저건을 던져버리고 등을 돌려 달아났다. 전압에서 놓여난 장걸은 우악스러운 손아귀로 우청식의 머리카락을 잡아챘다. 머리칼을 잡힌 우청식이 비명을 질렀다. 장걸은 괴로운 숨을 토해내며 포효하듯 울부짖었다.

"으아아아아!"

장걸은 주먹으로 우청식의 귀 뒤를 내리쳤다. 우청식의 몸은 단박에 축 늘어졌다. 장걸은 끓어오르는 소리를 지르며 다시 주먹을 올렸다. 그리고 쇳소리와 함께 허물어졌다.

자영의 손에서 피 묻은 쇠 파이프가 떨어졌다. 힘을 다한 장걸은 옆으로 쓰러진 채 움직이지 않았다.

자영은 떨리는 목소리로 말했다.

"내가 죽인 게 아니야…… 나는 다 설명할 수 있어…… 오지 말라고 했잖아."

자영은 크게 열린 눈으로 무어라 웅얼거렸다. 자신의 입에서 나오는 말인데도 알아들을 수가 없었다. 자영은 그 자리에 주저앉아버렸다.

부서진 창고 문과 콘크리트 바닥에 빨갛고 파란빛이 번갈아가며 지나갔다. 자영은 도로를 쳐다보았다. 언제 왔는지 경찰차 한 대가 길에서 경광등을 돌리고 있었다. 운전석에서 나온 나이 든 경찰 두 명이 놀란 눈으로 상황을 살피며 어딘가로 무전을 보내는 것이 보였다.

에필로그

자영이 아파트 현관밖에서 큰 소리로 말했다.

"회장님! 빨리 와요! 남이섬 가려면 서둘러야 한다고 몇 번을 말해!"

준호가 중선을 바라보며 싱긋 웃었다.

"남이섬 짱. 회장님 짱."

현관 밖으로 나온 중선은 502동 1701호를 올려다보았다. 베란다 창문은 닫혀 있었다. 중선은 자영의 차로 걸어가면서도 주변을 살폈다. 자신이 자영과 함께 차를 타고 나가는 모습을 누가 보면 어쩌나 싶었다.

자영이 운전석 문을 열고 큰 소리로 말했다.

"뭐 해요? 얼른 와요!"

중선은 걸음을 재게 놀려 자영의 차에 올랐다. 뒷자리는 준호 차지였다. 우리 회장님 덩치가 만만치가 않네, 하고 말하며 자영은 조수석을 최대한 뒤로 빼라고 했다. 중선은 민망한 얼굴로 좌석을 뒤로 뺐다. 자영은 "나이 들면 마른 것보다 탄탄한 게 좋대요. 말라서 예쁜 건 그냥 한 철!" 하고 말했다. 자영은 시동을 걸고 아파트 정문을 빠져나갔다.

중선은 안전벨트를 하면서 차창 밖을 내다보았다. 그저께 중선이 몰래 밤에 나가 플래카드를 잘라냈던 자리에 새 플래카드가 붙어 있었다. 특수학교 결사반대라는 문구가 적힌 플래카드는 가운데가 축 늘어진 모습이었다. 중선은 뒤로 보이는 502동 1701호를 다시 쳐다보았다. 임창현은 보이지 않았으나 불안했고 신경이 곤두섰다.

요즘 임창현은 이경식 부장의 케이터링 사업을 쫓아다니느라 아파트에 붙어 있지도 않았다. 중선은 긴장을 풀기 위해 시선을 바깥으로 돌렸다. 이경식 부장의 아이들 셋이 아파트 정문 쪽으로 걸어올라가고 있었다. 중학생 맏딸, 아래로 쌍둥이 남동생 둘이었다. 이른 아침부터 쟤들이 어디를. 중선의 눈이 아이들의 뒤통수를 따라 옆으로 돌아갔다. 이경식 부장의 아내는 5년 전부터 신장에 문제가 생겨 투석 중이었고 한 달 전부터는 아예 병실에 자리를 틀었다. 입주자대표회의 때 지주회 회원들끼리 나누는 대화에서 들은 사정이었다.

이경식 부장의 아이들은 어머니가 입원해 있는데도 옷차림이나 얼굴빛이 나쁘지 않았다. 계절에 맞는 옷을 입었고 옷 단추는 단정하게 채워져 있었다. 이경식 부장은 지주회에 어울리지 않을 만큼 착실한 사람이었다. 중선은 임창현 모르게 이경식 부장의 계좌에 기준보다 많은 금액을 입금했다. 그리고 이경식 부장은 입주자대표회의에서 중선에게 가장 심한 욕설을 퍼부었다. 충성을 증명하려는 행동이었을 거라는 생각으로 이경식 부장을 이해했으나 마음은 아팠다.

지주회 사람들은 대부분 중선보다 어렸다. 보아온 세월이 20, 30년인 사람들이었다. 중선의 손을 거쳐간 돈으로 지주회 사람들은 자신의 삶을 가꿔갔다. 식솔이 늘고 차를 바꾸고 새옷을 샀다. 지주회 사람들과 가족들을 볼 때면 흐뭇한 기분이 들기도 했다. 신기루 같은 감정이었으나 딱히 물려야 할 이유는 없었다.

자영의 차는 올림픽대로에 올랐다. 봄나들이 가는 차들이 밀려들면서 속도가 줄었으나 풍경과 햇살과 바람이 좋아서 기분이 상쾌했다. 자영도 라디오에서 나오는 노래를 콧노래로 따라 했다. 푸근한 기분이었고 나오길 잘했다는 생각을 했다. 임창현은 아마 눈치채지 못할 것이다. 설령 알아차린들 험악한 짓을 당하기에는 너무 늙어버리지 않았는가. 중선은 그렇게 마음을 다독였다.

차는 산 사이에 난 길을 지나고 기찻길 옆을 달렸다. 어디에서 본 것 같은 풍경이 펼쳐졌다. 중선은 숨을 멈췄다.

북한강이었다.

잠잠히 흐르는 넓은 물길. 강 양편에 솟은 산들. 강과 산 사이 평평한 곳에 길게 자리 잡은 마을. 중선은 차창 밖으로 보이는 강 너머 땅을 쳐다보았다. 중선의 고향이었다. 강변에 들어선 집들의 모습은 달랐지만 분명히 그곳이었다. 이룡산의 목과 옆구리가 눈에 들어왔다. 자신의 손으로 살인을 저질렀을지도 모를 곳이었다. 이 삶이 시작된 곳이었다. 중선은 아랫입술을 지그시 물었다. 눈 밑이 파르르 떨리면서 콧등이 시큰해졌다. 슬프고 한스러웠지만 자영과 준호에게 눌린 기분을 드러내고 싶지 않았다.

"회장님, 왜 그래? 어디 아파?"

중선은 머리를 문지르며 조금 웃어 보였다.

"멀미하나봐. 괜찮아."

"어쩜 좋아. 조금만 참아요. 도착 금방이야."

"금방 짱."

고향 풍경이 지나갔고 청평을 지나면서부터는 마음이 다시 잦아들었다. 준호가 고향의 봄을 불러달라고 해서 중선과 자영은 같이 노래를 불러주었다.

남이섬 공기는 서울 공기와 달랐다. 중선은 신선한 강바람을 폐부 깊이 들이마셨다. 머리가 맑아지면서 마음이 둥실 떠올랐다. 세 사람은 남이섬으로 들어가는 배에 올랐다. 봄바람이기는 했어도 콧물이 돌았다. 중선은 뱃전에 서서 난간을 붙들고 강을 바라보았다. 선체에 갈린 검은 강물이 주름 잡힌 비단처럼 일렁이다가 다시 잠잠해졌다.

자영에게 이야기하고 싶었다. 임창현에게 매여 살아온 억울한 지난날과 자신이 품고 있는 복수 계획을 들려주고 싶었다. 장걸에 대한 이야기도 하고 싶었다. 임창현 때문에 낳게 된 아이였으나 어쨌든 자신의 아이였다. 더 살다 보면 장걸을 다시 만나게 될 날이 올지도 몰랐다. 다시 만나게 되면 장걸에게 미안하다고 말하고 싶었다. 말 한 번으로 용서받을 수는 없겠지만 그래도 미안하다고 말해야 했다.

오랜 시간 동안 임창현의 의도대로 살아왔다. 그렇게 사는 것에 익숙해졌고 시간이 흐르면서 저항하는 마음도 사그라들었다. 그러나 요즘은 달랐다. 더는 임창현에게 길들여진 채 살고 싶지 않았다. 어쩌면 마지막으로 타오른 자의식일지도 몰랐다. 자영과 준호 덕분에 찾아온 변화였다.

임창현이 장부의 실체를 알아차리는 순간이 오기를 바랐다. 자신의 것이라 생각했던 땅과 돈이 애초부터 자신과 무관했다는 것을 알게 되는 모습을 보고 싶었다. 장부를 조작한 것으로 임창현을 끝장낼 수 없다고 하더라도 최소한 작은 구멍만큼은 파놓고자 했다. 언젠가 때가 무르익으면 죽을 것이고 장부의 구멍이 창현을 삼킬 것이다. 임창현의 왕국이 허물어지는 것을 볼 수 없다는 게 한이라면 한이었다.

선착장이 가까워졌다. 강과 산에 시선을 두었던 사람들이 짐을 챙기고 걸음을 옮겼다. 선글라스를 낀 자영과 준호가 중선에게 다가왔다. 자영이 방긋 웃으며 말했다.

"이제 곧 도착! 선글라스 안 껴요?"

남이섬의 풍광을 맨눈으로 보고 싶었다.

"선글라스는 무슨. 남사스럽게."

자영은 중선의 팔에 자기 팔을 걸었다. 준호도 다가와 중선의 손을 만지작거렸다. 중선은 준호의 손을 잡고 자신에게 감긴 자영의 팔을 안쪽으로 끌어당겼다.

남이섬은 한창때였다. 햇살에 눈이 부셨고 나무와 꽃과 강물이 아름다웠다. 자영과 준호와 함께여서 가슴 벅차도록 좋았다. 상상하고 기대했던 것보다 더 행복했다. 자영이 손가락으로 산책로 왼편을 가리키며 말했다.

"회장님, 회장님, 우리 저기서 사진 찍자."

길가에 세워둔 광고판에는 「추억의 남이섬. 사진으로 남기세요. 남는 건 사진뿐!」이라는 문구가 적혀 있었다.

중선은 말했다.

"사진은 무슨. 그냥 가."

"사진 짱. 사진 짱."

"가요. 한 장만 찍어요. 이렇게 찍는 게 느낌이 달라."

자영이 사진사를 향해 "여기요! 여기 사진 한 장요!" 하고 소리쳤고 준호도 중선의 손을 잡아끌었다. 사진에 찍힌 자신을 보는 게 내키지 않았지만 두 사람이 이렇게까지 얘기하는데 뺄 수만은 없었다.

갈색 조끼를 입은 사진사가 웃음 띤 얼굴로 세 사람에게 다 가왔다.

"가족사진으로 찍어드릴까요?"

준호가 대답했다.

"가족사진 짱."

사진사가 말했다.

"모녀 사이가 아주 좋으신가보네요."

"우리 엄마 완전 예쁘죠? 그렇죠?"

자영은 그렇게 말하며 혀를 날름거렸다. 준호는 중선 옆에 서 차려 자세를 했다. "가만가만!" 하고 말하며 자영이 백팩에 서 뭔가를 꺼냈다. 중선이 물었다.

"그게 뭐야?"

자영이 말했다.

"뭐긴 뭐예요. 이런 데 오면 다 이런 거 하고 다니는 거라 고요."

자영이 꺼낸 것은 분홍색 솜털이 보송보송한 머리띠였다. 모두 세 개였다. 더듬이처럼 양쪽에 하나씩 올라온 플라스틱 막대에서 핑크색 하트가 깜찍하게 흔들렸다. 자영은 중선의 모자를 벗기고 냉큼 머리띠를 채웠다. 머리가 왜 이렇게 푸석 푸석해? 하고 말하며 중선의 머리 모양을 잡아주었다. 준호도 머리띠를 하고 핑크 색깔 하트를 손가락으로 튕겼다. 자영은 자기 머리에도 머리띠를 꽂은 뒤 중선을 가운데 두고 팔짱을 꼈다.

자영이 사진사를 향해 눈웃음을 치며 말했다.

"예쁘게 부탁드려요."

아유, 그럼은요. 하고 말하며 사진사는 뷰파인더를 들여다 보았다. 그러다 마음에 들지 않는다는 얼굴로 "거기 어머님, 얼굴 좀 펴세요. 웃으셔야지. 날도 좋은데" 하고 말했다.

자영이 속삭였다.

"엄마, 웃어."

준호도 앞니를 드러내며 말했다.

"엄마, 웃어."

중선은 어금니를 물었다. 눈두덩에 이미 반쯤 눈물이 찼다. 이런 눈으로는 아무리 애써도 웃는 얼굴이 나오지 않을 것 같 았다. 정말 예쁜 사진을 찍고 싶었다. 찬란한 사진을 남기고 싶었다. 지금이 삶에서 몇 번 찾아오지 않을 아름다운 순간이 라는 것을 중선은 직감했다. 중선은 가방을 뒤져 선글라스를 꺼냈다. 안경집에서 선글라스를 꺼내는데 손이 오한이 든 것 처럼 떨렸다. 선글라스로 눈을 가리면서 중선은 자영을 살폈다. 자영은 중선의 반응을 알아차렸으면서도 내색하지 않았다. 손으로 눈가를 재빨리 훔치고 한껏 예쁘게 웃을 뿐이었다.

중선은 카메라를 바라보았다. 사진사는 흡족한 표정으로 삼각대를 들었다.

"풍경보다는 인물 샷으로 가겠습니다. 인물들이 좋으셔 가지고."

사진사는 다섯 걸음쯤 앞으로 다가왔다. 양옆에서 자영과 준호가 바싹 다가왔다. 서로의 몸을 맞대었는데 아무런 거부감이 들지 않았다.

중선은 웃었다. 무슨 일이 있더라도 자영과 준호를 지켜주고 싶었다. 자영과 준호를 통해서라도 구원에 이르고 싶었다.

최선을 다해야 할 가장 중요한 것이었다.

완성하고 나니 꽤나 처참한 이야기가 되어버렸다. 이렇게 끝나버리면 준호는 어떡하나 하는 생각에 마음이 착잡했다. 병원에서 깨어난 장걸이 준호를 찾아가는 이야기를 덧붙일까 생각해보기도 했다. 장걸이 구속된 자영에게 전화하는 장면을 넣으면 어떨까, 장걸이 자영을 용서하기 위해 애쓰는 모습을 그리면 어떨까 생각하기도 했다. 그렇게라도 남은 이들에게 구원의 실마리를 던져주고 싶었으나 이대로 마무리하는 게 더 낫겠다고 판단했다.

5년 전에 쓰기 시작한 소설이었다. 폭약, 토지 불로소득, 발달 장애, 거구의 남자를 소재로 삼은 소설을 쓰고 싶었다. 초고를 엉성하게 만드는 바람에 고치고 갈아엎는 일을 반복해야 했다. 한숨 나오는 긴긴 과정을 거치면서도 소설을 완성하고 싶다는 욕심만큼은 놓지 않았다. 앞으로 이런 고생은 그만했으면 좋겠는데 그게 마음처럼 되지는 않을 것이다. 그래도 쓰는 일은 계속하려 한다.

쓰고 싶은 이야기가 있다.

잠시 카페 창밖을 보며 이 문구를 생각한다. 창밖 어둑한 거리에는 갈색 벽돌 담장과 노란 간판과 가방을 메고 걸어가는 학생들이 보인다. 전조등을 켠 자동차가 비에 젖어 반질거리는 도로를 오가고 접은 우산을 지팡이 삼아 짚고 다니는 노인도 보인다. 5년 전과 다른 풍경인데 거리를 오가는 사람들의 표정은 비슷하다. 조금은 시무룩하고 조금은 시큰둥하기도 한 얼굴들이 유리창에 비친 내 얼굴에 겹친다. 그렇다. 나는 쓰고 싶다. 나의 이야기를 쓰고 싶고 저들의 이야기를 쓰고 싶다. 5년 전에도 그랬고 지금도 그렇다. 쓰려는 마음에는 앙심과 서글픈 감정이 깔려 있다. 세상이, 사람이, 그리고 내가 마음에 들지 않는다. 불퉁거리는 마음이 소설을 쓰게 만드는 힘이라고 하면 좀 우스우려나.

과거의 나는 더 나은 세상을 꿈꿨고 그 꿈을 이루는 일에 많은 시간과 힘을 썼다. 지금은 딸을 돌보는 일의 비중이 커지면서 직장과 집과 카페를 오가며 살고 있으나 당시의 나는 제법 뜨거운 편이었다. 사람들을 만나고 모임을 만들고 연구하고 대안을 마련하는 일에 힘을 보탰다. 우리가 만들어가고자 했던 더 나은 세상을 그리며 가슴 벅차하기도 했다. 이런저런 사정으로 그 일을 계속하지 못했고 마음도 복잡했으나 그 시절이 삶의 좋은 때였다는 걸 이제는 알겠다. 당시의 충만함이 이 따끔 그립고 나는 여전히 이 세상이 더 좋아지기를 바란다.

어쩌면 소설은 작가의 자기 고백이 아닐까. 그래서 수많은 소설이 작가마다 다르고 저마다의 색채를 띠는 건 아닐까.《화이트 타운》은 강한 소재를 끌어와 긴박한 서사로 완성한 소설이지만 세상이 더 나아지기를 바랐던 사람들의 바람 또한 엉큼스레 들어가 있다. 숨기는 게 더 낫지 않으려나 여러 번 고민했으나 그냥 두기로 했다.《화이트 타운》을 쓰기 시작할 당시의 마음이 떠올랐기 때문이었다. 나는 빚을 갚는 마음으로 이 소설을 시작했다. 세상을 더 나아지게 하고자 하는 공의로운 마음들이 반짝이는 게 고맙고 미안해서, 나는 이 소설을 시작했다.

소설과 달리《화이트 타운》은 완성되었다.
재미있게 읽히기를 바란다.
부디 오래도록 살아남는 소설이 되기를.

2022년 가을의 문턱에서
문경민

화이트 타운

1판 1쇄 발행 2022년 9월 7일

지은이 · 문경민
펴낸이 · 주연선

(주)은행나무
04035 서울특별시 마포구 양화로11길 54
전화 · 02)3143-0651~3 | 팩스 · 02)3143-0654
신고번호 · 제 1997─000168호(1997. 12. 12)
www.ehbook.co.kr
ehbook@ehbook.co.kr

ISBN 979-11-6737-209-3 (03810)

• 이 도서는 2021년도 한국문화예술위원회 아르코문학창작기금지원사업에 선정되어 발간되었습니다.